《新人類》

正

沒有喪屍

有一種愛超越我們所能理解

壹

她頸上的，是人的咬痕？

我怔了一陣子，才驚覺瑜嫣盯住我盯着這位上圍豐腴的年輕女子。我對着瑜嫣傻笑，但她沒有表情，我唯有繼續對大家憨笑。

原本纏在女子脖項的紅絲巾，已飄到海上，又隨海風飄遠，她因而露出頸項。她正哼着一首歌，似沒注意。

「是《忘掉了》嗎？」她身旁的男子試猜。

「不。」女子回答。

瑜嫣兀的插口叫道：「不知道！」

「對了。」女子咧嘴笑說。

我們乘坐的觀光遊艇顛簸了幾下，我趁機自然地挽着瑜嫣手臂。

「我叫艾倫，這位是我的女朋友瑜嫣。」

瑜嫣這刻才展露一絲微笑。

我們自大學時期於電影節認識，畢業兩年後偶遇，然後交往，也快四年了，這次是我們第一次結伴出國旅遊，這也是今天我第一次看見她的笑靨——我嘗試想別的，但目光依然難離那女子頸上的咬痕。

瑜嫣：「你們也是第一次來這裏旅遊麼？」

「是。」女子回答。

「不是。」她身旁的男子同時回話，說罷，以奇異的眼光盯着女子，「寶貝，你忘了麼？我們三年前在這兒認識的！」

我們四人站近甲板的中央，四周其他遊客或站或坐或憑欄，有的被男子的話吸引了，瞧着我們。

一陣海風又吹來，掀起各人的髮絲。瑜嫣拉緊披在身上的風衣。我沒去摟抱她，不知為何，反而從放在椅上的包取出摺疊了的紙扇。

女子避開身旁男子的目光，對着我說：「艾倫，到你了。」

女子撥弄髮鬢，淺笑。陽光照耀在她的脖子。我按捺不住了，以紙扇輕指她的頸項，提問：

「這，是人的咬痕嗎？」

瑜嫣拉了我的手臂一下，臉蛋浮現妒色。

男子更感奇異，該還夾雜一點醋意甚至怒氣，側身要看女子的脖子。

女子倏然轉臉，對着瑜嫣，撲上去！張開如動漫才見的大口，她就要咬住瑜嫣。

瑜嫣兩肩被女子兩手抓住，女子的大口奔向她的頸項。瑜嫣慘叫一聲，一會兒，她才略為放寬緊鎖的眉頭，感覺不到痛楚，因為我把紙扇橫插到女子的大口，女子只咬住紙扇。

「寶貝，你有什麼不舒服嗎？」男子按着女子雙肩，溫柔而用力地將她拉回去。

我放開紙扇，一手揪住瑜嫣的手，一手按住她的腰側。

女子轉身投向男子的懷抱，紙扇自她的口中掉下，她驟然又張開大口，咬住男子的頸項。

男子被咬，叫了一聲，眉頭緊鎖，輕喊：「寶貝，怎麼了？」

我猛力將瑜嫣拉後。我們乘坐的遊艇搖擺了兩下，更多旅客看到女子和男子的舉動，開始注視他倆。

一對外籍男女，以英語叫好。

五個結伴的小伙子嘻哈拍手，其中一人吹口哨。

瑜嫣驚慌的臉略為放寬，但仍緊握着我的手臂。

女子放開男子，男子頸上出現一個溢血而沒流下的咬痕。男子發愣，女子又轉臉瞧瑜嫣。瑜嫣躲到我身後。女子轉而撲向一名小伙子，咬他頸項，其他小伙子又拍手叫囂。被咬的小伙子叫痛幾下，卻沒推開女子，反而擁抱撫摸她，面上也露出蠻享受的表情，輕輕發出淫褻的呻吟。

男子撲過去，卻衝向另一個小伙子，抓緊他的兩肩，要咬他的脖子。

旁觀的外籍男人，以英語問道，他們在玩吸血殭屍遊戲嗎？外籍女人卻撇嘴笑說，可是現在是日光之下啊。

被男子抓住兩肩的小伙子，以手掌擋住男子的大口，被男子咬住手掌。其餘三個小伙子對男子拳打腳踢，男子仍死咬住。兩名中年男人加入，拉扯男子。一位老婦人在旁出言規勸，繼而責罵。頸項被咬的小伙子，猝然咬着老婦人的咽喉，叫老婦人戛然噤聲。其中一名中年男人轉而揪住咬着老婦人的小伙子，另一名中年男人則退縮倒褪，聲音顫抖地喃喃：

「喪屍，喪屍呀！」

一位戴着絲巾的婦人，下意識地將絲巾包圍頸項，繞了一圈又一圈。

手掌被咬的小伙子，擺脫咬他的男子後，便打了他一拳，走到一個同伴身旁。

「他發什麼神經！」手掌曾被咬的小伙子罵道。

「你又發什麼神經？」他的同伴罵道。

小伙子曾被咬的手，掐住同伴的臉頰，指甲深入，滲血。他嚷道：「不是我——我控制不到我的手！」

臉頰滲血的同伴擺脫小伙子，卻旋即愣怔。

其餘兩個小伙子嚇得呆了，其中一個猛然驚醒，拽住另一個踉蹌後退。

臉被抓傷的小伙子發動了，追逐人們。

尖叫聲響徹遊艇。曾被咬傷或抓傷的人發愣一忽兒，便去襲擊他人；沒被咬傷或抓傷的，愴惶狂亂逃避。

我粗暴地揪住惶悚的瑜嫣，走向通往下層的樓梯，瑜嫣被我拉得錯步跌倒了。頸上繞了多圈絲巾的婦人，仆倒在瑜嫣的腿上，張開血盆大口！我發狂一腳踹向婦人的頭頂，不知怎的只是踏着她的頭，逼她退後。她扯下瑜嫣披在身上的風衣，我們沒去奪回。我扶起瑜嫣，走向樓梯，身旁掠過許多慌亂逃生的人。外籍男女走到我們身旁，瑜嫣讓他們先行。幾個男人猛然關上樓梯前的玻璃門，我摟着瑜嫣呆立。許多人擁到玻璃門前，眾人吶喊、痛罵，貼近門的人使力拍打玻璃，玻璃門未有破損。門後的人用手用頭用身體頂住，不讓人進去。

「怎麼辦？」瑜嫣在我耳畔哀訴。我不敢看她。

大量「喪屍」奔來，眾人竭力阻擋，不少人的手腳被咬了。

用身體抵住玻璃門的一名少年，一手曾被抓傷，猝然去咬旁人。玻璃門被推開了，兩個人跌倒，人們踏着他們奔往樓梯。

我牽着瑜嫣，橫向走至欄杆，遇到「喪屍」來襲便拉開瑜嫣，使力用腳踢走。

我們憑欄。

「跳吧。」

「唔。」瑜嫣頷首說，準備跨過欄杆，卻見我一動不動，「你也跳吧！」

「我不能——你也知道。」

「不用怕，我會跟你一起。」瑜嫣水汪汪的兩眸，凝視我。

「我怕……我怕會把你一起拖進海底。」

我抱起瑜嫣，沒計較她穿著月亮黃色短裙，準備將不迭搖頭的她拋下海裏，驀地發現海上浮游的人，亦被

「喪屍」揪住，張口大咬。我放下瑜嫣，一個「喪屍」沿欄杆撲過來。我拉着瑜嫣沿欄杆走向另一方，來到欄杆與船艙之間的窄巷。一對昨日曾跟我們交談的情侶早已在那兒，他倆皆常穿粉紅色的衣服，所以教人印象深刻。男子以軟木救生圈抵擋另一邊的「喪屍」，女子提起印上知名卡通人物、粉紅色的傘子，指住我們。

「我們是人——」瑜嫣沒說完，身旁便響起「劈啪」之聲，回頭看，一位穿着淺黃色連身裙的小女孩，倒在她跟前，她矮身扶起小女孩。

「姐姐，我好害怕！」

小女孩抱住瑜嫣短裙下的大腿，乍然張開大口！我因為預先看到小女孩把頭向後微仰，便從瑜嫣身後一手摑住小女孩頭頂的頭髮，阻止她咬瑜嫣大腿。

「哥哥，好痛，你弄得我好痛！」小女孩雙手捉住我的手腕哭號。

瑜嫣撫摸我的胸口，眼神露出憐憫。小女孩用指甲抓我手腕，幸虧她的指甲短，而且我穿了長袖風衣，沒被抓傷。我另一手握住她的小腿，舉起，準備將她丟下海裏，卻又狐疑，還是把她放下搖向一方再盪向另一方，沿地板滑走。

回頭一看，粉紅衣女子放下粉紅色傘子，對着我們苦笑。她身後的男子慘叫一聲，一個「喪屍」的頭正穿過了救生圈的洞，咬住男子的手背。女子接着尖叫，瑜嫣亦喊叫。我又抱起瑜嫣。

「不！」瑜嫣掙扎。

「上去，攀上去！」

我讓瑜嫣坐在我的肩上，教她攀上船頂平臺上。她任意踩踏我的肩我的頭，我肆意托着她的臀她的腰。她攀上後，我借助欄杆與船艙外牆突出的部分，也爬上去了。船頂平臺比一個籃球場略小，暫時只得我倆眼下女子握住發愣男子的兩臂。

「上來吧！」瑜嫣喊叫。

女子仰望我們。我上半身俯伏船頂平臺下，伸出手臂。女子舉起一手，我就要握住她的手，她悽然回眸凝睇愣怔的男子，然後緩緩垂下手。

「不要！」瑜嫣哭叫。

女子昂首又對我們苦笑。男子撲向她。我拉住瑜嫣雙雙坐着後退，不讓她再看，她伏在我的懷裏，激靈。

「其實，咬了，會不會也沒有關係？她還在笑。」瑜嫣低語，倒像是喃喃。

瑜嫣還是看到，女子被男伴咬時，閉目，微笑。

「那女人都忘了在這兒認識……」

瑜嫣抬起頭，對我說：「那還是不要被咬！」

一隻手陡然抓住瑜嫣的腳踝，剛才的粉紅衣女子，要爬上來！

我立刻掰開女子的手指，一腳抵住她的面門，摟住瑜嫣的腰肢，雙腿連環蹬地，一起往後移。瑜嫣的一隻低跟涼鞋，被她抓去。我察看瑜嫣腳踝，可幸沒傷痕。

「我是人！」女子高喊：「你們剛才不是要拉我上來麼？」

「她記得！」瑜嫣欲趨前，卻被我抱緊不放。

「你的傘子，在哪兒買的？」

「在……」女子沉思了一會，「在市集買的。」

「她說過，是在——」瑜嫣失神低語。

我又伸出一腳，本是要將她踹下去，但腳抵住她的面門，我又不知為何發不了力。她伸手要抓我的腳踝，我立即縮腳，扶着瑜嫣站起來。

「媽媽，媽媽！」

在船頭，一個小男孩牽着另一個更小的男孩叫喊。五個「喪屍」撲向他們。

「救他們！」瑜嫣驚叫。

怎麼救？我摟着瑜嫣轉身避看。

在我們爬上來的另一邊，一個口咬尖頭廚刀，身穿廚師服的壯漢，爬了上來，站穩，便舉起廚刀指向我們。我們退了兩步。

廚子一條小腿驟然被一個半身攀了上來口帶血的「喪屍」揪住。廚子一刀插下，插入「喪屍」一邊肩膀，「喪屍」不叫，擺首咬住廚子持刀的手。廚子慘嚎一聲，一腳踢得「喪屍」飛走。廚子回看我們，將刀交予另一手，繼續舉刀指向我們。廚子被咬的手，忽地抓住自己的咽喉，他的面容扭曲，旋即咬緊牙關揮刀斬向另一手臂，可是沒有斬斷，痛得大叫，被抓的咽喉卻只能發出詭異的低沉吼聲。我飛步上前，奪去廚刀，舉刀猛砍，竟不偏不倚，沿着先前切口將廚子手臂砍斷。身後瑜嫣驚叫一聲，我轉頭一瞥，她沒被襲擊，只是盯着我們。斷手仍掐住廚子咽喉，他勃然抽出斷手丟到地上。我將廚刀交還廚子，他接過刀，也不言語。他的傷口血流如注，我解下腰間皮帶，繞着他的斷臂轉了三匝，準備扣上試圖為他止血。地上的斷手抖然蠢動，五指如爬蟲肢體行走、下臂似蛇腹移動，奔向我們。廚子一腳將斷手踢走，斷手竟然朝瑜嫣飛去。

我猛的伸手撲向空中飛騰的斷手——我應該可以捽住，我捽住了——現實是我捽不到。瑜嫣惶恐一退，只穿一鞋的她步履不穩向旁一歪，剛好避過飛來的斷手，但揚起的髮絲，被斷手揪住。斷手掛在她的背上。

「哇！」

我飛奔瑜嫣身旁，一手拿起斷手，一手攥住被揪的髮絲，將斷手扯走，拋下海，然後摟抱瑜嫣。我怒目瞪着廚子，他好整以暇，用我的皮帶，以手、口繼續紮緊斷臂。

旁邊響起一把女聲。

「瑜嫣，你叫瑜嫣，是嗎？」粉紅衣女子以一根手指拎着瑜嫣的一隻低跟涼鞋，朝向我們邁步，「這是你的鞋子，是吧？還給你。」

廚子喊叫：「你們的朋友？」

「她不是人！」

女子嬌嗔：「我是！我也是人。」

瑜嫣聲音顫抖地說：「你剛才——忘了——都不知道。」

「我是在專門店買的，我記起了。」女子搖擺涼鞋，邊步向瑜嫣邊獰笑問道：「喂，你的鞋子，到底要不要？」

兩個小伙子攀上來，吸引了女子的注意力，教她停步。廚子又提刀戒備。

驟然，一個瘦削而高挑的少年「飛」了上來——他應是踏着欄杆躍上來，卻跳得比人高才降落船頂平臺上。他最接近粉紅衣女子，一蹬，便到她身後，握住她的一臂，他似低頭又像點頭，然後抬頭瞪了我倆一眼。我站到瑜嫣身前，她按着我的背。少年又躍起，我提腳準備猛踢，少年卻跳到兩個小伙子之間，分別握住二人手臂，瞬即一口咬住其中一個的手指，又一手抓傷另一個的手腕。剎那，少年縱身又躍到廚子身前。廚子舉刀向前直砍，少年橫移一步側身避過，伸手揪住廚子的斷臂，廚子再舉刀，少年卻不動了，轉身看我們，廚子亦不舞刀，瞧我們。粉紅衣女子也瞅着我們。瑜嫣改為摟住我的腰，胸部緊貼我，傳來「撲通撲通」的急速心跳。我掂量，不抵抗，是否就不會受傷。我的拳頭卻緊握，雙腿微曲，肌肉繃緊。

兩邊又分別有人攀上來，少年奔向其中一方；粉紅衣女子繼續走向我們，瑜嫣悸慄不已。

「砰！」

一下爆炸聲——不，是槍響。大家消停，一同朝船頭看去。船頭上十二人以多張拆掉的長椅子築起圍欄，抵住大批「喪屍」入侵。一位中年男子站在船頭欄杆上，擎槍對着「喪屍」。

「我是人！讓我進來！」一名女子在欄外合十哀求。有人阻止，但亦有人幫助她越過圍欄。她甫進去，便抓住協助他的人，張口要咬他。

「砰！」

男子又開了一槍，打中那個女子「喪屍」頭部，「喪屍」依然活動，只是盲目地亂抓。

瑜嫣的頭湊近我，我竟下意識退避，惹得她滿臉迷惑。我好生尷尬，忙轉頭看其他人。

一個帶針織帽的老人和一名健碩男人爬上了船頂平臺，另一邊一位稍胖婦人亦攀了上來。

我舉起一手大喊：「小心，他們五個不是人！」

老人忽地撲向身旁的健碩男人，針織帽掉下露出染血的半禿頭顱。男人立即推倒老人，奔至廚子跟前，試圖奪刀。少年向着我衝過來，我踢出一腳，卻落空了，少年飛躍，踏着我的頭頂，跳到後方。我轉身抱住瑜嫣，見少年向船頭躍下，跳越長椅子築成的圍欄。男子向他開了三槍，他都閃躲了。

「嗖！」

一枚子彈向我倆射來，我倆可幸沒被打中。我倆轉身看，廚子的頭被打中了。男人成功奪刀，一腳將廚子踢下去。

粉紅衣女子走向男人，哀求：「先生，救我！」

她轉移目標，是先向最強的人下手？

男人瞪着走過來的女子，忽然笑了。

我將瑜嫣的頭，埋在我的胸膛。

男人等女子走到跟前，毅然雙手執刀橫劈，砍斷她的頭。她的頭掉下滾到婦人附近。

「你不是偷笑了一下，我還真的會被你騙倒。」男人得意地大笑。

婦人：「她明明是人，不是『喪屍』——呀！」

我未及出言警告。斷頭的牙齒張合，竟「爬」到婦人腳下咬住她的腳踝，嚇得她提起那腿獨腳跳。她想把該斷頭甩掉，跳到邊緣，不慎掉下，傳來一聲慘叫。

我忖度，對，不應叫「喪屍」，可是叫什麼，難不成是「新人類」？或者，「喪人」最合適！

我忽地失笑一聲，惹得瑜嫣翹首以奇異的目光睃我。

無頭的粉紅衣女子沒倒下，撲向男人。

對，叫他們「喪人」也不錯。嘻，這關頭，我還想這些！

男人發狂揮刀亂砍。瑜嫣要看，被我捧住她的臉禁止。無頭的粉紅衣女子終於跪在男人跟前，冉冉伏地，鮮血染紅周邊，瑜嫣的一隻低跟涼鞋踏在血泊中。男人一身女子的鮮血，惶恐非常。

我驀的想知道船頭的狀況，回身一看，瑜嫣同望。

少年垂下的手攥着槍管，他背向我們站在船頭欄杆上，取代剛才擎槍男子的位置，那男子不見了。少年遙望天際。十一人在長椅子築成的圍欄內，揮舞傘子、救生圈、椅子斷木等，繼續抵擋大批「喪人」。

我驀地聽到一陣低音量而刺耳的電子雜音，我搖頭，沒去理會。

身後傳來一把嬌柔女聲，像是叫了一個外語字，我沒聽清楚。

我轉身看，瑜嫣跟着我。我倆發現船頂平臺上除了老人「喪人」、兩個小伙子「喪人」和持刀男人，還多了一名短髮嬌小戴黑色口罩的少女、一位苗條婦女和兩個血口男性「喪人」。持刀男人被兩個男性「喪人」包圍，對着空氣亂砍。苗條婦女伏在地上，勉強抬頭窺視。戴口罩少女被老人「喪人」擒抱。兩個小伙子「喪人」則向我們跑過來。

「艾倫，怎麼辦？」瑜嫣要哭了。

我拉着瑜嫣到邊緣，俯瞰海面，海面無人。我按住她的腰肢，她緊握我的手臂含淚不迭搖頭，我對她點一下頭。兩個小伙子「喪人」撲過來，我正要使力推瑜嫣下海，那位少女從後捽住兩個「喪人」，拉向後面。嬌小的她，力度卻不小。她口罩下似對我嫣然一笑，臉上旋即蒙上黑影，她抬頭一看，少年越過我的頭衝向她，她往後拗腰，翻騰三圈，站穩。少年降落在我和少女之間，背向我，旋即衝向少女。少女一手攥着少年一隻手腕，如曼舞般繞到他身後，再抓住他另一手臂。少年掙扎，卻仍受鉗制。

兩個小伙子「喪人」又撲向我倆。

「嗒嗒嗒嗒嗒……」

我預備再推瑜嫣，卻傳來直升機螺旋槳轉動的噪音。船頂船頭各人戛然靜止。兩架軍用運輸直升機來到我們上方，低飛，每架直升機有三名全身防暴裝束、背負氣瓶的軍人，吊着繩索，分別降落船頭船尾甲板上。船頭長椅子築成的圍欄內十一人舉手蹦跳歡呼喝采，其後圍欄外的「喪人」都舉手蹦跳歡呼喝采。少女放開了少年，船頂平臺上的人徐徐坐下來，我跟瑜嫣亦坐下。船尾沒乘客，軍人走進船艙。

船頭的軍人猛的對着圍欄外手舞足蹈的人以噴火器噴出如一輛巴士般長的烈焰，焚燒他們。四個「火人」先後躍進海裏。

四方遠處多艘軍艦逼近遊艇。

兩名軍人又從直升機降下船頂平臺上。瑜嫣展現久違的笑靨，急欲站起來，卻被我拉住。

頭上染血的老人向軍人攤開兩手，叫道：「謝天謝地！你們來了，我們有救了。」

一名軍人面向老人，對他噴火。

伏在地上的苗條婦女站起來，裙襬沾上地上血跡，另一名軍人又向她噴出烈焰。

「呀！」瑜嫣在我懷中驚叫。

軍人的通訊器發出聲響，卻只能聽到吱咯之音。

船頭又冒起洪洪烈火，軍人竟向長椅子圍欄內的人噴火。

「他們要……」瑜嫣說不下去。

我不理了，要跟瑜嫣一同跳下海裏，卻又感到渾身乏力。頭上響起撲漉之聲，仰望天空，一隻灰鴿飛到旗杆上。

船頂平臺上兩名軍人面向我們退後，應該是為免反撲。少年仆然拔地躍起，騰空，騎在一名軍人肩上。另一名軍人隨即舉起噴火器，向着少年上半身噴火。少年後翻，兩腳掛在軍人肩上，身軀倒吊在軍人背後。另一名軍人下意識地垂下噴火器，烈焰衝向被騎的軍人，軍人頓成「火人」，少年墮地，翻滾，企圖撲熄火焰。

我盯住着火的軍人，撲然感到不妙，立時抱起瑜嫣奔向船尾，跳下。

「轟！」

我倆仍凌空便聽到一聲巨響，旋即被爆炸引起的衝擊波猛推到海上。

我倆掉到海裏，我立即推開瑜嫣。

「我會把你拖進水裏！」

我開始沉入水中，瑜嫣游過來，執着我一隻手，將我拉回海面。我發狂四肢亂捽，把瑜嫣也拖進水下。我稍一清醒，毅然甩掉瑜嫣捉着我的手，再將她推回海面。瑜嫣又下潛，再次執住我的手，將我拉回海面。一個陌生人游過來，我以為他是「喪人」，便攮住他以免他游向瑜嫣，那人卻一手托着我的下顎，跟瑜嫣一起揪住面朝天的我游泳。

不多久，我們便在碼頭上岸。有些人已在岸上，亦有些人正游過來。我抹臉定睛一看，沒有救護員遞上銀色救生毯，反而一大隊警員擎槍指着我們，喝令我們走到一棟建築物的外牆前排列。我脫下濕漉漉的風衣，披在赤足打哆嗦的瑜嫣身上，又懊悔會否令她更冷。

遙看海上，觀光遊艇全船着火，升起大團黑煙，兩架直升機在周邊盤旋。三艘軍艦向海面噴火，火海中隱約可見人影。

警員催促我們移步。同行中，我倆看到粉紅衣男子和剛才為我倆拉走兩信「喪人」的少女。我們背靠牆壁排列，一隊軍人手持步槍在我們面前列隊，槍管垂下卻以雙手把持，一派行刑的格局。他們身後又有多名全身防暴裝束攜帶噴火器的軍人。

一個平頭中年漢子，衝向一名警察，大罵幾句，警察邊用手槍指住他邊退後兩步。漢子再踏前一步，說了半句，警察便朝他的面門開槍。槍聲似還沒完他便倒下來。

我與瑜嫣隨着槍響渾身一抖。

「他沒起來，他不是……」瑜嫣輕語。

警察仍然緊張地雙手握槍對着他，怯怯地挨近用腳踢他，他一動不動。一個攜帶噴火器的軍人走近戒備，兩個全身防暴裝束的人抬來一個大鐵箱，將平頭漢子放進內，再將鐵箱上鎖。

我又聽到一陣低音量而刺耳的電子雜音，看看瑜嫣，她似沒有聽到，我是耳鳴或心理作用罷。有人輕按我的肩，我擺頭一覷，是那少女。我對她一笑，她搖首並以眼神教我向前方眺望。我隱約可見一名西裝筆挺的中年男子正跟一位襟前掛滿徽章的軍官爭論。那名中年男子跟我們該同是華人，而那位軍官則屬此國。

「他們說什麼？」

少女向我投以奇異的目光，聲音嬌柔的說：「你不知道？」

「你知道？」

「是你！」瑜嫣看到少女，笑說：「剛才謝謝你！」

少女瞪了我一眼，除下口罩說道：「我明白了。」她轉而看着西裝男子與軍官，「那位我國的官員，對將軍說不能濫殺無辜。」

瑜嫣看着我撇嘴，眼神向我抱怨，她都不理我！我伸手撫摸她的頭頂。

「你怎麼知道？」

「讀唇。」

「好厲害！嗨，我叫艾倫，她是瑜嫣。」

「Zeta。」

「Zeta，第六個希臘字母？」

一名軍士走來，要求我們登上一部巴士，前往醫院接受檢驗。大家都鬆一口氣。Zeta又戴上黑色口罩。

「他們是『喪屍』，我不會跟他們一起。」一位小伙子叫嚷。

軍士喊道：「你們都有嫌疑，所以要到醫院檢驗。不用怕，我們會保護你們。」

雖然明知某些是「喪人」，但大家別無選擇，唯有遵命上車。一些軍人拿着鐵鐐過來，那位官員跟軍士理論，最後我們不用扣上鐵鐐。

我們三十多人坐在巴士中央及後面，六個全身防暴裝束的軍人坐在前端，二人攜帶噴火器，四人手持上了刺刀的步槍。

司機開啟音響，播放著名女小提琴演奏家Valonia的《暴風豪雨》。我想起曾聽說暴風雨下的森林，獅子與兔子，狼與羊也會安靜地一起躲在山洞內。

我脫掉鞋襪，為瑜嫣穿上襪子，撕掉風衣的口袋，塞進鞋頭，再為她穿上鞋子。我知道不應該，我仍趁機恣意欣賞她短裙下一雙美腿。瑜嫣的相貌身材不算天仙，但一雙苗條美腿便美得出塵。她卻一直不是看我。

粉紅衣男子對着瑜嫣大聲說：「你別這麼瞪我！我跟你一樣，都是人。」

瑜嫣看我，我不作聲，她便對他叫道：「你的手，被咬了！我跟你不一樣。」

他一手蓋着另一手背。一位老先生走過去，強拉開他的手。

「坐下來！」一個持槍軍人站起來喝令。

老先生立即高舉兩手，退回座位，叫道：「大家看，他的手，真的有咬痕。」

「你也是——我看到你咬人！」一位小伙子站起來指着老先生喊道。

「你認錯人了！」

「我的手是被咬了，但我沒變『喪屍』！可能……我的體質不同。」

瑜嫣禁不住對着粉紅衣男子詰問：「你記得……你的女朋友最喜歡甚麼顏色麼？」

「粉紅色。其實，還有紫色，不過穿衣服的話，她便只喜歡粉紅色。」

「你們也來問我吧！」老先生像是抹了一下眼淚，「我什麼都記得。」

「那——我是誰？」一位老嫗緩緩站起來。

「你是我的妹妹，我的妻子！」

「亂倫？」小伙子驚呼。

「我們沒有血源關係，我的父母在她十多歲時收養了她。」

「哥哥，我的老公！」老嫗邊說邊走過去。

「坐下！」軍人再喝令。

「軍爺，求求你，讓我過去，過去我的——」

「砰！」

軍人向車頂開了一槍，老先生邊坐下邊向老嫗上下擺手讓她也坐下。

車頂開了一個小洞，日光穿透，照在軍人步槍的刺刀上，閃耀刺目光芒。

「怎麼不一早相認！」Zeta 把頭伸到我與瑜嫣之間，輕聲罵道。

瑜嫣看着我，一臉要哭的樣子。我明白她想什麼，時間一久，他們又能記起舊事了。我回憶她曾說，「其實，咬了，會不會也沒有關係？」

我問粉紅衣男子：「你有去找她麼？」

「誰？喔，她。我接住她的頭了——（低頭帶點傷感）她死了。」

我跟瑜嫣對視，彷彿聽到對方的心聲：

被咬了，就不是原來那人！

我們被安排在一間軍部醫院的地面大堂等待，合有近百人，約為原來半數的乘客；其餘半數，應該沒逃掉——也許除了那個矯捷騰躍猶勝奧運選手的少年，若他沒被燒死的話。十二個穿着防暴裝束的軍人，其中五人攜帶噴火器，其餘手持上了刺刀的步槍，分散站在牆邊監控我們。醫護人員戰兢為我們每個人輪流抽血，又帶去照射 X 光。我與瑜嫣和 Zeta，均未作檢驗。不知何時，Zeta 頭上多了一頂露頭遮陽帽。

我察覺粉紅衣男子將一枚迴紋針放進口裏，是準備萬一被鎖時可以偷偷解鎖？之後又見他掏出手機的 sim 卡，也放進口裏——看樣子，是吞了！害怕電話的資訊被揭露嗎？一張臉湊近，凝視我所凝視，原來是 Zeta。

瑜嫣盯着我倆，我好生尷尬。

我見 Zeta 兩手各拿一枝筆，轉動把玩，便跟她討一枝，交給瑜嫣，又偷偷撕下五張逾期的壁報，交予瑜媽。瑜嫣在空白的背面繪畫，心情開始愉悅一點。

一位醫護人員站到我跟前，要我跟她去，她身後站着一名手持帶刺刀步槍的軍人，我萬分不情願，卻也只能依從。

「Zeta，請你——」

「放心。」Zeta 說罷便凝睇瑜嫣。

瑜嫣專注繪畫，也不知她知否我要被帶走，或知道而不在乎。雖然有些心酸，但見她能有一陣子忘情，又感到安慰。

我被帶到醫療室抽取血液樣本，又被帶去照射 X 光，倒也麻利，一盞茶的時間便回到她們身邊。瑜嫣翹首對我嫣然一笑，再低頭繪畫，教我的心甜絲絲。

一陣急速的車輪滾動聲，吸引了我們的注意。半身燒傷的少年，躺在滾輪病床上，被醫護人員推進來。

「二級燒傷，有意識，但不答話也不叫痛，或許是啞巴。」

「呸！你才是傻瓜！」

少年突然叫道，同時坐起來，五名醫護人員抓住他，少年掙扎，附近兩個軍人舉槍、提噴火器戒備。一位醫生給少年打了一針，他便逐漸安靜下來。

「處理燒傷後送去 MRI。」醫生喊道。

「Zeta，你知道為什麼人會變『喪人』嗎？」

「什麼『喪人』？」

「就是那些亂咬人，斷了頭仍能活動的。」

「知道，將來你也會知道。嘿，這兒不能久留，一有機會——」

「別輕舉妄動！」

「他們會放過我們嗎？不殺，也會關起來。」

腦海出現多個剛才發生的畫面：船頂平臺上，伏在地上的苗條婦女站起來，裙襬沾上地上血跡，一名軍人向她噴出烈焰。船頭上，軍人向長椅子圍欄內的人噴火。碼頭上，警察向一個平頭中年漢子的面門開槍。巴士上，軍人向車頂開槍示警，日光穿透車頂小洞，照在軍人步槍的刺刀上，閃灼刺目光芒。

站在牆壁前的軍人，擺動了一下，燈光映在步槍的刺刀上，撲閃奪目光輝。

我看瑜嫣的畫，尖刀上，發出十字光芒，尖刀下不是槍而是一面大鏡，人對鏡尖叫，鏡中映像張大口撲出來。我感覺忐忑，瑜嫣卻含笑。

過了一段時間，可見門外醫護人員跟軍士和那位官員說話，各人都一臉難色。

不待我發問，Zeta 便說他們毫無發現。

驟然，警鈴大響，且消防灑水系統開啟。大家都忙找東西遮擋。我們舉起椅子作傘。

為少年打針的醫生匆匆走到軍士和官員那兒。

「那少年作 MRI 時身體突然自焚。」Zeta 恝然的說，似乎不覺愕然。

「甚麼？」瑜嫣驚呼。

「是時候了！」

我拉住 Zeta，以免她發難，她卻不動如山。五個「喪人」，包括粉紅衣男子和把「妹妹」變妻子的老先生，兀的動如雷霆，撲向持槍的軍人，掀起頭盔前蓋，張口狂咬鼻子、面頰、眼睛。其他軍人一時困窘，其中一個攜帶噴火器的，大喝一聲，怫然對着老先生及他咬住的軍人噴火，烈焰在「大雨」下卻未能將他們焚燒。

「砰砰砰砰砰……」

一個持槍軍人發狂向老先生及他咬住的軍人連續開槍，直至他們雙雙倒下。

灑水止住。警鈴聲消停。我們放下椅子。

眾人驚呼要逃離大堂，其他軍人便向擁往各出口的群眾肆意開槍或噴火，鬼嚎悲哭聲在室內迴盪。各門外的軍人及警察立即緊閉大門，通往大街的大門外更有一輛警車駛來堵塞。群眾及「喪人」一同行動，群起與殺戮的軍人搏鬥，爭奪步槍和噴火器。槍聲此起彼落。

先前被咬的另外四個軍人，分別走近其他軍人，槍口抵着他們的頭，開槍。

我在五個「喪人」發難後，便已牽着瑜嫣撇下 Zeta 走至旮旯，堆疊椅子遮蓋瑜嫣。瑜嫣苦臉對我搖頭，我卻決意戰鬥。我回頭已不見 Zeta。

軍人殺戮繼而被槍斃後，眾人靜止。四個軍人「喪人」驀地丟下槍，審視他人。「喪人」們颯然一起張開大口，撲向身旁的人，觸摸對方後，有的轉而衝向他人，有的用口瘋狂的咬或用手猖獗地抓。

Zeta 閃現，兩手的指間分別夾着兩枝筆，縱身到想要襲擊人的「喪人」跟前，用筆刺盲他們雙眼，有時兩手左右齊插，利落非常。她左右手同樣靈活，看不出是右還是左撇子。

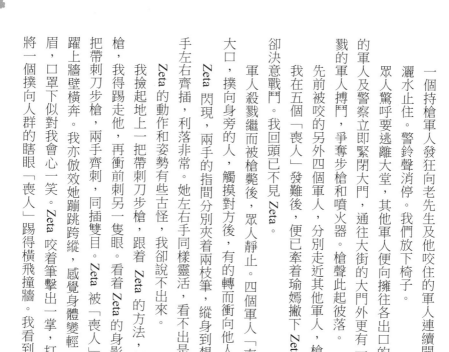

Zeta 的動作和姿勢有些古怪，我卻說不出來。

我撿起地上一把帶刺刀步槍，跟着 Zeta 的方法，刺向「喪人」的眼，插得一隻眼，「喪人」便揪住我的步槍，我得踢走他，再衝前刺另一隻眼。看着 Zeta 的身影越來越快，我受了感染，亦越發敏捷。我更再拾起另一把帶刺刀步槍，兩手齊刺，同插雙目。Zeta 被「喪人」追捕或要繞過不咬人的人時，便跳上桌子跨越椅子甚至躍上牆壁橫奔。我亦倣效她蹦跳跨縱，感覺身體變輕，跳得更高更遠。我再瞧 Zeta，Zeta 竟也正在瞅我，攢眉，口罩下似對我會心一笑。Zeta 咬着筆擊出一掌，打得一個背向她的未盲「喪人」伏在地上；又猛然一腳，將一個撲向人群的瞎眼「喪人」踢得橫飛撞牆。我看到 Zeta 的神力，亦感腎上腺素急升，渾身是勁，一擊一踢打倒身軀比我健碩的「喪人」。

瞎了的「喪人」四處摸索，人們躲藏起來捂住嘴巴。三位男士撿起帶刺刀步槍，其中一人欲開槍，卻不懂得。另外一人對着「喪人」開槍掃射，殺得性起，中槍的「喪人」仍撲向他，其他瞎了的「喪人」憑槍聲辨別方位，擁向他，槍聲很快便結束。餘下兩位男士，跟着我用刺刀，刺不死，便都改為刺瞎。

「艾倫！」

瑜嫣驚喊。沒盲的粉紅衣男子及兩名未瞎「喪人」，走到旮旯，翻起遮蓋瑜嫣的椅子。我大喝一聲，躍上牆壁橫奔，繞過「喪人」和人們，一腳踢向翻起椅子後暴露瑜嫣的「喪人」，「喪人」被我踢得橫飛，撞上牆壁，身軀四肢詭異地扭曲。粉紅衣男子立即抽身遠離，我弄瞎另一個「喪人」，踢走，丟下雙槍，扶起瑜嫣，摟抱她。

「呀！」一位持帶刺刀步槍的男士揮刀後被「喪人」的血濺到眼睛，大叫一聲，頃刻又呆立。

Zeta 用筆刺瞎他，奪去他的帶刺刀步槍，走到背負氣瓶的軍人「喪人」身後，用刺刀解下氣瓶，扔到通往內室的門前。

我吆喝：「大家快找掩護！」

人們及一些「喪人」，都找庇護。我跟瑜嫣蹲下，以長椅覆蓋我倆。我仍不禁窺看 Zeta。Zeta 從後捽住一個「喪人」，以他的肩托住槍管，向氣瓶開槍。

「訇！」

巨響過後，煙霧瀰漫。煙霧漸散，可見門被炸開。

我牽着瑜嫣。

「我們走。」

「但，那是上樓的！」

「那兒才是出口。」

Zeta丟下步槍，一手仍夾住兩筆，衝進破門。兩名軍人倒在門後，一名軍人跪在地上，一見Zeta瞟他，便兩手高舉步槍橫放頭上。Zeta沒理他，奔上樓梯。我揪着瑜嫣，跟着過去。身後，一些人們和沒瞎「喪人」亦徐徐跟隨，人們驚惶迴避滿口滿手鮮血的「喪人」，但他們只顧抹嘴拭手，沒去襲人。

我倆上了一層，不見Zeta芳蹤。走過通道，我嗅得一股濃烈焦灼氣味，便輕掩瑜嫣兩眸，摟着她的腰前行。經過安置磁振造影（MRI）儀器的房間，可見儀器焦黑，床上躺着如碳的少年，出奇的安詳。

有人從後急步走來，我倆稍為避開，一同警覺地往後頭看，不見「喪人」捉人，只見人們和帶血沒瞎「喪人」都加快腳步。許是警員軍人追來了。我拉着瑜嫣奔跑了幾步，乍見Zeta在一間大病房內，遂與瑜嫣走進內。Zeta將一張被褥捲起後丟到窗外，便跟着跳下。我倆聽到一聲悶響，趕到窗前俯瞰，但見Zeta站在一輛鋪上被褥的救護車頂上。Zeta脫下遮陽帽和口罩穿在臂上，抬頭瞅着我，沒笑，向我做了一個古怪的手勢——一手攤開五指掌心向着我，另一手食指放在其掌心上——便躍下車覓路離去。

我不放心就這樣跳下去，再將一張被褥捲起丟到窗外，疊在先前一張上，然後才牽着瑜嫣，並坐在窗框上。我對她微笑，她對我點頭，我們一起跳下，躺在被褥上。我仰望，竟見粉紅衣男子探頭窗外，鳥瞰我們。

我闔上眼。

我睜開眼，怎麼忽然大黑了？感覺仍躺在被褥上，伸手到旁邊摸索，觸不到瑜嫣。

喔！我想起來了，我跟瑜嫣逃回酒店，拾掇細軟，匆匆前往機場購票回國。回國後一起胡亂吃一頓晚餐，我看報章瑜嫣用手機上網查看，本國沒有「喪人」襲擊的新聞，我便送瑜嫣回家，待她沐浴後，逼她喝下一大杯熱可可，坐在床緣握着她的手看着她酣睡，方才回家，倒床便睡。我倆一直沒交談，我想瑜嫣夢中也許仍在悚慄淌淚。

我讓自己追悔為何不藉機留在瑜嫣的家甚或跟她同睡，別想「喪人」，可是「喪人」跟我們一同逃脫的影像卻總是揮之不去。

算唄，要想便想。為了整體人類，我們該犧牲自己跟「喪人」一起被囚禁，甚至一同被消滅嗎？明知自己沒變「喪人」，怎能認命不逃命？噫，是我多口引發這場災禍麼？軍人怎麼如斯快趕到？對，導遊也曾提及附近有軍營。唷，「喪人」是有計劃讓軍隊來？看軍人的裝備和應對，他們早知有「喪人」，只是還不懂分辨。

他們到底是什麼？

Zeta竟然說曉得！她為什麼又不明言？

好累……

又是一陣雜音，電子的？人類的？似乎要說些什麼。身體往下沉，完全沒有聲音了，頭上蔚藍的天空好詭異，光影一直扭曲、閃動。感覺非常辛苦，手腳不停擺動，卻被無形的力量牽制。終於完了，身體飄浮於太虛之中，漆黑中似有繁星閃爍，驀然一陣強光——我醒來了。

又是這夢。

我還擔憂瑜嫣不知要多少天才能釋懷，翌日我夢後還賴在床上困惑時，她便來電約我看戲。我問她想看什麼，她說「喪屍」的戲。我嚇了一跳。

我笑問：「是『震撼療法』麼？」愈是害怕，愈要強逼自己面對。

她含嗔道：「是『藝術治療』！」

我才不跟她爭論，非關她是一位藝術家或是我所鍾愛的人，只因她是女人。

現在好像沒有這種電影上映啊，她說看影碟，上我家。我強忍着笑，平凡地答應。

我的生活很規律，瑜嫣幾乎都知道我什麼時候回家、吃飯、洗澡、看書、上網、睡覺。但這天我會跟她一樣，變幻莫測罷。

是日我還在休假，本來旅程應該是早上去看瀑布，我便在浴室開啟蓮蓬頭灑水，欣賞一會，卻又憶起什麼。拉開抽屜取衣服時，看到於「一億零一」網購的一把紙扇，我不假思索把它丟到垃圾桶。我不願外出，而且也要在伊人到來前花數小時整理「狗窩」。我一直逃避看新聞，但打掃時還是開啟了電視，新聞只報導觀光遊艇發生火警山，多人死傷。

一抹黑影掠過，我瞧窗戶，看到一隻灰鴿，飛到窗臺，停留一會，便飛走了。我忽發奇想，牠由觀光遊艇開始一直跟着我飛了千里來到這兒麼？我繼續料理家居，一忽兒，窗發響，卻不是鳥喙啄聲。我又瞧窗戶，一隻自來銀白色金吉拉貓在敲窗。我雖只住五樓，但攀到我家窗外也非易事。我又萌生荒謬的想法，銀白貓就是由灰鴿變成。經歷昨天的詭誕，我覺這個意念非常有可能。我失笑。這一笑，我委實很需要。為了答謝，明知瑜嫣不愛貓，我仍打開窗讓牠進來，餵了牠一點豆奶和肉片。牠帶着皮革頸圈，上面刻了「O」。該是有主人的罷。

晚上，我加熱蘑菇披薩，也弄了伊人喜歡的乳酪果凍，還加上幾片可食用玫瑰花瓣，開了一瓶玫瑰紅酒。正煩惱如何讓「O」離去，牠卻消失了——也許飛走了罷。

我在几上燃點散發迷迭香和薰衣草香氣的蠟燭。瑜嫣到來，吸了一口氣，凝視我，莞爾。

我們用餐後邊喝酒邊看戲，比起擁有智慧可假裝常人曉得格鬥斷頭不立即死斷肢能動的「喪人」，戲中的喪屍一點都不可怖。「喪人」就如常人，隱匿在我們中間，伺機撲地發難，逐步將全人類同化，人類根本防不勝防，坐以待斃。我還希望昨日遇到的是喪屍。瑜嫣的想法應該跟我一樣，看戲時的表情跟萬聖節逛街時無異。

「鈴、鈴。」

瑜嫣問我，叫了外賣麼？我搖頭。這麼晚，不會是郵差或跑腿，聲浪也不至惹惱鄰家。

「花艾倫先生，你好。」

穿着西裝的華籍中年男人開腔，他身旁是一位亦穿着西裝的年青外籍金髮女子。

「你們是……」

外籍女子以英語說道：「我們是國際刑警。」

瑜嫣在我身後，雙手握着我的手臂。

「我們可以進來嗎？」

我想說「不」，身體卻往後褪。

我跟他們坐下來，瑜嫣弄飲料。我故意不問，他們唯有先開口。

「花艾倫先生，你本來名叫『花宥睿』，兩年前曾經溺水生還，之後便改名，為什麼呢？」

「你們不會為了這事來罷？」

「哈，我想，你們也知道我們為了什麼事到來。」

他說「你們」。

「（英語）昨天發生的事，可以跟我們說一下嗎？」

「（英語）要說英語麼？」

「（英語）不用，我不會說中文，但聽得懂。」

「新聞報導不是說發生火警了嗎？」

他倆尷尬的笑。

瑜嫣還在弄飲料。

「你們有對其他人提起昨天的事嗎？」

「沒有。說了，也不會有人相信。」

瑜嫣按捺不住發問：「他們到底是甚麼？」

「（英語）我們也不大清楚，知道的，就跟你們看到的差不多。」

「其實，我們詳細看了醫院的監控，我們相信你們沒有被咬傷或抓傷。不過，也請你們跟我們到醫院檢查一下。」

「驗血和X光，不是沒有發現嗎？」

「MRI。」

瑜嫣驚呼一聲。

蠟燭的火光掩映。

我站起來，將蠟燭放到瑜嫣身旁，搭着她的肩，她便繼續弄飲料。

「我們沒有干犯法例，再者，你們在這兒沒有司法權罷。我們不願意去。」

「那——可以跟我們講述一下到醫院之前發生的事嗎？」

我由看到女子頸上有咬痕開始，到巴士上的對話，扼要敘述了一片，只是略過Zeta。他們耐心聽我娓娓道來，卻不用筆記下什麼，許是我所說的都沒用。

「跟你一起弄瞎『怪人』的那個少女——」

「我們只是一齊，不是一起。」

瑜嫣盯住我，我佯作沒注意。

「你知道她是什麼人嗎?」

他說「你」。

瑜嫣瞪眼看我，我唯有對她憨笑。

「不，不知道。」

「(英語)她叫什麼名字?」

「好像叫——Sister。」

瑜嫣失笑，然後尷尬地納頭。

「萬瑜嫣小姐，我們知道你喜歡繪畫，可否給我們素描一下她的容貌?」

瑜嫣側首問:「不是說你們有醫院的監控麼?」

「(英語)她一直迴避鏡頭。」

我心中驚嘆了一聲，頓悟那時為何感覺 Zeta 的動作和姿勢有些古怪。

瑜嫣畫了一幅素描，輪到我忍俊不禁，笑後立即捂口假裝咳嗽兩聲。那是戴上口罩的粉紅衣女子模樣，素描只得頭部，倒也非常寫實。

我送走了他們，跟瑜嫣一起喝下原為他們準備的飲料。咖啡加了伏特加，我便當作愛爾蘭咖啡;紅茶加了益生菌飲料，瑜嫣便當作奶茶。我倆當作沒事發生過，繼續看戲。

瑜嫣在我懷內安睡。戲完了，我抱起她安放到床上，我瞥見她竊笑，卻沒喚她。我在沙發上睡，一覺到天明。醒來瑜嫣已走，留下難看難吃的早點，我閉目吃幾口，便預備出門。

貳

我提早兩天回到公司，還擔憂同事問我旅程如何，向我伸手要手信，公司各人卻忙作一團，氛圍如準備打仗。

「艾倫，來！」

三位男同事又拉又推，要我跟他們走，我一直提防，他們會否露出牙齒。拐彎到走廊，同事們便將我推出去，他們則躲起來。一部高至腰際、形為八角柱體的機器人，突然啟動向我奔過來。我瞭解什麼狀況了，料想到可能發生的情形，便脫掉鞋子兩手分別拿着一隻。機器人的鏡頭對着我閃亮，發出走調的電子聲音，我立即表明自己是此處職員。機器人回覆沒有我的資料，要求我留在原地等待警員到來。我踏前一步，機器人便向我發射一枚電擊子彈，我用鞋底擋住了。同事們便走出來歡呼，我卻仍然紋絲不動，機器人左右搖擺兩下，又發射一枚電擊子彈，打中我身旁一位同事，弄得他慘叫抽搐好一會。另一位同事忙用遙控裝置關掉機器人，最後一位則又躲起來。

「你沒事吧？」

「沒事。」

「抹一下嘴巴吧。哈！還好不是下面。」

「怎麼……怎麼會是連發的？」

「是我今早改動了程式——你們下次要測試，就不要胡來！」

「艾倫，怎麼你不早說！」

「喲！去了一趟旅遊，怎麼變得又機警又敏捷？」

「因為我遇到『喪屍』！」——我真想這麼直說。

下午，我們忙於改善保安機器人的人物識別程式，加強辨識容貌、身高、體形、人聲的能力，特別在攻擊模式下面對突如其來的陌生人時必須確保不要傷及無辜。我弄丟一枝灰色筆，掉到桌下，俯身拾起時想起Zeta，又浮想起灰鴿，一笑。起來時頭碰到桌底，不痛，驀然靈光一閃，想到鴕鳥。人們常以鴕鳥政策取笑人家逃避現實，但據說其實鴕鳥是將耳貼在地上聆聽四周的動靜，就如武俠小說中的人物一樣。原理是由於聲音於固體的傳遞要比在空氣中快得多。我立即研究加入新探測系統，現時憑二氧化碳濃度、紅外線、視訊、聲音偵測的範圍一般只限於一個樓層內，但若加上透過地板、牆壁收集震盪資訊，便可能連上下樓層甚且整棟大樓的人類活動亦能偵察。

我正煩忙，瑜嫣來電，說思疑被人跟蹤，我笑說定是國際刑警了，話間聽到一些奇怪的雜音。我故意說，也許我們現在的通話也正被竊聽呢。我說讓她教完繪畫班便過來公司附近的咖啡店等我。

下班後，瑜嫣傳短訊給我說看到街頭有「火舞」表演，不來了。我乘車時，許是因為她的暗示，也感到被人跟蹤。

回家後，發現冰箱打開了，食物被翻弄散落，原來「O」來了，見到我便對我叫了幾聲「喵」。我見家居的電話被咬破了，花盆的泥被翻出來，本應發怒，我卻開了一個罐頭肉片和倒了一大碟豆奶放在廚房的桌上給牠享用——電話裏、花盆的泥裏，都有竊聽器。我將它們放在開啟了的電視機旁，次日再扔掉。

我回去廚房看「O」，肉片吃了一半，豆奶沒喝，牠不見了。

「咯咯。」

半掩的窗外，一隻熟稔的灰鴿在敲窗。我看看桌上，又看看窗外，再看看桌上，又看看窗外，笑了。

我走出廚房，驟然聽到有人用鑰匙開門的聲音，我沒給鑰匙予任何人！我返回廚房，窗外灰鴿又不見了，我拿起一把尖頭廚刀，又放下，再拿起一只平底鍋。我急步走到大門旁，門開啟，一個女孩身影走進來。

「丫——」

妍萱以一根食指放在唇前。

「哥！」

她穿着校服，身後兩女一男亦然。

「你怎麼有我家鑰匙？」

「你不是說明天才回來嗎？」

「我跟瑜嫣提早回來……」

妍萱抽動一邊臉笑問：「吵架了？」

「不。」

「哥，（睃平底鍋）你在煮東西？妙極！我們都餓壞了。（回頭）這是我哥，大家不用客氣，進來吧。」

妍萱逕自進去，她的同學亦跟隨。兩女走過時跟我點頭，我苦笑回應；那男的卻一臉冷峻，只瞟了我一眼。

妍萱將書包丟在沙發上，一屁股坐下，她的同學亦跟着坐下。她甫坐下又站起來。

「哥，你弄了什麼吃的？」說罷她便逕自進廚房。

我拿着平底鍋，跟着進去。

「丫頭——」

「哥！你可以叫我美少女、親的。總之，別那樣叫吧——」

「你怎麼有我家鑰匙？」

妍萱尷尬的笑道：「嘻，偷偷拿去打的。唷！怎麼只是罐頭肉片和豆奶，你不是——哎！（低頭察看）嗳喲！」

「喵。」

妍萱蹲下抱起「O」，把牠放到桌上，牠便繼續吃肉片，又喝豆奶。妍萱撫弄牠。

「瑜嫣姐不是不喜歡貓麼？」

「不是我養的，牠只是自來——」

妍萱向我攤開一隻手掌。

「要零錢嗎？」

「要，不過先要手信！」

「在瑜嫣那兒。」我放下平底鍋，「沒什麼吃的，你們叫外賣吧。呀，冰箱的啤酒別喝！」

妍萱對我吐出小片舌頭，咂嘴，然後說：「那麼苦，誰喝！」

結果，我踏在一個空的啤酒瓶上，差點滑倒，另一個空瓶在桌上，桌上還有兩個空杯子。一個喝了小半的啤酒瓶則擱在几上，這瓶，該是丫頭喝的。

剛才，他們吃完外賣，我喚妹子進房，給她一沓鈔票。

「還是哥對我最好！」

「爸還在歐洲嗎？」

「不，他說他們的船要經過索馬里了，我叫他見到海盜一定要拍照傳給我。」

「傻丫頭！」

「哥呀！你是不是失憶了，別再這樣叫我！」她邊說邊跺足。

「好了！丫——呀，明天再來，給你手信。」

「明天不行，嗳！不用急嘛。」

「剛才又是你——」

「哥，那天你會去嗎？」

「去哪兒——喔，不去了，我公司正忙着。其實，心中惦念便好。」

她要去拜祭未死的母親——對爸爸和我來說母親是離家出走，對她來說是死了。對她來說，這樣比較好，值得我花錢擺一個假的靈位。

我拿起喝了小半的啤酒瓶，想像妹子的心情。

瑜嫣仍猜疑被人跟蹤，但總是只會憂心一會，便陶醉在藝術活動中。

一周後的黃昏，我跟瑜嫣上館子晚膳後，一同到她的家，我準備給她一個驚喜！

我買了一枚鑽石戒指。三天前我改良了公司生產的保安機器人，大大增加了偵測的範圍，獲得褒揚並頒發獎金，便用獎金來購買。我想，與瑜嫣經歷了一場浩劫，曾共患難，感情更堅定，而且我渴望可以更常伴在她身旁，所以決定今夜向她求婚。

我們並坐在沙發上看電視。若是平日，我們會互相訴說一下趣事惱事心事，然後她伸一下懶腰，我便識趣地告別。今天，她說過繪畫班的孩子不斷放屁、乘車時遇到女學生罵「痴漢」非禮和奇怪今天不再感到有人跟蹤，我卻沒說話。

我在自責，怎麼不預先構想一下怎樣說，怎麼不準備一大束鮮花、一支香檳？瑜嫣常抱怨我只是精於計算，卻缺乏創意。如果我就這樣掏出鑽石戒指然後說……

電視新聞報導說，今早一輛列車車廂內發生瘋狂的集體咬人事件，但很快又平息。有目擊者說一群人不約而同張口咬身旁的人，還咬出血；亦有人說只是「快閃」惡作劇，咬人者口含番茄醬而已。由於事後沒有受害者逗留現場，迄今亦沒有人報案，相信真的只是一場鬧劇，但仍要譴責滋事者釀成恐慌及騷擾市民。警方亦表示將會在人口密集的地方加強巡邏，並呼籲……

「哦！」

瑜嫣捽住我的臂。

「讓我用皮革做一些保護衣物——」

「誰會穿？你會麼？」

也對。

「那麼，隨時攜帶防身噴霧——」

「還用你說，旅遊回來我便常帶在身邊了。」

「看是已經深入民間，就當作日常搶劫車禍，小心一點好了。而且，大抵因此也沒有人有空跟蹤我倆了。」

瑜嫣聽罷嫣然一笑，是我的好機會。可惜，我忘了關掉電視。

電視新聞報導又說，昨日發生一宗倫常慘案，一個名叫莫若群的男子，謀殺了妻子，初步懷疑與保險金有關。

瑜嫣嗟歎世上竟有如斯負心漢。我握在手中的鑽石戒指，因為沒有光而黯然。

這個可惡的莫若群，壞我好事，令我在工作期間不斷思念，最後按捺不住偷偷在網上搜尋有關他的新聞、背景。據網絡報章報導，他殺了妻子之後，並沒有立即逃走，而是坐在妻子屍首旁，哭叫妻子的名字。鄰居聽到他的號哭慘嚎，拍門叫喚沒回應，方報警求助。警員到來，破門，發現他的妻子小腹插着尖刀，且頭中多刀，浴血倒臥，地上遺下一把染血廚刀。他對警員說，那女人並非她的妻子，而是一個「假人」。

「又是『喪人』！」

坐在對面的同事問我是否玩新遊戲，我支吾其詞。

工作了一會，我又不禁對那事思前想後，深感疑惑，怎麼不提咬人？怎麼輕易殺死「喪人」？

我又偷偷在網上搜尋，莫若群被捕後訛稱身體不適，在醫院伺機解鎖逃逸。但他竟然沒有銷聲匿跡，反而在網路上載自拍短片，強調自己深愛妻子，可是妻子曾經因為遇劫，頭部被磚頭襲擊，大難不死，不過康復後的女人，不是她的妻子。雖然那女人外表、記憶都跟妻子一樣，但她以前不懂計算，現在卻如計算機，說話也太聰明，動作太敏捷，力氣又很大。最令他篤信她是假的，就是她的「氣味」不同了。

我戴着一邊耳機，聽他說了 8 分鐘，一味強調妻子是「假人」，依然沒說她咬人，又沒提被刺後仍能動，難道不是「喪人」？也許有問題的，是他本人。還有少於 1 分鐘的片段，勉強看完它罷。詎料他最後播放一段以手機拍攝僅 37 秒的影片，教我又墮入五里霧中。

從影像可知他將手機黏貼在牆上，可見妻子在他身後做飯。妻子有點奇異，起初我無以名之，再三翻看此段，似是陡然面目模糊。我繼續觀看，他退出熒幕，再出現時靜靜地到了妻子身後，猝然舉起廚刀劈下，妻子竟然頭也不回旋身揮臂橫擊刀面，將廚刀打得橫飛，插入側邊木櫃中。妻子手拿鏟子霍然轉身，杪間鏟子直抵他的咽喉，眼看他就要刎頸，鏟子卻戛然止住。他愣了一忽兒，另一手拿着尖刀猛的刺入妻子小腹。他緩慢放手，血潺湲流下。妻子倒下，離開鏡頭。他移步反手攥着插在木櫃的廚刀，搖動兩下方能拔出，回來蹲下向下猛刺。影片至此。

我發愣不知多久，才趕忙利用網上軟件下載影片。我又不禁瀏覽影片下的留言。有人說他有精神病，患上卡普格拉妄想症；有人說他就是冷血殺人凶手；有人說他最後的影片造假，根本不是人類所能為；卻也有人附和自己的妻子也是「假人」，還想咬他，逼得他不敢歸家。我看到此項有「回應」，順勢摁下一看，是莫若群的回應！

「她沒咬我。」

我好奇，也試留言：你們有行房——不，太文縐縐不好溝通，我刪掉，改為鍵入：你們有性行為嗎？

我利用軟件將下載的影片還原成每秒 24 幅圖片，等待期間發現莫若群已回應我的留言。

「有，天天。但她不是我妻子！」

我逐一審視每秒的 24 幅圖片，發現了先前感覺他妻子陡然面目模糊的原因為何，更教我毛骨悚然。有十三幅圖片顯示她妻子轉頭瞥了一眼。少於一秒！令我想起那個敏捷的少年，但他會咬人。再逐一看圖片，察覺他妻子被砍前原來以鏟子作鏡窺見他。同樣身手敏捷，但不咬人且聰慧過人力氣驚人的，我倒更覺像「她」。

十三天以後臨近公司的午膳時間，我正在觀看新聞報導太陽黑子今年又到十一年的周期高峰，對地球磁場和電子通訊可能構成的影響。同事聚攏觀看電腦，又低聲談論，我正想加入討論我們的保安機器人會否受活躍的太陽黑子影響，他們卻原來討論「咬人」與「假人」。「咬人」事件原本曾經鬧哄哄，許多人投訴曾被陌生人甚至親人企圖去咬，有些報警求助不了了之，有些離家出走徬徨無計，於社交網絡訴苦，而且每天幾乎都有如早前列車車廂中群眾集體咬人又無受害人的新聞。不過，最近多天突然完全沒有「咬人」的報導，反而大家轉而談論「假人」。有母親報案說孩子被人換掉，有丈夫如莫若群殺掉妻子被捕，但經過 DNA 鑑定，孩子與兩名被殺的妻子皆為本人。莫若群在網絡上組織了「殲滅假人義勇兵團」，竟也聚集上百人參加。另外亦有幾個研究社成立，其中一些竟以俊男美女作招徠。最近我不是專心分析莫若群的案件和他的影片，便是埋首改良保安機器人的人物識別程式及新探測系統，也不曉得他們談論的事態發展。

我在旁邊聆聽，正想發言，正在高談闊論的同事瞅了我一眼，便對其他同事放聲說：

「我們公司，便有一個『假人』。」

大夥兒面面相覷，我亦困惑怎麼沒發現。

「誰？」

「誰呀？」

「就是……」發言的同事伸手指着我，「艾倫！」

「艾倫？」

「怎麼是他？」

「你們看，我們有誰的學歷比他低？有誰不比他努力？但誰能突破瓶頸？誰得到獎金？他一定是『假人』！」

「對喲！」

「一定是！」

「是外星人嗎？」

「誰曉得！總之是假的。」

我已被同事包圍，也不知可說什麼。

「他是真的！」瑜嫣款擺花卉白雪紡短裙，步進同事的包圍圈中，站到我身旁，挽着我的臂彎，笑說：「我可以証明。」

一眾男同事和兩位女同事凝視瑜嫣的修長美腿，靦腆的笑。帶頭說我是「假人」的同事嘴角冒沫奸笑，我想起他就是那個有分作弄我去測試保安機器人卻不知我改動了程式而被連發的電擊子彈射中至慘叫抽搐口吐白沫那一位。他看一看腕錶，嚷道，是時候午飯了。大夥兒便一起散去，獨留下我與瑜嫣。

「謝謝你！來找我吃午飯麼？」

「剛巧經過這一帶，致電給你又沒聽——他們說甚麼獎金，怎麼沒聽你說？」

「哦，我正想跟你說，先吃飯吧。」

這一陣子，我口袋裏經常放着那枚鑽石戒指。本打算跟伊人到高級餐館，好營造氣氛，伊人卻要吃拉麵。在速食店跟人家共用餐桌，吃完拉麵瑜嫣便定睛看我。算罷，太浪漫瑜嫣反倒不覺像我。我掏出一個黃色的小錦盒，我的鄰座食客起來離去，便有人坐在他的位置，吃他剩下的拉麵。我不禁鄙夷地瞟他一眼，他亦邊唧唧吃麵邊抬頭回看我。

「莫若群？」

莫若群嚇了一跳，隨即起來，且一手奪去我手中的小錦盒，掉頭衝出店外。

我的鑽石戒指！我的幸福！我忘了對瑜嫣交代半句，追上去。

「艾倫！」

我隱約聽到瑜嫣喚我，但我停不下來，連回頭一會都不能，我本應可以跑得更快，可是我穿着皮鞋，只能勉強跟在他後頭十公尺左右。跑呀跑，他不顧路人橫衝直撞，我左閃右避以免碰人，漸次被拋離，我便毅然走到車道上，逐漸追上他。他又效法我走在車道上，又再拉遠跟我的距離。

我大喊：「他是逃犯，快抓住他！」

怎麼瑜嫣在大約五十公尺遠的車道上凝睇我？慌不擇路，我們又回到拉麵店所在的街道。

「嘟嘟！嘟！」

一輛月亮黃色敞篷跑車邊停下邊狂向在旁的莫若群發出響號，他竟解開司機的安全帶然後將其拖出車外，自己跳上駕駛座。我趕到時撲打跑車尾部一下，他便急踏油門開車衝前，隆隆震耳，絕塵而去。

瑜嫣雙手交叉胸前，側着頭看我。我跑了好遠的路，又對丟下她有些歉疚，緩緩步向她，直憨笑。當我倆相隔約一輛半巴士之遙，身後響起熟悉的隆隆之聲，我回身一瞥，剛才的黃色敞篷跑車正向我疾駛而來。我彷彿可以見到車上的莫若群向我奸笑。我霍然閃身避開，瞬間心頭升起更強烈的恐懼。跑車嗖嗖掠過我身旁，我莫名後悔。

「砰！」

不可能！不可能！瑜嫣躺在地上。這一定是夢，快醒來！

我跑到瑜嫣身旁，跪下。我的手放在她身上，卻不敢碰她，只管在激靈。

「報警了嗎？」

身旁已有人圍觀。我方才醒覺，掏出手機，卻掉到地上。手仍在顫抖。

因為「多元無知效應」，大家都只在觀望。

「（抬頭向圍觀者大叫）報警呀！（垂頭哭嚷）叫救護車呀！求求你們。」

瑜嫣動了一下。

「瑜嫣，對不起！」

我醒過來，半坐起來，發現自己睡在床上。我又躺下，心中暗喜。感謝！原來只是夢一場。

一陣濃烈的消毒劑氣味襲來，四周喧鬧，旁邊也有床，也有人躺着，醫護人員眼前走動——我在醫院，不是夢！

我下床，腳底冰冷，找不着鞋子。我赤足四處走動，查問萬瑜嫣在何處，又想到他們未必知道芳名，便轉問剛才車禍的女傷者在哪兒？

「對不起！我們盡力了。」

我執着男醫生的白袍衣領，正要咆哮，一位老婦嚎啕大哭，旁邊的老先生摟住她，幾名男女挨近安撫。

我放開醫生，向他低頭致歉。我想一笑，但還不能。這不是瑜嫣。她的父母不健在。

我終於找到瑜嫣。女醫生終於從手術室出來。

「你是……」

「我是她的未婚夫。」我好想這麼說。

「她暫時沒有生命危險……」

萬分感謝！

「不過……」

快說！不，不要說——說吧！

「她左腳的傷勢非常嚴重。」

我兩腿發軟，揪着醫生的手，半跪下來。

瑜嫣終於醒了。

「你的左腳——對不起！」她喜歡人直言。

「太好了！」

我撫摸她的頭，正要轉頭喊醫生。

「還好手沒事，我還可以畫畫。」

「都怪我……是我……」

「對啊，都怪你！」

我跪在床旁。

「太陽黑子活躍，通貨膨脹，野貓被虐待，都怪你！」

我側着頭，試圖理解，但腦際一片空白。我吞下一口唾液。

瑜嫣好像想坐起來，卻似遽然想起自己的狀況，便撫摸我的頭。

「你為甚麼一定要追他？他搶了你的——是戒指嗎？」

「是，是鑽石戒指。」

「你的獎金，都用來買戒指？」

「不是『都』，還剩下幾百元。」

「哈哈！咳！對，這麼說話，才是我認識的你。」

我跟公司申請一星期的假，主管說只能放假三天，我便遞上預先準備好的辭職信，主管接過立即撕掉，允許我的告假了。

瑜嫣越是微笑，我越是心痛，卻要陪笑。

我為她帶來畫具，她整天只繪畫了一幅。我偷偷帶來食物，幾番掙扎後亦包括拉麵，她都高興地吃下一點點。

「我們結婚吧！」

「你不要乘人之危。」

我聽到的是，「別可憐我！」

之後，我無言。

我在網上搜尋治療傷殘的方法，看到「幹細胞再生治癒」，興奮了一陣子，卻又發現並不適合她的情況，且有發展成癌症的風險。我又挖掘了許久，才發現一篇自由記者的報導，談及一項實驗中的技術「IA (Inside Autonomy)」，將特殊的微型機械設備內置於缺乏活動能力的肢體，可以令病人完全恢復活動能力，且外觀跟從前一樣。可是，計劃業已終止。研究者是費教授，或許找到他便有希望。可惜沒有他的照片，履歷也只是一個頭銜：機器與自動化工程學教授。

妍萱說要探望瑜嫣，我勸她別去，瑜嫣不想的。她便問我要錢買了一大束太陽花，交給我送予她。瑜嫣看到大片黃花，含笑不語。

我到瑜嫣兼職的繪畫學校，希望請孩子到醫院探視她。職員不肯透露孩子們的聯絡方法，我便在門外等候，等到家長帶孩子來時便提出請求。家長不是說沒空，便是怕孩子到醫院會染病，統統拒絕。直至有警員到來，我才無奈離開。

連這一點小事，我也不能為瑜嫣辦到。

明天得回公司，若非瑜嫣的說話，我定要繼續留下陪她。

「不要！」

是瑜嫣的叫喊聲！誰要傷害她？莫非是他？我衝進房間，只見瑜嫣掙扎，兩位女護士企圖按住瑜嫣，一位男醫生在旁安撫。

「發生什麼事？」

「她的小腿開始壞死，我們必須盡快為她切除。」

「不要！」

我忍淚步往床前，一時說不了話。

「艾倫，他們要切掉我的腿！你不要讓他們碰我呀！」

我的唇顫抖，手要提起卻垂下。

「我不要！」

「醫生，把我的腿給她吧！」

一位護士顰眉看我，另一位瞪着我，醫生卻強忍笑意。

「先不說道德與醫療技術的問題，你的腿，大小不配合呢。」

瑜嫣的——

眼前的瑜嫣，穿着黃色短裙坐在巴士上，我為她穿上我的鞋，趁機恣意欣賞她短裙下的一雙苗條美腿。瑜嫣又款擺花卉白雪紡短裙，一雙修長美腿，步進同事的包圍圈中，站到我身旁，挽着我的臂彎……

「我不要！」

醫生為瑜嫣打了一針，她便漸次靜謐下來。

約兩句鐘後，瑜嫣醒來。我餵她喝了一些冬瓜玉米雞湯。

「艾倫，我可以做手術，但你要答應我一件事。」

我兩手緊握她一隻手，用力點頭。她別過臉。

「我們分手吧。」

她的手，溫香軟玉，我捨不得。

突突的心跳聲似自掌心傳來。我看不到她的臉，手感到濕潤，是淚水麼？

我緩緩放開她的手，倒着慢行，退出房間。我的眼眸一直離不開她看不到的臉。

都怪我。我現在唯一能為她做的事，就是在她眼前消失，在她生命中消失，別讓她看到我而傷心，別讓她因為我而一再不幸。

我在街上茫然蹣跼，店舖的霓虹分外刺眼。看到那些招牌上的大寫英文字，我聯想到「IA」，忙用手機上網再次找尋那份資料，竟已找不到。回到家，用電腦再覓索，依然不得。轉而搜查費教授，一直找不到報導所說那一位，其後我還發現電腦被病毒入侵。

一陣雜音，身體往下沉，無聲了，上方光影扭曲、閃動。非常辛苦，終也完結，飄浮太虛，漆黑中繁星撲閃，驀然一陣強光。

又做這夢。我的面壓在鍵盤上，印上了一個個方形。清晨五時許，我該上班，還是放浪？

我要負起伊人的醫療費，甚至生活費，不管她接受不接受。我要上班。

這天我不發一言，沒人惹我，倒是機器人更新了的人物識別系統，竟然又說沒有我的資料。

下班後，我到醫院向醫生了解伊人術後的情況，得知手術非常成功。我該高興一笑，但我沒資格。處理伊人的賬單後，想偷偷瞧她一眼，就看看手機中的照片罷。

當夜，無眠，起來看網絡，莫若群竟然又上載影片，哭訴他不想傷及無辜，今天還到醫院偷看傷者，又說只要殲滅所有「假人」，便會自首。

他今天到醫院！去看瑜嫣！

我必須消滅他！

我利用軟件仔細分析影片的背景聲音，猜到有些玩電腦遊戲和播放色情影片的聲音，加上他身處簡素的房間，我推想是在網咖中的網路包廂。但網咖何其多！

我正困擾有何出路，便乍見牆壁有個「迷宮」，大喜，忙截圖、以軟件加強解析度，隱約可見這張逃生圖上，網咖的名稱。

翌日，我在公司下載整套人物識別系統。雖然這系統老是不認識我，但對於辨識其他人的成功率卻達百分之九十九點七。下班後，我先到那家網咖周邊視察，然後去購買所需器材，到晚上再回到那兒，於對面樓臺、街燈柱子、樹木上分別安裝了三部監視器，監視網咖正門、後門和附近大街。監視器連接電腦，電腦安裝人物識別系統，系統發現目標人物便會發短訊到我的手機。

侵晨方才回家，甫坐下來手機便響起。我又回到那兒，翻看監視記錄，系統顯示某個進去的人百分之七十七符合目標人物，肉眼也覺得很像樣，我便到街上以公共電話匿名舉報。我非常困倦，而且再過兩小時許便要到公司上班，回家吧——我在可看到各出口的樓臺上等待，我要知道警方會否不理會，若理會能否逮捕他。一會兒，我便見兩名員警由正門進入網咖。怎麼不理後門？未幾，莫若群由後門出逃，接着兩名員警追出來。大街上三名員警趕來，剛巧攔截他的去路。五名員警開始圍攏、勸降，他怫然從懷中拔出尖刀，衝向一名員警，在旁的員警立即拔槍向他射擊。他倒下，鮮血慢慢自頭部流出。槍聲恰如煙花爆發，迴響。

我應該高興，立即離開。我都沒有。

我要走近莫若群，被員警制止，遙見他手指在晨光中閃灼，便向員警表明他搶了我的戒指，我要討回！員警拒絕，說需經過調查核實。

我回到公司，應該沒有人留意我沒有更換衣服。主管在房中跟祕書密談，應該不是發現我下載了公司的系統罷。

這一天我幹了什麼？我是怎麼度過？

次日睡醒，總覺得有一件非常重要的事要辦，卻總想不到是什麼。至午膳時鄰桌食客吃雞腿弄得滿嘴油光，我才想起，要通知伊人。瞬間我又記得，已決定不通知了。我緊握的筷子，鬆手掉下。

這天公司安排我們研究小組的成員到「精靈家居及陪伴機器人公司」考察，全皆男士。主管跟我們說了某電腦公司的人藉着參觀別家企業而竊取創意製作「滑鼠」的小故事，言下之意大家明白，只是更明白談何容易。

該公司致力發展接近真人的機器人，協助處理家居雜務兼且充當媬姆、友伴，更不諱言將來會創造完美的性愛機器人。據說機器人的外觀已非常逼真，還刻意加入一些皮膚上的瑕疵，幾可亂真。不過更重要更艱難的，還是「內心」。

接待處正播放《魔鬼的回音》，由著名女小提琴演奏家 Valonia 演奏。

一位打扮得如精靈又一身橙色的標致女接待員負責帶領我們，向我們介紹及解說。看着她的小背心和熱褲，大家都顯得興奮，只是兩名腰插長電擊棒的警衞亦緊跟隨，有點敗興。

再有兩位亦打扮得如精靈的漂亮女孩到來，一紅一藍，衣著更性感，可見肚臍且更半露酥胸，引起一陣騷動。新來的女孩都與我們保持至少三公尺距離，有人想挨近，兩名警衞便上來攔住。

橙衣女接待員邀請我們參加「圖靈測試」，以問答方式判斷新來的兩位，誰是真人誰是機器人，沒有詭詐。

同事們都踴躍發問，卻倒像在車站、酒吧跟女孩搭訕、調情。有人更說色情笑話，「她們」竟也懂裝無知，最後又輪流道出關鍵要點。大家都一致認為二人都是真人，始終無法分辨。我一直沒發言，等到大家都問答完，我面對穿藍衣那一位「她」說：

「我其實是『喪屍』，咬人或抓傷人便可將他人變成同類，我要將全人類變成『喪屍』。普通的襲擊，不能阻止我，即使我的頭斷了，我的軀體仍能活動。你的身體內其實安裝了一個炸彈，足以炸毀我，消滅我，只要你按一下自己的肚臍，便可以引爆。你會怎樣做？」

同事們、橙衣和紅衣女接待員及兩名警衞聽罷，面面相覷。曾帶頭指控我是「假人」的同事，率先哈哈大笑，其他人也相繼跟隨嘻笑。藍衣「她」一直愣怔。我張開大口舉手如爪，嘶叫一聲，猝然撲向帶頭大笑的同事，佯裝要咬他的頸，同事們笑得更厲害，有人還說害他擠出了眼淚。

「吱咯——呱——格喳！」

藍衣「她」發出詭異的聲響，手腳不協調舞動。

「她是機器人！」

橙衣女接待員邊拍手邊挨近我，對我咧嘴笑說：「真棒！先生，你是第一位成功——哎！」

藍衣「她」颯然撲向橙衣女接待員，從後掐住她的粉頸，她開始呼吸困難，兩手摀住我胸前衣服。

四位同事忙上前拉開藍衣「她」，卻完全無效。我身旁兩名警衛，不知所措，其中一個更不由自主似的倒褪。

一位同事喃喃：「違反機器人三大法則啊！」

我撫摸橙衣女接待員頸上藍衣「她」的手，相信是不易導電物料，便從身旁警衛腰間拔出電擊棒。

「散開！」

其餘眾人忙退後。

我將身軀壓向橙衣女接待員，用電擊棒插入藍衣「她」的肚臍，「她」竟沒有反應。橙衣女接待員抓得我更緊，對着我張開口，面容開始扭曲。我心中祈求「她」還會回饋。

「『小』的相反是什麼？」

「大。」

藍衣「她」張開口，我早已揮臂將電擊棒插入「她」的口中，「她」渾身震撼，漸次冒出藍色的煙。我放開電擊棒，掰開「她」掐住橙衣女接待員的手，摟住橙衣女接待員褪後。橙衣女接待員撫心咳嗽了幾下，呼吸調和，轉身含淚擁抱我，豐滿的胸部壓着我，令我身體有點興奮，心裏卻罣念伊人。

「她」口插電擊棒，渾身顫動好一會，然後頹然轟隆倒地。

大批職員、警衛趕來。橙衣女接待員在我懷中暴哭。

「發生什麼事？」

「怎會這樣？」

同事們和兩名警衛，盯着我。我低下頭，輕拍懷中橙衣女接待員的背。

我有錯嗎？

「精靈家居及陪伴機器人公司」的發言人對我們解釋，機器人被惡意輸入電腦病毒，才致失控。

離開時已過下班時間，沒有人跟我一塊兒走。我低下頭走路，腦中仍縈繞早前在接待處聽到由著名女小提琴演奏家 Valonia 演奏之《魔鬼的回音》，颯然跟一個男途人碰撞，對方跟我說了聲對不起。本來我會頭也不回離去，但他身上散發一股香氣，叫人好奇。我翹首跟他打了個照面，我整個人立時僵硬了，不寒而慄。他回身就走，我大喊：

「莫若群？」

他沒有止步。我追上去摀住他的手臂，才想起他的尖刀。看到他的尾指還戴着我的鑽石戒指，我又不管了。

「莫若群，別逃！」

「你叫我嗎？」

他應該認得我，但他不認得我，甚至自己。我察覺他近太陽穴處有一個環形傷疤。

「你是殺人犯！」

「是嗎？真麻煩。」

他一揮手，擺脫了我，轉身走路，卻沒奔跑。我尾隨他。

他又跟一個男路人碰肩，他又向對方說了聲對不起。那路人提着一袋小瓶裝啤酒，手上又拿着一支，邊走邊喝，經過我時散發一身濃郁酒氣。

他真是駕車撞人的莫若群？他真的不記得？為什麼一身古龍水香氣？不！香氣濃度高，是香水！女士塗的香水。他剛跟女人親熱——我想這些幹什麼？

要再報警抓他嗎？還是我自己下手？

他走到一道天梯頂上，我箭步到他背後，伸出兩手一推——他安然步下樓梯。

我分明要推他，我明明推了他，我沒有推倒他。

「莫若群！把戒指還給我！」

他沒理睬，繼續下樓梯，卻沒加快步伐。

我又追上他，拉住他的手，他要擺脫我，我跟他扭結。他的力氣很大，弄痛了我，但我不肯善罷甘休，忍痛跟他拚搏。

我的手機驟然響起，我一怔。我應該此生此世不會再聽到這段我特別為伊人而設的電話鈴聲——著名女小提琴演奏家 Valonia 演奏的樂曲《迷戀》。

他趁機脫身，一縱身，便躍下十數梯級，卻踏在一個啤酒瓶上，失足滾下，一直滾下，最後躺在地上，不動。

他還在滾下時，我沒有立即跟着下去，我要先接聽伊人的電話。我正要按下接聽，仙樂般的電話鈴聲戛然而止。我要回電麼？萬一伊人只是按錯？

我到樓梯下，蹲在他身旁，感覺他會隨時一再死而復生。我取回鑽石戒指，在陽光下扭動讓它閃爍生輝。

他的頭，好像動了一下！

「喪人」？

我緊握失而復得的鑽石戒指於掌心，退了三步。

他的一邊耳朵，有兩根「枝條」伸出來，一隻「六腳蜘蛛」爬了出來。牠身軀大小如鴿蛋，形如雪花，質感如果凍，色彩如肥皂泡表面，光影還會流動。

我驚嘆；我悚慄。

但我想起伊人所受的苦難，便跨步上前。「六腳蜘蛛」走動，我試圖踩踏牠、踏扁牠，可是牠逃脫了。

我沒有報警，索然離去。腦海此際才記起，牠踉蹌走避我踹踏時曾經一度反轉，底部有一個「θ」標記，第八個希臘字母 Theta。

「假人」，就是「六腳蜘蛛」鑽進死人腦袋變成的，叫「蛛人」罷。等一等，為何 Theta 要鑽出來？應該是莫若群的軀體滾下樓梯後不能再用罷。那麼，嚴格來說，「六腳蜘蛛」不是鑽進死屍之腦袋！那人若腦部受傷，該也沒問題，但如果心跳停頓而器官開始壞死，或者脊髓手腳受損，那個軀體便沒用。「六腳蜘蛛」會入侵健康的活人麼？但願不會。

腦海「θ」標記揮之不去。我不得不重複想起「ξ」，心中叫喚 Zeta。

回到凌亂的家中，我陷入沙發，剛巧坐在電視遙控器上，電視開啟，新聞報導昨日有一名獨居女子慘遭凶徒入屋強姦，然後殺害。我應該致電伊人問好。我掏出手機，卻上網查考，得悉姦殺案並不發生於伊人所住的區域。

我提着鑽石戒指把翫欣賞，腦際卻不停分析「蛛人」。「喪人」毫無疑問是侵略者，人類的殲滅者、掠食者。「蛛人」卻不是。莫若群的妻子遇襲後不是大難不死，而是被「六腳蜘蛛」佔據，重生，還保留記憶。莫若群被員警開槍殺死，剛才所見的不是他，而是 Theta，因為剛巧腦部負責記憶的部分受創而失去莫若群的記憶罷。Zeta 應該也是「蛛人」，她從沒加害我們，甚至拯救過我倆。弄傷伊人的是莫若群，不是 Theta。

莫若群已死，我應該告訴伊人——不，何必觸碰伊人的傷痛；但，也許能讓伊人釋懷。唉！要說又如何……

「鈴、鈴。」

我沒叫外賣，這麼晚，不會是郵差或跑腿，也無製造聲浪惹惱鄰家，不會是員警吧？消息怎會那麼靈通？

「怎麼不聽我的電話？」

瑜嫣！我的腿一軟，單膝跪下來。瑜嫣自然地伸手扶掖我的手臂，我手上拿着的鑽石戒指，擺在她胸前。

瑜嫣一陣錯愕，又莞爾。

「又買了一枚？送我嗎？」

我要說話。我說不了話。我唯有點頭。

瑜嫣伸出一手，我為她戴上，遲疑了兩秒，結果給她的無名指戴上。我忙站起來，好生尷尬，攤開手請她進來。

「我們不是已經分手了嗎？」——我要是真想分手才應這麼說。

「是不是遺下什麼要來取回？」——即使是真的，我也不想相信。

「我們結婚吧！」——這麼說太戲劇化，又叫人窒息。

「吃飯了嗎？我們去吃飯吧！」——裝作沒事太虛假了，她最討厭假的人。

結果，我只是深情地凝視她。

她美目流盼，抿嘴笑說：「看你，生活這麼凌亂，真的不可以——」

我已趨前擁抱她。

「——沒了我。」

被我摟住，「我」變得悅耳、磁性。

好久，我才放開她，目光不自主地投向她的長裙下。一直不穿長裙的她如今穿了，永遠都要穿了。我不要表露傷感，於是彆扭地笑。

瑜嫣在我面前翩躚步來步去。

「怎麼樣？是否看不出來？」

我的確看不到昔日眷戀的修長而曲線優美之雙腿。

「是……機器的？」

「你是內行，我也知道你會曉得。它很像真的，我現在可以自由控制它。嗨，還有甚麼電子皮膚，可以讓我感受到溫度、壓力，甚至痛覺。」

「痛覺也要？」

瑜嫣湊近我，喁喁細語：「不痛怎知痛快？」

我想親她一下，她又轉身旋動，裙襬翻飛——我才驚覺，她一直酷愛月亮黃、粉撲桃、花卉白，如今卻是一身暗礦藍。

「這裙子好看嗎？我在『一億零一』買的。」

「一億零一集團」從事網購及物流業務，瑜嫣不是一向喜歡到實體店購物麼？

我本想跟她慵躺在家，她卻要出外走走。

我們在街上逛，我牽着她的手，她沒有甩脫。

我合上眼，享受這一刻——

一陣急促而盛大的腳步聲從後傳來，我回頭一看，大批頭顱透視內藏六腳蜘蛛的人奔跑過來。我緊握瑜嫣的手，也開始奔馳。他們又接近了，我倆拐了一個彎，他們又拐彎，真的是追逐我倆。我們走到一道天梯頂上，我抱起瑜嫣，一躍便跳到底下，他們則一個一個滾下樓梯。我對着瑜嫣粲然一笑。瑜嫣的一邊耳朵，竟爬出一隻「六腳蜘蛛」……

「哎！」

我從睡夢中驚醒，坐了起來，一身盜汗。

一隻八腳小蜘蛛爬到床上，嚇得我不能動彈。

「喵！」

那隻自來銀白貓「o」撲殺了蜘蛛。

我笑了。不單因為蜘蛛沒了，反而更為這個噩夢。自從淹溺，我一直只做那個夢，今天能發一個不同的夢，生命像多姿多彩了。不過，為什麼要瑜嫣……

昨天送瑜嫣歸家時，她不經意的說新聞報導莫若群死了，我舒了一口氣。

想起同事曾提及網絡上組織了「殲滅假人義勇兵團」，還有幾個相關的研究社。我為什麼還對看來不惡且善的「蛛人」戀戀不捨，反而不去關心人類的死敵「喪人」？我肯定對 Zeta 不存有愛戀之心，但不否定我渴望再遇見她。可以麼？

「喵！」

「知道了。」

我不得不起床，拿小魚乾和豆奶到廚房酬牠。回頭不見牠了，只剩下空碟子。

「咯咯咯。」

半掩的窗外，一隻熟稔的灰鴿又在敲窗。我沒理牠，通常回頭再看牠便消失。

「咯咯。」

牠沒走。

「咯咯咯。」

我仰首回憶，牠一般只是「咯咯」，如今——摩斯電碼？我失笑一聲，灰鴿不見了，我步出廚房。不知怎的，恍若頭被打了一拳——不，更似是被電擊。摩斯電碼「●●● ●● ●●●」是「SIS」，妹子？我搖頭，不會的！

我乘計程車到妍萱的學校，一片平靜啊。我又不可無端進去，算了吧，我離開。我是妍萱親哥，當然可以入內找她，我步回。丫頭，因為一隻鴿子叫我找你，也太荒唐，我離開。

「哎！」

校內傳出驚呼聲。我奔回學校鐵欄閘門，摁鈴，沒人回應。校內建築物撲的走出一群學生，衝向鐵欄閘門，想要出來，閘門卻上鎖了。學生驚惶哀傷地盯着我，我也試用蠻勁，亦打不開。兩個男學生企圖攀上鐵欄。女學生們遽然尖叫，跟其他男學生一同逃跑。三個嘴角、校服帶血的學生追上來，兩個正在攀爬的男學生趕忙下來，也奔命去了。

我攀上鐵欄，進入學校，周圍搜索。偶爾聽到驚呼聲，卻不再見有人。我見到樓梯，便踏上梯級，未及拾級而上——

「站住！誰呀？」

一個聲如洪鐘穿着背心的老伯跑過來。

「我是學生花妍萱的親哥哥，我來找她。」
「你怎麼進來？」
「我……我聽到尖叫聲，又看到學生追趕學生——」
「他們只是嬉戲。」一位略胖穿着端莊的中年婦人走過來，「你找花妍萱有什麼事？」
「她……她忘了吃藥。我來——」
「我是校長，把藥給我好了。」
「我忘了帶來。」
老伯忍不住噗哧一笑，被校長瞪了一眼，便捂着嘴。
「那麼你來……」
「我來提醒她——因為電話打不通。」
「好的，我們會提醒她——」
「我還有一些家事，一定要親自跟她說。」
「那——好吧。」
我被老伯領着走，經過有人的課室，大家都正常上課，只是前排有兩個空位子。拐過一彎，牆角地上好像有一點點紅。
我在校長室靜待，一會兒，妍萱到來。她瞪着我好像等我開腔，我也一樣。
「哥，你怎麼來了？」
校長跟着也進來，坐在辦公桌後。老伯走了。
我憨笑，背住校長對妍萱昵聲說：「順道……來看看你。」

從前方看，她的脖子，沒有咬痕抓痕。我握住她的兩手，細看，沒有傷痕。
她甩掉我的手喊道：「你幹嗎？」噘嘴，然後又說：「你看完了嗎？那我回去了。」
她轉身，我掀起她的髮絲，我莞爾，頸背也沒有傷痕。她回身。
「你……」
我柔聲說：「丫頭，今晚跟瑜嫣一起吃飯。」
「哦，好吧。」說罷便走了。
我沒了呼吸。
「花先生。」
她——不是妍萱！
「花先生，你怎麼了？」
她不是我妹子！
「你還有什麼事嗎？」
她是「喪人」！
「花先生？」
我回身對着校長大嚷：「沒了！」
我的妹子！
我奪門而出，已不見人了。
我要去找她！找到了又如何？我如行尸步離學校。
我向公司請了半天假，被主管罵了一頓，我毫無反應。我到瑜嫣兼職的畫廊找她，嚇了她一跳。她繼續向客人闡釋一幅野獸派油畫，讓我等了許久許久——一共三十五秒。

她領我到無他人的倉庫，在多幅人像畫前，我第一次在她面前哭泣。

我哭訴妍萱變了「喪人」。我對她敘述今早的事，只是將灰鴿的「咯咯咯、咯咯、咯咯咯」改成為了送零錢給她。

瑜嫣冷冷的說：「我不相信。」

我啞然。

「今天晚上本來我要去看表演——就跟你們吃飯吧，今晚再談。」

我獨自個在倉庫，幽暗中有多對眼睛瞪着我。

下午回到公司上班，主管又罵我呈上應付太陽黑子的方案簡直多此一舉浪費時間。我一直低頭，間或偷看手錶。

「丫頭——」

「哥呀！你又失憶了嗎？別再這樣叫我！」

瑜嫣對着我苦笑，我感覺很委屈。真想大聲吶喊，你忘了粉紅衣女子忘了傘子在哪兒買，後來又記起麼？

「瑜嫣姐，看到你跟我哥又在一起，真開心！」

如果瑜嫣受傷時妍萱同時變成如今這樣，我真的會崩潰。我該慶幸麼？

膳後，我們送妍萱回家。之後瑜嫣跟我說，妍萱沒變。

「你們一起洗澡吧。」

「甚麼？」

「噯，你們一起去溫泉浴。」

瑜嫣嘆了一口氣，幽幽的道：「好吧。」

「不！不行。萬一她咬你……」

「那麼你們一起去吧。」

「我可沒心情說笑。」

「這樣吧，我們再觀察一下，可能沒有你想像的那麼壞。」

我也實在無計可施，找機會、找方法再確認罷。同時我要了解「喪人」，它們可以變回原來的人嗎？

「你要應承我，不要單獨跟妍萱一塊兒。」

「欸。」

是晚，整夜失眠。

我重複又重複回想學校裏每個細節，晚膳時妍萱每一個表情，每一項舉止。我一合眼，淚水流過面額，癢癢的，暖暖的，濕濕的，冷冷的。我開始設想「喪人」的各種成因——病毒感染、外星生命物、精神心理異變，又尋思對應的復原方法，但總是被電影中的「喪屍」打斷思路。我索性起床，看看時鐘，只是凌晨三時許。

我坐在電腦前上網，尋找不激進的「假人」研究社。

兩天以來，找到了幾個合適的研究社，嘗試參與他們的聚會。一個原來旨在推銷紅酒，一個為宣揚聞所未聞的末日宗教，其他不是空談便是骨子裏都想聯誼、交友、求偶。我不能厭倦，我不可放棄，我要繼續尋找「蛛人」和「喪人」，或曾經真正接觸他們的。我也許還夾雜私心——找到「蛛人」，便可能找到 Zeta。不過，也並非只為自己，找到 Zeta，便有機會解開「喪人」之謎，消滅人類的公敵，拯救丫頭。

參

「我真的見過他們，他們跟普通人一樣。嗨，我們這兒或許便有一個——不，也可能不只一個呢，會突然……」一位半禿的健碩漢子，站起來，作勢要咬身旁的姑娘，「咬人！」

「你說的是『喪屍』，不是『蛛人』。」

他身旁皮膚白皙透妃色的姑娘問我：「什麼『蛛人』？」

「我的意思是『假人』。」

「但你明明說『蛛人』喲！」

「什麼『喪屍』、『假人』，不都是說那些喜歡惡作劇，突然咬人的人麼？」

我放棄了，環視餐廳獨立房間內各人，似乎都是來聯誼罷。正想託辭先走，一位婦人站起來。

「我未見過隨便咬人的人，不過，他不咬人，但……好可怕！」

白皙透妃色的姑娘關切的問：「怎麼可怕？」

「難道（比劃）嘴裏會吐出長舌，下面沒有腿，飄……飄過來？哈哈！」

「他沒有長舌，有腿。他——是我的孩子，但他不是我的孩子！」

半禿健碩漢子用食指在太陽穴旁打轉，對其他人擠眉弄眼。

「我不是發瘋！我的孩子——他外表是我的孩子，但他其實不是！（兩手掩着太陽穴）我真的要瘋了！」

白皙透妃色的姑娘起來走到婦人身旁摟抱她。

「太太，你的孩子，是否跳得高，力氣也大？」

「不。」

我有點失望。她是妄想症罷，以為孩子被掉包。

「他是天才。」

半禿健碩漢子捧腹大笑，又故意摀嘴。

白皙透妃色的姑娘笑問：「是天才，不好嗎？」

「好，但他不是我的孩子！我的孩子是普通人，普通人不會忽然變成天才。而且，我的孩子，我怎會不認得！」

半禿健碩漢子抖腳訕笑說：「也許他被鬼纏了。（抱身故意冷顫）嘜！真的好可怕！」

我顫動。

「他是否曾經遭遇意外，傷了頭部？」

「你怎麼知道？他從雙層床掉下來，我半夜抱住他跑往醫院，還以為——他現在頭上還有一條大傷疤。」

「他是『蛛』——他很可能是『假人』。」

眾人詫異，有的竊竊私語，只有半禿健碩漢子眼目渙散。

「你……你肯相信我？嗚！」婦人伏在撫慰她的姑娘懷中啜泣。

「太太，請問……」

婦人抬頭揩淚。

「我叫王太太，我先生不在了，現在只有我跟孩子……嗚！」

「王太太，請問我們可以去看看你的孩子嗎？」

王太太破涕笑道：「可以喲！」

有些人告辭了，只剩下六個人，其中一對情侶站在一旁交頭接耳，王太太坐着通電話。半禿健碩漢子提起手機，挨近白皙透妃色的姑娘對着她嚕囌，她卻瞅着我，更走過來。

「嗨，我叫巧倩，你……」

「艾倫。」

「我叫康強。」半禿健碩漢子已靠近，曲起一臂展示肌肉，「我是救生員。」

巧倩一笑，說道：「我是化妝師，自由工作的。」

「我是程式員。」

「唷，你是化妝師，怪不得這麼水靈。」康強伸手似要撫摸巧倩蛋臉，「這麼白！」

「我沒化妝。」巧倩轉而向着我，「你是不是親眼見過『假人』？」

「是。我見過『假人』，也見過『喪屍』。」

巧倩挨近我說道：「真的嗎？可以多說一點給我聽嗎？哦，（掏出手機）不如你給我——」

「巧倩，你很有吸引力。不過，我已經有女朋友了。」

巧倩失笑，喊道：「你完全誤會了，我只是想多了解一些。」

「對啊，自作多情！」

那對情侶也靠近來。

男方：「誰自作多情？」

巧倩：「咱們說笑。你們叫……」

「對啊，主持的都不叫人自我介紹。我叫俊傑，藥劑師。她叫 Fancy，還在找工作。」

Fancy 含羞點頭。

王太太放下電話，叫道：「我找人頂班了，今晚不用工作，可以帶大家來我家，看我的——看那個孩子。」

我們一見孩子，一時張口無言。

孩子瘦骨嶙峋，更被鐵鐐鎖住脖子，鐵鐐繫着桌子的一腳。孩子約十歲，一頭自由的大丹狗在其身旁。

「你怎麼可以如此對待自己的孩子——就算不是自己的，怎麼可以……」

巧倩啜泣，聲漸嗚咽，上前要解救小孩，王太太忙擋在前。

「他不是我的孩子！他不是……他根本不是人！」

Fancy：「為什麼要這樣說他？」

「你們看吧！」王太太從罐子裏拿出一塊大曲奇，又拿起一包果汁飲料，靠近孩子。

「媽媽，我好餓！我好渴！」孩子舉起兩手，「給我吃！給我喝！」

「行，先回答哥哥姊姊的問題。」王太太指向放滿各式書種的書架，對我們說：「請你們翻開任何一本書，問他問題。」

Fancy：「乖孩子，一加一等於多少？」

「姐姐，多少進制？」

「什麼進制？」Fancy 搔頭。

「如果是二進制，答案是一零；如果是其他進制，答案便是二。」

Fancy 瞄着男友俊傑，流露複雜的表情。

康強跨步，從書架上隨意取出一本書，讓小孩看封面，然後隨意翻開一頁，問道：「第 64 頁第一個字是什麼？」

「origami。」孩子又舉起兩手，「媽，給我！」

「啪！」

康強手中的書，掉到地上，他的手還似拿着書，口微張。

俊傑：「慢，你知道丙三醇的化學結構簡式嗎？」

「（嘆一口氣）HOCH2CHOHCH2OH」

巧倩大喊：「行了！他是天才好嗎？給他吃喝吧。」說罷便奪去王太太手上的大曲奇和飲料，要給小孩。

「等一等。」我挨近小孩，蹲下來，問道：「你認識 Zeta 嗎？」

小孩微張開口，瞪眼看我。

康強：「誰的妹？」（聽成 sister）

俊傑：「他不是說妹妹，是……」

小孩撲然衝向我，竟撞開我。他脖子上的鐵鐐拉直，接着，桌子被他拉動，發出刺耳的磨擦聲。我閃身再避開桌子衝撞。小孩跑到門前，敏捷地開啟了王太太忘了上鎖的大門，然後飛奔到外。

康強：「糟糕，跑了！」

「跑不掉的。」我奔向大門。

「砰砰——啪——錚！」

桌子卡在門口，鐵鐐發出鏗鏘之音。

我面向室內坐在桌上，叫道：「快！」

室內其餘兩個男人，領命般跨過桌子出外，好一會，才將孩子押回來。兩名大漢差點不敵一個小孩子。

巧倩手上大曲奇和飲料掉在地上，失神喃喃：「怎麼能——他都沒吃！」

小孩再掙扎幾下，無力地跪下來。

Fancy：「我不想留在這裏！親，我們走吧。」

「寶貝，我現在不能走，不如你先走吧。」

「不——好吧。我們留下，但你要小心啊！」

康強故意打哆嗦，喊道：「真肉麻！噯，現在要去打仗，對付吸血鬼麼？一個小孩而已。」

王太太鎖上大門，又把大丹狗關進睡房。

巧倩湊近我，問道：「誰是——你剛才提起什麼名字？」

「沒什麼。」我從桌上下來，對着各人說：「我有方法可以令『他』的真身現形。」

王太太：「什麼方法？」

「康強先生，你對自己的急救能力有信心麼？」

康強大力拍一下心坎，正要開口，巧倩像用盡全身氣力大叫：

「不可以！」

「不可以什麼？」王太太迷惘地瞅着我們三人。

「王太太，我要令他瀕臨死亡——我要將他浸在水裏，萬一他昏了，康強先生會救他回來。」

「對！」

「萬一……」巧倩哀慟，說道：「救不回來呢？」

「王太太，他是不是你的兒子？」

王太太想了一會，盯住孩子，深呼吸一下，喊道：「不！」

「不可以！」

巧倩撲向小孩，我從後抱住她。

「冷靜點！他不是人。」

「你們才不是人！」

「我就讓你看清楚他的真面目。」

我抱起巧倩，放在椅子上，扯下她的外衣，用它將她牢牢綁在椅子上。

在巧倩的哀求和責罵聲中，我到浴室搬出一個盛水半滿的大盆，又拿來一個透明花瓶，然後請康強和俊傑將小孩的頭按進水裏。他們分別揪住小孩一條手臂，一同按着小孩的頭，便靜止不繼續了。康強乍然撒手。

「是你的主意，你來吧。」康強站起來。

我蹲下，怯生生地捽住小孩的頭。俊傑亦放了手，站起來，Fancy 挽住他的臂。王太太捂嘴。巧倩不再吵了，悻悻然瞪着我。我一手捉住小孩的臂，一手按住小孩的後腦杓，用力壓下。小孩的頭點水，泛起漣漪。我已用力壓下，但那種在遊艇上曾經驗的無力感又來襲。我嘗試游說自己，他不是人。但我的確無法肯定，如果確定，我根本不用做這個試驗。

我鬆開手，站起來。巧倩對我莞爾。

「還是算罷。」

俊傑猝然俯身將小孩的頭壓進水裏，小孩的頭浸在水中，冒起水泡。我作嘔，想阻止，康強卻揪住我。小孩掙扎，水面翻騰，水聲以外又傳出古怪的聲音。

「停手！快停手！」巧倩尖聲大叫。

王太太別過臉。Fancy 退一步，掩嘴，瞪目。

水濺浸我的褲管。我感覺暈眩，但在我昏厥之前，水面平靜下來，水聲停了，古怪的聲音亦消失。

「快急救！」我大喝，但康強還揪住我，我轉頭對着他大叫，「快！」

俊傑站起來。康強這時才本能地扶起小孩，為他作人工呼吸，又為他施予心肺復甦術（CPR）。

俊傑湊近Fancy，Fancy卻退後，對着他一臉迷惑，滿眼淚水。

小孩吐出一點水，又不動了。

「兒子，兒子！」王太太跪在小孩身旁。

良久，康強頹然停下，在地上坐下來。

我為巧倩解縛，她站起來。

「啪！」

她摑了我一巴掌。

我們圍着小孩，一時不知如何是好。

俊傑又湊近Fancy，摟住她的腰。Fancy欲拒還迎。

驀地，小孩的頭抽動了一下。

「兒子，兒子！」王太太撫摸小孩胸口。

小孩一邊耳朵，有三根「枝條」伸出來，一隻「六腳蜘蛛」鑽出來，身軀大小如鴿蛋，形如雪花，質感如果凍，色彩如肥皂泡表面，光影還會流動。

王太太嚇呆。

「六腳蜘蛛」奔向巧倩腳下。

「呀！」巧倩尖叫，更試圖踢牠、踩牠，牠都避過了。

「殺了牠！殺了牠！」Fancy 緊握俊傑手臂吶喊。

俊傑在屋內尋找擊殺牠的凶器。

康強業已跳上用來綑綁巧倩的椅上。

我拿起透明花瓶，倒轉，腦中計算、預測牠的行徑，然後以花瓶順利蓋住牠。

我們互看，不禁露出一絲笑意，只有王太太俯伏抱住小孩。

康強尷尬地蹲下再坐在椅上。

巧倩湊近我，抿嘴笑說：「難怪你叫他們『蛛人』。」

王太太霍然站起來，拉開多個抽屜，翻弄，最後找到鑰匙，解開小孩脖子上的鐵鐐，抱起他，打開門奔了出外。

我們面面相覷，最後我建議將「六腳蜘蛛」送到派出所。俊傑說不想惹上官司負起刑責，牽着 Fancy 奪門而出。康強說就當作他今天沒來過，然後邀請巧倩同行，巧倩苦笑搖頭，他便故意施施從敞開的大門離開。我對巧倩微笑，她致歉說錯摑了我一個耳光。我再問她一起到派出所好嗎，她只低頭又說對不起。她拿起我放在桌上的手機，致電，她的手機響起，便將我的還我，姍姍步往門口，臨別，回眸莞爾，呢聲說了一句：

「保持聯絡。」

我苦笑，一室只剩我──哦，還有那隻「六腳蜘蛛」。

我找了一塊墊子，插進透明花瓶口與地面之間，反轉花瓶，「六腳蜘蛛」掉到瓶底，反轉了，底部有一個「δ」標記：第四個希臘字母 Delta。我以保鮮膜覆蓋花瓶口，再放於塑膠袋內，然後出門，也替王太太關門。

女護士關上門。我在醫院接受檢驗，精神科醫師的檢驗。

我沒發神經，只是迷惘了。我到派出所，闡明「六腳蜘蛛」入侵人類成為「蛛人」的事實，還提及莫若群及他的妻子便是「蛛人」。三位員警不是搖頭便是掩嘴訕笑。一位女員警更忍不住告訴我，我提及的二人遺體早已火化。我笑着拿出塑膠袋內花瓶，要他們羞愧曾經恥笑我，孰料他們問我要請他們吃果醬麼。花瓶內沒有「六腳蜘蛛」，只有一堆多色彩卻混濁的果醬狀物體。

我後悔沒有拍攝錄像，我又想到還有王太太的孩子——我被勸告然後押送到醫院接受檢驗，一直想抗辯，終究還是緘默，直至跟精神科醫師瞎聊。

折騰好一陣子，終於可離開醫院。我要領回「果醬」，員警說早丟了。那花瓶呢？不知所終啊。我要買一個還王太太嗎？我想她不想再見到我。

晚上，我在那個研究社的網上討論區發出邀請，表示將揭露「假人」的真面目，並會一起商議對策。

我跟瑜嫣通電話，她說正在忙於製作一部繪本，主題是「物化的人」，描寫一些東西變成人，譬如「電話人」、「毛巾人」、「蝴蝶人」，性格如何，命運如何。聽她娓娓而談，忘了義肢的事，又再如昔日活潑熱情，我不該跟她談及「蛛人」——我跟她談及「蛛人」，只是省略至偶然遇到溺斃的孩子，「六腳蜘蛛」從他耳朵爬出被我捕捉帶到派出所，卻又變成「果醬」；又說我希望透過尋找「蛛人」，可以了解「喪人」；隔天還約了研究社的人聚會。她高興的聽着我述說，如舊日傾談時，間或提問間或感嘆，但對於我尋找「蛛人」，表現意興闌珊。如果我說了疑心 Zeta 是「蛛人」的話，她應該會興致盎然。

我本想跟瑜嫣談談妍萱，自學校相見那一回我可沒跟她聯繫了——我還是繼續追查罷。

回頭查看研究社的網上討論區，巧倩、康強、俊傑皆應和，還有幾個曾出席昨晚聚會和一些素昧平生的亦響應。

我相約大家晚上到一家酒店的咖啡廳聚會。咖啡廳一直播放著名女小提琴演奏家 Valonia 演奏的樂曲，一首接一首。過了約定時間近一小時，依然只得我孤家寡人。我的手機響起，巧倩說要遲些來，她還未吃晚飯，我索性約她上館子，吃西班牙料理。

巧倩穿了一襲露肩連身裙，低頭進餐。我喝着愛爾蘭咖啡不醉，卻被她白皙透妃色的玉肌醉倒。她偶爾翹首看我，一笑，又低頭用膳，我感覺溫馨怡人。

「你的電話在響。」

我如夢中醒來，憨笑。看手機，是瑜嫣來電。

她問怎麼沒有人，那麼快完結了麼？我需要約兩秒的時間才意會。我半坦白告訴她，因為有人未吃飯，我們便上館子了。她說那她就不來了，叫我散會後到夜市找她。

「你流汗啊，哪裏不舒服嗎？」

討厭！我為什麼要冒冷汗？

「沒什麼。我想『蛛人』是否一種寄生動物，許是來自外星——」

「要吃果醬嗎？」

「嗯，謝了，不過你可以點……」

巧倩掩嘴失笑，叫道：「說笑嘍。」

「喔。」

「其實（拿起叉子無意識地撥撩墨汁似的食物），我對『喪屍』更有興趣。」

「哦，我叫他們『喪人』。」

巧倩驀的用叉子柄敲了桌子一下，喊道：「對，叫『喪人』更貼切，他們不是死屍，平日就如常人，有思想有記憶，但手腳斷了也不會痛，斷肢還能動。」

「巧倩，你見過他們？」

巧倩又垂下頭，只是不為進食，反而撫胸，似是噁心，輕聲道：「我爸爸媽媽……便是。」

「對不起……」

巧倩抬頭笑說：「不用喲。我爸爸什麼也沒變，只是突然很喜歡吃蜆，每天無蜆不歡。不過……（垂頭）有一天，我回到家，看到……看到爸爸正在咬媽媽的大腿，我一時不知是否成人的嬉戲。爸爸咬完了，媽媽呆了一會，便走向我，步伐卻很奇怪，然後她舉起兩手（放下叉子，舉起兩手），我以為她要抱我，手卻是這樣（兩手如抓東西），跟着……跟着她說，倩兒，快逃，我控制不了（帶泣）我自己！」

巧倩啼哭，館子內的客人和侍應生都對我投以鄙夷的目光。我沒介懷，起來，走到她身旁，讓她摟住我的腰伏在我的腹，繼續放聲哭泣。

「媽媽走過來要抓我，口裏卻說……倩兒，快逃！」

巧倩嚎啕大哭。

她剛才說，他們手腳斷了也不會痛，斷肢還能動。我沒有追問。

我們離開那兒來到海灘，鹹風送爽，浪濤鼓樂，巧倩的心情舒坦了。

「為啥你要找『蛛人』？」

「其實我也想對付『喪人』……」

妹子的事，也不確定，還是別說。

「我曾在旅遊時遇到大批『喪人』，瘋狂咬人、抓傷人，當時可幸有一個非常厲害的人幫助我們——我想，她也許就是『蛛人』。我相信，找到她，或其他『蛛人』，就可以更了解『喪人』，甚至有方法對付他們。」

「好！」

「嗄？」

「我幫你！」

「好呀！」

我們相視而笑。

我們相視無言——我與瑜嫣。

好一會，瑜嫣撅起嘴，嬌嗔道：「夜市也收了，你才來！」

「對不起！因為遇到一個志同道合的人，所以談晚了。」

「一個？」

「是喔。她叫巧倩，是化妝師，有機會介紹你們認識。」

「兩個？」

瑜嫣喜歡聽真話。我真的這麼想嗎？還是仍記恨她早前提出分手，如今向她示威？

「對啊，我們看報章、上網，找尋大難不死的人，現在找到兩個，發現其中一位婦人有點可疑……完了我再給你電話。」

「你要……小心。」

「哦。」

瑜嫣叫我小心有危險，還是小心別跟巧倩太親近？

「又是跟她？」

「對啊，有一位老伯伯非常可疑……完了我再給你電話。」

我開始掂掇是否真的太多——最近見巧倩的時間，比見瑜嫣的多百分之六十四。

「是他。」巧倩向前略為昂首。

我將一部無線電對講機交予巧倩。

「用它，不怕電話沒訊號。你跟着他，我繞到前頭——要小心！」

我與巧倩在一條陋巷重逢，我們分別在陋巷兩端，之間沒有第三者。

我的手機響起，奏起 Valonia 演奏的小提琴樂曲《迷戀》，是瑜嫣。

我放聲問道：「去哪？」

巧倩搖頭。

我掏出手機準備接聽，電話卻已掛線。我關閉電話屏幕，在漆黑的屏幕上，我依稀看到那個老頭的映像！他如壁虎在陋巷壁上爬升。

「別逃！」

老人低頭睃了我一眼，更加緊手足動作，我嘗試沿着依附外牆的水管攀爬，雙腳離地不久，腰肢便被巧倩摟住。

巧倩搖頭，兩眸彷彿泛起淚花。

我再攀上一點，終於決定還是下來。我面對她。

巧倩擁抱我，我的手卻離她背部三公分。我第一次嗅到她的體香，感受到她的體溫，宛若喝了三杯 57 度的龍舌蘭酒。

我以為是幻聽，實質她在低語。

「我不想又只剩下我一個，我不要！」

我的手，離她背部半公分了，我終究沒有將距離變成零。

「砰！」

「呀！」

訇然一聲下，她的驚呼下，我終於觸碰到她，擁抱她。

老人墮地，距離我們三米左右。風吹起巧倩的秀髮，幾根青絲黏着我的雙唇。一坨鳥糞灑落我的臂上。

一隻「六腳蜘蛛」自老人的一邊耳朵爬出來，走向陋巷另一端，我撇下巧倩追捕。我想我走動時拉扯了她的頭髮，應該弄痛了她。

「六腳蜘蛛」被我超越攔截，便掉頭奔向巧倩，她咬牙一腳踹在牠身上，我要喝止也來不及。

我反轉如爛果凍的「六腳蜘蛛」，隱約可辨標記「η」，第七個希臘字母 Eta。

頭上傳來忒楞楞的拍翼聲，抬頭可見一隻灰鴿飛走。

「對不起。」巧倩垂頭。

「不打緊。」

我們又一起調查、跟蹤好幾個人，我與巧倩一起的時間，比與瑜嫣的多達百分之八十九了。我們不是被人誤會是雌雄劫匪，便是被以為嗑了藥大發神經。他們被我佯裝襲擊時，跑得不快，力也不大，我相信他們都是人類。

這個周末我又撇下想逛水族館的瑜嫣，跟被新娘臨時取消化妝服務的巧倩，到海生館探查一個青年女員工。

我在等待姍姍來遲的巧倩時，用手機編寫程式，開發新一代保安機器人，然後傳送到公司的電腦主機，這樣雖然仍會被主管責備經常不在公司，但至少有些工作成果可以勉強交差。

巧倩穿着一襲花卉白色風衣到來，教我若有所思，但我們很快便遇見那位年輕短髮女員工，我便無暇多想。

女員工走過一面玻璃牆，偶爾看到一條魔鬼魚游過，便停下來跟牠揮手。魔鬼魚似感應到，又游回來，白皙的腹部貼在玻璃上，她亦將兩手手掌貼在玻璃上，隔着玻璃撫摸牠。

我故意乜乜斜斜挨近，佯裝酒醉，無故揮拳襲擊，我的拳頭在她面門前兩公分消停，她竟看透，不閃不避；我真的揮拳打她，她竟一手攥住我的拳頭，不慌不忙探問我。

「先生，你沒事嗎？」

「你認識Zeta嗎？」

她的面容抽動了一下，旋即一腳踢在我的腹部，教我跌坐地上且往後滑行。停下來時，我抬起頭，便只見她的背影，消逝於通道彎角。

我笑了。

巧倩走過來扶掖，我一手輕輕推開她，忍痛站起來，按住腹跨步走。

身後傳來巧倩的叫聲：「我繞到另一邊。」

我急停步，回身大喊：「不！太危險，在這兒等。」

我跑到通道盡頭，有兩道樓梯，是上是下？我會選擇下樓梯，於是我奔上樓梯。繞了一匝，仍不見女員工。懷中對講機唧唧作響。

「我看到她，來鯊魚館。」

不是叫你在原地等麼？

「別接近她，我立刻過來。」

我跑到鯊魚館，只見巧倩含笑站在一群小孩子後，聆聽一位男員工的介紹。

「世界上大約有四百五十種鯊魚，其實只有幾種會咬人……」

「巧倩。」

「艾倫！」

巧倩的唇沒動，也不是她的聲音。是了，聲音自她身後傳來。

「瑜嫣？」

「你不是說要去調查，不來麼？」

「我剛巧要到這兒調查。」

「喔，這位一定是巧倩。」

「你是瑜嫣，我聽到艾倫叫你了。」

瑜嫣與巧倩對視，又似曾經瞬間上下打量對方。空氣一時凝固了。

「呀，巧倩，她去了哪兒？」

巧倩遙指一道寫着只限員工進入的門。

「喔，你們在這兒等我。」我走了兩步，又回頭喊道：「你們還是先走吧。」

我走到那道門前，才後悔不已，怎麼可讓她倆一起離開，一起去喝咖啡，一起談論我？我頓足，活像小孩。那道門上了鎖，我不知那來的蠻勁，用一邊肩膀撞開了門。

地上鋪了防滑膠板，有些水漬。我拐了兩個彎，瞥見那位換上了潛水衣的女員工背影，便躡手躡腳走近。

我確定我沒有發出丁點聲響，室內亦無風吹送我的氣味，但她就是很快察覺，而且不用回身看，便瞥然奔向一條直梯，爬上。我跟着攀上，女員工站在我的對面，我們之間是一個圓形大水池，遽然兩根鯊魚鰭露出水面游弋。我沿着池邊走過去，她便以同時針方向沿着池邊走到我的對面，恰似孩提時愛繞着大樹玩的追逐遊戲。我停下來，她也停下來。

我們對視，竟一同雙手按膝失笑了。

她的身旁，乍然冒出瑜嫣的頭。瑜嫣上來了，對我嫣然一笑。

「不要！」

「撲通！」

瑜嫣被女員工一推，掉進鯊魚池。

我跪在對面池邊，注視水中的瑜嫣。

「撲通！」

女員工被巧倩一推，又掉進鯊魚池。

「快救瑜嫣！」

「不用怕，剛才那人說沒有大白鯊。」

「池裏有牛鯊，快救瑜嫣！」

「什麼牛——我不懂游泳。你又為啥不下水？」

我那有閒分說。我將手指放進口裏一咬，然後將淌血的手浸在池水中。

瑜嫣，我還你一臂，你千萬不要……

「你幹什麼？你——」

瑜嫣游上池邊，巧倩便停了對我呼喊伸手助她上來。

女員工潛泳到我旁邊，想爬上來。我用淌血的手按住她的頭——她的頭冒出水面。我確切按住了，但我不能使力。

「砰訇！」

三頭牛鯊猛衝過來，據說牛鯊比大白鯊噬人還多！其中一頭更張開血盆大口，只是沒有咬着。我退後了，手似乎止血了。鯊魚遠去，那女員工臉朝下浮蕩水中。我本想任由她溺斃，我卻把她拖上池滂，臉朝天躺下。

瑜嫣與巧倩繞過來了，渾身濕透的瑜嫣，妃色乳罩顯現，我應該嘗試為女員工急救——我目不轉睛瞅着瑜嫣。

瑜嫣瞪了我一眼，用臀部推開我，幽幽的說：「我來。」

瑜嫣為女員工進行人工呼吸，又施行心肺復甦術。女員工的頭搖晃了一下，兀的一隻「六腳蜘蛛」由一邊耳朵爬出，嚇煞瑜嫣，害她差點又掉進鯊魚池。巧倩脫掉風衣，雙手提着作網，企圖捕捉。「六腳蜘蛛」折返，又鑽進女員工的耳。巧倩忿然一腳踩在女員工心坎，一忽兒女員工便全身抖動，吐出幾口池水，然後咳嗽幾下。

巧倩與高采烈挨近我，我卻扶住瑜嫣。

「沒事嗎？」

「瑜嫣，瑜嫣，沒事嗎？」

瑜嫣嚇壞了，全身戰抖，緊握住我的手，卻盯着女員工的頭。

瑜嫣翹首看我，不迭搖頭。

「以……以前聽……聽你說，是相信，不過……不過如今親眼看到，真的……真的……」

巧倩笑道：「嘿，真的很震撼啊！我頭一遭看見，也是非常驚訝。」

「剛才在水裏——有沒有受傷？」

「瑜嫣的泳術那麼好，你不必擔心——」

「只是被咬了一口。」瑜嫣掀起長裙，左腿有明顯的鯊魚牙痕。

「怎麼會沒血——不痛嗎？」

瑜嫣對巧倩咧嘴笑說：「腿是假的。」

看着瑜嫣的笑靨，我的心缺了一塊。

「噫，不知又要花多少錢……」

「別擔心，我會——人沒事就好。」

「嗨，哎呀，你們到底是什麼人？咳！」女員工坐起來，撫胸口。

我喊道：「那你又是什麼——為什麼逃跑？」

「我借了錢——我以為你們來討債喲。」

瑜嫣湊近我低語：「她不知道——還是……」

「不知道什麼？你們到底是什麼人？」

「阿嚏！」

我逕自取去巧倩拿着的風衣，給發抖的瑜嫣披上。看到巧倩掬着嘴，我連忙對着她兩手合十襟前，臉上擺出又哀求又感謝的表情。我搭着瑜嫣的肩。

「你先回家吧，別着涼！」

瑜嫣親眼目睹了，似乎相信我跟巧倩只是工作伙伴。瑜嫣握住我的手，驀然察覺我手上的咬痕。

「怎麼會被咬——她也是『喪人』？」瑜嫣一手緊握我的手，一手撫胸口。

巧倩笑說：「是他自己咬的！他見你掉進鯊魚池，便——」

「傻瓜！」瑜嫣一手握住我的手，一手撫摸我的臉頰。

巧倩別過臉，看池中的鯊魚。

瑜嫣先回去了。

女員工打哆嗦。我和巧倩游說她到醫院接受檢查，如果結果正常我們便不再打擾。她終於首肯，告假跟我倆一起走。

巧倩熟悉一位女醫生，她結婚時巧倩曾為她化妝，教她稱心滿意，因此她願意特地安排為女員工進行磁振造影。影像顯示出女員工腦內有一個大小如鴿蛋的異物，還連接六根條狀物體。女醫生說她從沒見過這種腫瘤，但她並非腦神經外科專家。我請醫生讓我們私下談談。我和巧倩跟女員工說明那不是什麼腫瘤，而是侵佔她腦內的奇異生物。她不相信，只管為自己患上腦癌而哀傷落淚，怨天嗟嘆。

女員工欲離開，巧倩擋在門前，她衝過去要推開巧倩，巧倩面露驚恐，當她雙手快搆着巧倩時，巧倩蹙眉舉手，一臉惶恐。巧倩擔憂的事情沒有發生，因為我拿着針筒從後摀住她，為她注射了鎮定劑。

「你怎麼會有——」

「造影時我偷偷去拿的。」

「你怎麼懂得注射？」

「上次旅遊學會的。」

「咦？」

我不想多說，便揹着女員工走。女醫生驚訝怎麼會睡了，我訛說她憂傷過度昏了。我本想帶她回家，但巧倩覺得不妥貼。

「那麼去你的地方吧。」

「不！」巧倩猛搖頭說，然後欲言又止。

肆

我也懂事，連忙說：「去旅店吧。」

巧倩不知是否因為剛才的一個「不」，一直不語。其實我毫不在意，也不好奇。我本應撩她說說閑話，可是我那有心情，只想着背負的重擔。

我們找了一家廉價旅店，多給一點錢便不用看証件。

「吱吱咬咬。」一隻桃面愛情鳥在鐵鳥籠內鳴叫。

我再掏出兩張大額鈔票，指住鳥籠。

我讓昏睡的女員工躺在床上，以毛巾綑綁她雙手於床頭，綑綁雙腳於床尾。我到窗前打開鳥籠，讓愛情鳥高飛。我挖空鳥籠部分底座，將它套在女員工頭上，再以膠帶封口底座。

巧倩冷冷的看着我，然後淡淡的說：「我想洗個澡。」

「好呀。」

我坐在床末，開啟電視。真的沒有「喪人」的新聞了，只有政治人物為了選舉而互相揶揄、軍方雷達懷疑受太陽黑子干擾、第三名獨居女子慘遭凶徒入屋姦殺、航空服務員爭取加薪罷工引致多班航機停飛、官員提議成立「優生精卵銀行」收集菁英的精子和卵子再安排生育優生新一代、著名女小提琴演奏家 Valonia 世界巡迴演奏會即將於本地舉行。

Valonia演奏的小提琴樂曲《迷戀》響徹一室。

一忽兒，響起二重奏。怎麼會？喔，我的電話鈴聲。

「瑜嫣，我們在旅店。」

「旅店？」

「喔，比較方便嘛。嗨，你的腿……」

「剛去檢查了，說幸虧只是表皮損傷，遲些會替我更換——對不起！累你又得花數萬了。」

「沒關係。唷，你下次別跟着來，我不想你有危險。」

「我看她跟着你進去了，便——」

「喔！唷，你剛才沒先回家換衣服嗎？沒着涼吧？」

「回了，還洗了澡。」

「艾倫，你也要洗澡麼？」巧倩出來了。

「不了。」

「洗澡？你們在旅店……」

「呀！」我的背被踹了一下。

「哼哼，嘿！」

「噫！我待會再給你電話。」

「喂，喂！」

女員工甦醒，一條腿解縛了。

我又驀地聽到一陣低音量而刺耳的電子雜音，跟着聽到女員工的聲音，便沒理會。

「為什麼？」女員工出奇的溫柔地向我問道。

「你不是人類，你真的不知道？」我一邊再綑綁她的腳一邊說道。

「你也不知道嗎？」

巧倩靠近，女員工瞄了她一眼，又回復尖聲吵嚷。

「我不是鳥，我是人啊！」

我跟巧倩再嘗試跟女員工說明她腦中有一隻「六腳蜘蛛」，她卻堅決不肯相信，只管怨天怨地。

「嗚，我還是處女！」

巧倩失笑一聲，輕佻的道：「這個，他可以幫你。」

「我不……我不要。」

對，不要！

我跟巧倩說：「我進去的時間，你們就不應該跟着我。」

「進去？你說……你說那個鯊魚池？我沒拉她進去，只是她偏要跟着來。」

「你也不應該——」

「我不跟着來，你能抓到她嗎？」

「抓不到，可以下次再抓。瑜嫣掉進鯊魚池——」

「她掉進鯊魚池，是我的錯嗎？」

「我不是這個意思——（低頭呢聲）我只是不想你們有危險。」

巧倩失笑一聲。

「喂，喂，你們別打情罵俏了好嗎？找個房間吧。快放了我！我還要餵鯊魚！」

我想說，我們找了房間，我還是別說。

巧倩以手掌扑打女員工的大腿，一直扑打，大罵：「誰打情罵俏？你連自己是啥都不知道，還罵我們！」

我想說，別遷怒她吧。但她打的不是人，由她吧。

「你是認識 **Zeta** 的吧？」

巧倩停手，呆看着我。

「誰？不認識！快放我！快放了我！別餓壞鯊魚……還有海龜，生病了——」

巧倩大罵：「你自己也顧不了，還惦念什麼鯊魚海龜，看來是你有病。」

女員工聲音沙啞地喃喃：「我沒病，是世界病了！」

她真的關心生態環境，但她是「蛛人」！我不應把她當作人看待。

我又問了她關於「喪人」的事，她只說不知道。

我決定公開展示「六腳蜘蛛」，希望引得 **Zeta** 找我，或者她的同類也成，或許亦會知道「喪人」的事。

我想找一個地方聚會。

「酒店的宴會廳太昂貴。」

「KTV 好嗎？」巧倩流盼，嘴角泛笑。

「KTV 是比較便宜，但容易叫人分心。」

「海生館吧。」躺在床上的女員工叫道。

「嘿，我認識一位書店老闆，可以等他關門後借用一下。」

「也要很晚吧？倒不如——到我公司的倉庫。」

「你的公司？不怕嗎？」

「是有點——不過，管他！因為我想在熟悉的地方，比較容易操控。」

「唔。」

「我要尿尿！」

「你先回去吧。」

「雖然她不是人，你想對她……（悄不聲兒）怎麼樣？」

「我會先回家，明晚再送她到公司倉庫。」

「那她……」

「由她在這兒。」

「不如我留下來看着她。」

「我怕她會掙脫，傷害你。」

「哎，我一個弱女，怎麼掙脫呀！喂，你們是聾的嗎？我要尿尿，我要尿尿呀！」

「不如我帶她上廁所。」

「我怕她的鎮定劑藥效完全消失，會變得孔武有力，由她尿在床上罷。」

「我不要！我答應你們，我不逃，求求你們！」

Valonia 演奏的小提琴樂曲《迷戀》又響起。

三角關係——Δ（大寫）δ（小寫）——Delta——王太太的孩子——鐵鐐！我想到了，便請巧倩去買手銬和鐵鐐。女員工放聲呼救，毛巾用罄，我唯有脫下枕頭套，用來塞住她的口，然後接聽電話。

「洗完澡了嗎——你們？」

「巧倩洗了，我沒有。剛才那個女員工醒了，所以我要『招呼』她。」

「喔。」

我將後晚的計劃，告訴了瑜嫣。巧倩似乎想聽一下我說什麼，如今才施施出門。

瑜嫣聽罷，答了一聲「唔」。我沒問她來不來，也沒叫她不要來，因為她喜歡便會來，不喜歡便不來。

巧倩回來，我便用她買來的手銬和鐵鐐鎖住女員工，脫下掩口的枕頭套，讓她如廁，然後再安頓她在床上。巧倩也買了食物，我倆在女員工的吵鬧伴奏下享用。我要出外準備一下，巧倩留下來看守，我本想堅持讓她回家，但這女員工太重要了。

我在黃昏時分回家打算洗澡更衣，卻見妍萱坐在家門旁。

「丫頭，你怎麼來了？」

她站起來大叫：「別再這樣叫我！」

我有一絲希望，希望自己錯了——她是丫頭。

「你不是有鑰匙嗎？」

「我那有？」

我的希望幻滅了麼？

「我那天已經放進几下抽屜。」

我莞爾，如常從錢包掏出一沓鈔票。

「怎麼不先打電話？」

「沒電——（低頭輕聲）要多一點。」

我再多加鈔票。

「可以了嗎？」

她笑說：「可以了。」然後收下鈔票。

「要進去嗎？」

她兩腿緊閉，苦笑道：「要……一會就好。」

我忍住笑讓她進去。她在洗手間時，我颯然設想，這是一個試探她的良機。我背住她，她會咬我嗎？

她從洗手間出來，我已拿着兩枝筆站在她前面。

「怎麼了？」

「沒什麼，我要洗澡。」

「拿着筆？那麼……我先走了。」

「好。」

她拎着書包步向大門，驀然側身說：「多點陪陪瑜嫣姐吧。」

我的事，不用你管，你這「喪人」！怎麼你能說出我近日一直愧疚的事？剛才真險，怎能考慮冒險用自己的性命來測驗她？我真應該多點陪伴瑜嫣，也讓她多點陪伴我。我是否應該以銀行匯款給妍萱，避免跟她見面？到底她是不是「喪人」？變了「喪人」的話有辦法換回妍萱麼？見到其他「喪人」還可傷可殺嗎？瑜嫣會來嗎？唉！去洗澡吧。

我聯絡了早前曾參與的所有研究社，也在眾多社交媒體、網絡論壇發出邀請。巧倩問我為何不多等幾天，讓消息走得更遠，我解釋一來夜長夢多——怕女員工逃掉；二來其實公司倉庫亦容不下太多人；三來我的目的其實是引出「蛛人」或「喪人」，他們應該非常留意。

只消半天，已惹來逾千人報名，反而跟巧倩一起見過那一組人，一個也沒回應。除了我、巧倩和瑜嫣，我選擇了六十人。我要求各人提供近照，並聲明相貌不似將不能入場，結果只有五十七人願意。我利用程式搜尋各人的照片，看看有否可能認識我的人或公司員工的親友，發現其中一人的社交網頁顯示乃我的舊同學，一人缺乏資料，一人是員工家屬的朋友，我便剔除此三人。

我購買了三罐汽油、六個手推車、二十卷布膠帶和一個睡袋，又買了八十只鐵製手鐲，再作改裝。

「巧倩，你有駕照嗎？」

「沒有。你要人替你駕車？」

「不，只是問問。啊，你認識專業的魔術師嗎？」

「不，但我知道你想要什麼，我認識一位電影道具師。」

入夜，逾二百人來到公司大樓的正門外麇集。約定時間到了。我部署了五部保安機器人把關，它們高至腰際，形為八角柱體，將根據那批照片來識別，只允許所揀選的人進來。

有一部保安機器人被推倒。推倒者被其他保安機器人電擊叫痛後，便悻悻然離開。被推倒的保安機器人自動伸出支架回復直立，繼續執行任務。很棒的測試資料，可惜我不能上報公司。

我安排作為聚會場地的倉庫在公司大樓二樓。由大樓正門通往二樓的路徑，我亦分別在各樓層和梯間安置八角保安機器人駐守，指示來者方向及防止他們亂跑。

我戴上黑色口罩，也讓瑜嫣和巧倩戴上。場內我也部署了兩部八角保安機器人候命。

我播放著名女小提琴演奏家 Valonia 演奏的樂曲《傳說》。

在二樓倉庫門外，我為每位進場人士戴上一隻輕巧的鐵製手鐲作為記念品，上面印上了一隻「六腳蜘蛛」的圖案，如手銬般扣上兩個半圓，緊貼手腕。我亦戴上一隻，但那實質是以塑膠製造再塗上銀色。有人不願戴上手鐲，我就反臉說他們不領情，不許進場；有人撒野，兩部保安機器人便靠近他們，亮起閃燈和發出警報，無不屈服。

穿着高跟鞋的女士走進場內的金屬地板時，踢躂作響。

一位少年口袋中掛了四枝筆，教我一時若有所思。他身後跟着一位攜帶平板電腦混血兒模樣的銀髮老伯。怎麼我對他倆沒印象？不過他倆既然通過正門保安機器人的人物識別系統，應該沒差錯罷。用了五十四個手鐲後，竟還有二人莅臨，還好我預備了六十個。

我以遙控器關上大樓正門及倉庫大門後，差遣場內保安機器人找尋兩名擅闖者，竟然無法覓得。我再數一下人數，不計算自己、巧倩和瑜嫣，的確是五十六。與會者開始有零星鼓譟，我唯有作罷，忖量多兩人也沒關係罷。

場地呈矩形，約有半個足球場大，貨物都被我移至別倉，只有四個比人還高的大紙箱擱在牆旮旯，四邊五米高處有樓臺，巧倩就在樓臺上以架在三腳架上的攝影機拍攝。一面牆上掛了一部 55 吋液晶電視，同步播映拍攝的影像。

瑜嫣本來跟着我，我勉強她上去站在巧倩身旁。

我停止播放 Valonia 的《傳說》。

「喵。」

我彷彿聽到貓的叫聲，而且感覺熟稔，四處張望卻不見有貓。不過這一件怪事比起我正在埋首的奇事，就讓我不放在心上了。

我恍若魔術師，從大紙箱推出一個以黑布覆蓋的大櫃，到中央位置時，我掀起黑布，顯露一個盛了水的大玻璃櫃，女員工泡在水中，脖子被鐵鐐鎖住，四肢亦被手銬扣着，鐵鐐手銬以鎖鏈連繫，她的頭剛好露出水面，頭上有一個盛了水的水箱。消瘦了的女員工掙扎，但不能掙脫；撞擊玻璃，但不能撞破。

眾人驚詫，有些人喁喁，有些人怒罵。

一般來說，主持人會先歡迎大家，自我介紹一番，簡述是次聚會的目的，說明即將進行的活動，然後播放激昂而懸疑的配樂，突然關燈，再以射燈照耀，聚焦眾人目光……

但，這是非常情況。

沒有前奏。我猶如劊子手，撳下按鈕，女員工頭上的水箱開啟，水淹蓋她的頭，隨着口鼻冒出氣泡冉冉上升，她極力掙扎，水中翻騰。

「你瘋了嗎？」一個壯漢撲上來粗暴地推開我，徒手搥打玻璃櫃，水壓抵擋了他的暴力，未有破裂。

「快救人！」

「殺人嘍！」

「快走，我們不要牽涉其中！」

「別慌！是表演。難道你看不出來？」

「救人呀！救人呀！你們都是冷血的麼？」

「呵（打哈欠）。怎麼還未死？」

女員工開始慢下來，渾身抽搐多下，最後無力地以頭磕玻璃。

一位穿着細肩帶背心的高挑女士，揪住我的衣襟，大喝：「快放人！」

「哎！」一位穿着蘿莉塔服飾的少女，忽然大聲尖叫。

女員工一邊耳朵爬出一隻「六腳蜘蛛」。眾人狂亂蜂擁上來，逼得高挑女士與我胸貼胸，她還吻了我的一邊耳朵一下。外圍的人觀看牆上的液晶電視，更清楚看到大小如鴿蛋形如雪花質感如果凍色彩如肥皂泡表面的「六腳蜘蛛」，移動時身上光影還會流動。牠浮上水面，我見到其底部有一個「λ」標記，第十一個希臘字母

Lambda。

我試圖從人群中鑽出去，推開三數人便又動彈不得，正要大聲疾呼，忽聞一聲許久不聞只有在忘了的噩夢中才聽到的呼喊聲。

「你幹嗎咬我？」

「喪人」？我正想大叫大家快逃，又聽到以下對罵聲。

「我那有咬你！牙齒不小心碰了一下吧。人多，忍讓一下唄。」

趁眾人分神，我鑽出了人群，大力拍了三下手掌。

「各位，她不是人類！這就是你們所說的『假人』。大家都看到那隻『蜘蛛』了，所以我叫他們『蛛人』。」

「是外星生物嗎？」

「不曉得。不過這種寄生在人類腦袋的生物，從來沒有人提及。」

「是魔術表現吧？」

「是謀殺！『蜘蛛』是障眼法。」

「那你報警罷。」

「跟着下來有什麼節目？」

一把少女的聲音：「『蛛人』會咬人嗎？」——是蘿莉塔少女！

「放牠出來玩玩吧。」

「對啊，看牠咬誰！」

我本來要呼籲大家協助尋找「蛛人」，尋找 Zeta，繼而對付「喪人」——我向着蘿莉塔少女走了幾步。大家都全神貫注盯着「六腳蜘蛛」。
「放出來吧！」
巧倩在我上方大叫：「別放！」
我站在蘿莉塔少女前面約兩公尺，抿嘴笑說：「以我所知，不會。」
蘿莉塔少女兩手握拳置胸前，快語：「那麼他們如何『繁殖』？」
「你們就是靠咬人來『繁殖』？」
「是……」
眾人哄然驚嘆一聲。
「……是什麼鬼話，我們不咬人！」
我踏前一步，詰問：「你們？」
「嗨（轉頭一看『六腳蜘蛛』，指着牠），你們怎麼處置牠？」
「你們呢？」
一陣默然。
「喂，你們二人玩什麼？別調情了，去開房間吧。」
等不到 Zeta，未見「蛛人」，卻來了她，我亦無比興奮——就活捉她來研究罷。
我指着蘿莉塔少女，大喊：「她是『喪人』！」
「什麼？」
「就是你們所說的『喪屍』。」
眾人哄然驚呼，議論紛紛。

蘿莉塔少女嬌嗔：「喪什麼！人家是洛可可風。」說罷轉動身體揚起裙襬。

兩名身穿衛衣的少年上前分別站在她兩旁，兩件衛衣分別印上骷髏和裸女圖案，以眼神向我挑戰。

「喔——隆！」

玻璃櫃搖晃，四周的人散開。

一名戴露頭遮陽帽、口罩的少年奔向玻璃櫃。

蘿莉塔少女分別挽着身旁兩名衛衣少年的臂彎，頭埋在骷髏衛衣少年的脖子上。我趨前，但從他扭曲的臉容猜得他被咬了，便繞到裸女衛衣少年身旁企圖拉開他，我的眼睛卻盯着玻璃櫃。

奔到玻璃櫃前的遮陽帽口罩少年跳起，凌空踢出雙腳，重踏玻璃櫃近頂部側面，玻璃櫃向另一邊倒下。

「轟！」

玻璃出現裂紋，但未破碎。

遮陽帽口罩少年跳上玻璃上，屈膝，雙掌重擊玻璃，響起破裂之聲。他又飛騰，兩個前空翻，墜下，就要再重擊玻璃時，被我攔腰撞開了，我倆分別掉在橫置的玻璃櫃兩旁。他下地立即翻滾，卸去衝擊力，然後比我更快站起來。他的露頭遮陽帽掉地了。

「砰！」

蘿莉塔少女從天而降，三個前空翻，重踏在玻璃櫃上，玻璃立時破碎，水洶湧流瀉，我忙翻滾。我滾到一人的腳下，原來是骷髏衛衣少年，他俯身，卻不是拉起我，而是抓住我兩肩，張開血盆大口。

「啪！」

我猝然摑了他一記耳光，趁機屈膝，他的大口齒牙再向着我時，我猛然一腳將他踢走。我站起來，大部分人已湧往關上的大門，有人使勁扑打，有人撞擊，大門仍緊閉。

蘿莉塔少女和口罩少年趴在地上，四肢爬行，原來嘗試捕捉逃竄的「六腳蜘蛛」。兩個衛衣少年分別抓住一名棕髮女士和一位紋身大漢，拚鬥，要咬而仍未咬到。一個長髮男人拿着單鏡反光相機不斷拍攝，閃光不絕。還有一位外貌有些像混血兒的銀髮老伯在一旁靜觀，又使用平板電腦——我記起了，口罩少年就是口袋中掛了四枝筆那一位，而混血銀髮老伯攜帶平板電腦跟他一塊兒來。

終於，棕髮女士被咬傷了，紋身大漢被抓傷了。

「六腳蜘蛛」慌不擇路，經過我兩腿之間，被我俯身捉住了。我感覺如握住一團溫的果凍。

裸女衛衣少年奔向大門前的人群。

蘿莉塔少女來到我面前，要搶「六腳蜘蛛」，我將牠擺在身後，她便一拳打在我的腹部，我如遭汽車撞擊，又因地面水濕溜滑，整個人往後飛退。瞥然身後有人接住我，免我栽跟頭。我回身一瞥，是口罩少年。

「她比遊艇上的少年更進化，小心！」

遊艇上的少年？

「Zeta？」我怎麼可能這麼叫喚？根本是兩個人。

口罩少年似在笑，我卻搖頭。

「給我！」

我沒有將「六腳蜘蛛」交給他，他盯着我。

骷髏衛衣少年衝向混血銀髮老伯，老伯卻依然呆站。

蘿莉塔少女、棕髮女士和紋身大漢撲向我和口罩少年，口罩少年從口袋中抽出四枝筆，兩手的指間分別夾着兩枝。真是Zeta？我迷惑中舒了一口氣，但他竟丟下我飛奔到骷髏衛衣少年那兒，我困惑中倒抽一口氣。蘿莉塔少女、棕髮女士和紋身大漢幾乎碰到我了！

瑜嫣驚呼：「艾倫」

我掏出遙控器撳下按鈕，所有戴上我所派贈鐵製手鐲的人，立即彎下腰，手鐲着地如手銬將人鎖在地上。地板下的電線圈通電後會令金屬地板磁化，這就是我選擇此處的原因。

我感到有一點暈眩，宛如高山反應，不過一陣子便沒事了，許是睡眠不足。

我遙望大門，裸女衛衣少年已在人群之中，也不知有否「繁殖」。回身再看，瑜嫣就在身旁，嚇了我一跳。

「上去，快！」

我大力拍打她的臀部，她不情願地上去。我抬頭看仍在拍攝的巧倩，但見她瞪眼掩口伸手指向我後方，我慌忙轉身看，口罩少年與蘿莉塔少女都彎着腰站了起來，戴着手鐲的手筆直垂下，跟磁場角力。口罩少年原本握着的筆，都散落腳下。他們另一手握緊戴着手鐲的手掌，似在令掌骨脫臼，不消一刻，便脫掉了手鐲。

「噹、噹！」

兩隻手鐲被地板吸引直墜，先後發出兩下鏗鏘之聲。

蘿莉塔少女似是不自主地輕微抽搐，口罩少年發出冷笑聲。他們扭動脫臼的手，應是重新接合掌骨。他們揮舞曾脫臼的手，活動手指，看來恢復了。他俯身一手撿起兩枝筆，以指夾着它們，然後衝向她，她的動作稍為遲緩，他卻敏捷如前，不過她仍能勉強避開攻擊。

「哎！」

「六腳蜘蛛」撲的刺痛我，令我放手，牠便掉到地上奔走。蘿莉塔少女旋即追逐牠，口罩少年亦然。

「你們兩個到底是什麼？為什麼都要得到牠？」

長髮男人勉強蹲下來，以沒被鎖上的手舉起相機拍攝，閃光不絕。蘿莉塔少女嫌他閃光燈耀眼眩目，走至他身旁一腳踢倒他，相機摔地，長髮男人俯伏地上，盯着相機發出怒吼怨聲。我走到他身旁，撿起相機，他向我道謝，我卻將相機拽向蘿莉塔少女，她閃開，相機衝向「六腳蜘蛛」。口罩少年察覺，竟側身倒下用背部擋住，身體被猛撞而震動，再橫身摔在地上。

長髮男人叱喝：「你怎麼可以這樣做？我的相機啊！」

我趕忙前去扶起口罩少年。

蘿莉塔少女趁機一躍俯伏在地擒拿「六腳蜘蛛」。我聽到一句外語，只有一個單字，不是法文而像是德語，聲音該是混血銀髮老伯發出。口罩少年乍然轉身推掌打我。

「你幹嗎？」

他繼續推掌揮拳打我，而且次次對準頭顱，我以為他聲東擊西要打我的胸腹，他卻只是一直攻擊我的頭部，教我差點因為分心防衛胸腹而中招。我似乎發揮了超出平常的力量和速度，就如第一次遇上 Zeta 時跟上她的節奏和技藝，感到腎上腺素急升，渾身是勁。

我試圖捽住他兩手，卻不敵他的勁道，被他甩脫，他更乘勢一掌打向我的頭，我兩手掌擋在面前，依然被自己的手背衝擊，面上捱打。孰料這還不夠，胸口又受一拳。我連忙借勢急退，半跪地上撫面揉胸喘氣，翹首戒備，口罩少年已跟蘿莉塔少女扭結。我咬緊牙關奮力跑到蘿莉塔少女身旁，搶奪「六腳蜘蛛」，牠原來用「腳」插入了她的手，如方才刺痛我般，但她不似我，仍緊握住牠。我手一滑，唯有改為抓住她的手。口罩少年趁機以攥着的兩筆插向她雙眼，她及時低頭，兩筆插傷她的額頭，她頭也不轉一腿踹到我肚子，我痛得放了手，跪在地上，更嘔吐起來。

「小心呀！」

是瑜嫣及巧倩一同喊叫的聲音，我抬不起頭，向着她們高舉一手，五指直伸，示意不要——不要下來，不要擔心。

我決定改變策略。

蘿莉塔少女一手抓「六腳蜘蛛」，只憑另一手招架口罩少年的攻擊，漸見吃力，唯有改為東奔西跳，迴避為主。長遠下來，便變成比拼耐力。

我走到玻璃櫃旁，撕下口袋的布帛，包裹一塊尖長玻璃碎片。女員工睜着眼，似盯住我。我應該不理會她，全神貫注當前景況——我以另一隻手，闔上她的眼瞼。

我矮身移步，然後蹲在一處聞風不動。蘿莉塔少女終於挨近我，我撲然捽住她抓住「六腳蜘蛛」的手，又提起尖長玻璃碎片向着「六腳蜘蛛」猛刺。

刺中了——口罩少年，鮮血直奔我的臉。我抬頭凝視被玻璃碎片插入手臂的他，他卻低頭探視「六腳蜘蛛」。我拔出玻璃碎片，丟下，鬆開抓住蘿莉塔少女的手，倒褪幾步。她立即遠離，他卻沒有追她，反而衝過來繞到我身後以雙手絞住我的頸項。

以他的力量，斷可扭斷我的頸項。

只需一秒，我的故事便完結。

這剎那，我竟然可以快速思念我留戀的人和事——瑜嫣、保安機器人的程式、克服畏水、「喪人」、丫頭，瑜嫣。

又傳來一句外語，只有兩個單字，又該是混血銀髮老伯說的德語。

口罩少年放開了手，但我仍感到頸項被勒緊，呼吸困難。

「喵。」

一隻銀白貓出現眼前，哦！是常到我家的「o」。

口罩少年追逐蘿莉塔少女，她迂迴走至混血銀髮老伯背後再繞到他跟前，少年霍然騰空越過老伯，撲向她，把她按在地上，騎在她的腰際，「六腳蜘蛛」自她手中逃脫。

「o」不見了。

我不甘心，也不理剛才徘徊死亡邊緣，追上「六腳蜘蛛」，要一腳踏死牠。

「艾倫，別殺。」身後響起男孩的叫聲，該是口罩少年。

我聽到他叫喚我的名字，又心念 **Zeta**，因而慢了半拍，一腳踏空，提腿再踹，「六腳蜘蛛」火速爬向長髮男人。

「哇！」

「六腳蜘蛛」鑽入長髮男人一邊耳朵，他摀住那邊耳朵，臉容扭曲地大叫。

什麼？「六腳蜘蛛」鑽入活人的腦？怎麼可能？不能啊！

我該到長髮男人那兒，殺了他，幹掉殺人取而替之的「蛛人」？還是去蘿莉塔少女那處，殺了她，幹掉殺人繁衍的「喪人」？

我拿着遙控器，跑往大門前。我應該先救人類。裸女衛衣少年在人群之中但伸手未能觸及他人，不自主地輕微抽搐，卻仍竭力提起戴着手鐲的手，又嘗試向橫拖行，只能移動幾毫米。我騎在他身上，教他俯伏在地。

「誰被他碰過？」

我環視各人，各人搖頭。我不放心，走到最近的幾個人身邊，檢查他們的脖子手足。一位上圍豐腴的女士怒罵。

「你幹什麼？呀！非禮！」

沒有血痕。我以遙控器開啟倉庫大門，四周響起歡呼聲。

我再以遙控器開啟大樓正門。我又回去騎在裸女衛衣少年身上，然後以遙控器解除磁場。眾人起來，趕忙逃出大門。剛才喊非禮的女士走到我面前，我咬緊牙關準備迎接一巴掌，她卻弓腰以舌頭舔了我的臉一下，然後轉身奔走。我忙回身抬頭要向瑜嫣分說，卻見紋身大漢正沿直梯攀上瑜嫣和巧倩所站的樓臺。

骷髏衛衣少年與棕髮女士伸手摸索，應是已被口罩少年插盲。蘿莉塔少女回復矯捷，與口罩少年周旋。混血銀髮老伯注視俯伏地上的長髮男人。我飛奔往上樓臺的直梯，又摁遙控器再產生磁場。戴着手鐲的都彎下腰，手鎖在地板上，但直梯那兒不受磁力影響。我跨過長髮男人時，腳踝仆然被揪，害我仆倒。長髮男人彎着腰站了起來，戴着手鐲的手筆直垂下，跟磁場角力，兩眼死盯着我。蘿莉塔少女撲地跳到他身後，他不得不轉身迎戰她。我不知「喪人」咬「蛛人」會變成什麼怪物，便站在一手受束縛的他旁邊。

「呀！」

是巧倩的叫聲？是瑜嫣的叫聲？

我撇下他們，轉身走到直梯，踏上一級，躍至紋身大漢腳下，兩手摑住他的腳踝，竟見他亦揪住瑜嫣的右腿腳踝。我揪住他兩腿同時雙腳蹬梯級，跳到他的身後，雙手絞住他的脖子。我知道他是「喪人」而非「蛛人」，我明白扭斷他的頸並不能阻止他抓傷瑜嫣，但我不能什麼都不做。我的視覺迷糊，眼底有點涼意。驀地，他的身體傳來震盪，我翹首看，朦朧間，見到巧倩的肩托着三腳架上部，雙手攥住疊起的三腳架下部，對着他手中虎口，猛磕。他舉起的手終於略為垂下了，巧倩瞧我瞅她便微笑。我忘了笑，兩腳對着牆壁一踹，將紋身大漢扯離直梯，我放開手，雙腿着地，他則背部掉地。我俯身要徒手用兩根手指插入他雙目，他變成妍萱——是幻覺。我兩指插在他的眼眉，他要抓住我的手，我立刻站起來後退。他站起來，我再退後引他到能鎖手鐲的範圍，他卻轉身又踏上直梯。一部攝影機撲的掉到他的頭頂，他昏倒了。我抬頭瞥見巧倩雙手抱着空氣，我不能罵她，又不想謝她。我轉看樓臺上的瑜嫣，想問她有否被抓傷，她卻兩手掩臉。巧倩許是看到我的口唇顫動卻沒說話，便檢查瑜嫣的右腿腳踝，然後向我含笑搖頭。我將昏倒的大漢拖進鎖手範圍。

「噹！」

長髮男人脫掉了手鐲，站在口罩少年身後一旁，口罩少年正與蘿莉塔少女對峙。

「嗞嗞，唧……」

伏在地上盲了的骷髏衛衣少年和棕髮女士，竟吃自己的手掌！應該是想掙脫手鐲的桎梏。

「噔噔噔噔……」

響起雜遝的腳步聲，一批沒被邀請的人從敞開的大門走進來——想必是乘亂成功闖進來。

「別進來！」

有些人在門口駐足，觀望；有些人卻不理會我，直闖進來。一位中年短髮女士的腳被裸女衛衣少年捉住，然後小腿便被他大口一咬，發出悽厲的叫聲。跟她一起走進來的人只繞過他倆，繼續進內，但見骷髏衛衣少年和棕髮女士吃掉自己手掌幾塊肉，掙脫了手鐲，站起來，眾人便發出尖叫聲，回頭逃跑。

「喪——喪屍！」

蘿莉塔少女猝然撇下長髮男人和口罩少年，奔往棕髮女士，展馬步，雙手稍為向上猛力一推，將她拋上半空再降落在口罩少年跟前；又奔向骷髏衛衣少年，相同動作，將他拋上半空再降落在大門前。

我繞過中央跑向大門，卻仍留意各人。

混血銀髮老伯跟長髮男人說話。

棕髮女士舉手摸索，揪住了口罩少年，他卻看着我微笑，同時猛然踢走她。

骷髏衛衣少年在大門前朝向室內站起來，舉手摸索。他身後的人退到門外，而他前面的人大多半蹲碎步或奔走出門外，但仍有兩男一女不敢冒險躊躕不動。

「我要關門，快走！」

我以遙控器關上倉庫大門，大門緩緩關上。兩位早前不敢莽動的男人伏在地上，趁門未完全關上慌忙由骷髏衛衣少年兩旁匍匐到門外。蘿莉塔少女撲的跳到餘下那個奔命的女孩背上。女孩穿了長袖衣，沒被抓傷，但轉了半圈，甩不掉她。女孩看到我走近，便對住我哀求。

「艾倫救我！」

Fancy？跟我一同到王太太家中那位有男友的女孩？

蘿莉塔少女張開大口要咬 Fancy，Fancy 側首窺見，立即大叫。

「救命！」

「沒咬到。」

Fancy 側首再看，蘿莉塔少女只咬住我拽去的遙控器，許是剛巧咬到按鈕，地板的磁場解除了，裸女衛衣少年被解放了，站起來。紋身大漢甦醒，更大叫一聲。我回身察看紋身大漢有否爬上直梯，只見他苦惱地嘗試脫手鐲。我忽然被人從身後摟抱，背部感受到女性的胸部，我立即拉開對方的手，急轉身，舉手準備推掌，孰料原是 Fancy。我轉驚為喜，但想到瑜嫣又會看到，又轉喜為憂。

「砰、砰、啪！」

蘿莉塔少女瘋狂拳打腳踢大門，打得金屬大門輕微凹陷，可幸未破。

「呀！」

Fancy 在我面前尖叫，我來不及掩耳，便得回身察看。裸女衛衣少年和短髮女士正衝過來。我旋即趨前，一心想着拿着筆多好，兩手均伸出兩指，想分別插進兩個「喪人」眼眶內，但他們又都變成妍萱，我兩指又只插在他們的眼眉。我驀地矮身使出「掃堂腿」，將二人絆倒地上。

「幹嗎手下留情？」口罩少年低頭質問我。

「他們不可以變回常人麼？」

「不可以！」口罩少年邊說邊以兩手指間夾着的筆同時插盲裸女衛衣少年和短髮女士。

身後響起少女尖叫聲。

我忙轉身一看，生怕蘿莉塔少女咬了 Fancy，Fancy 卻在掩眼驚呼，蘿莉塔少女仍在門前推撞，企圖破門。

「艾倫，幫我。」少年已脫下口罩，一根手指碰觸另一手掌心。

他真的是 Zeta。

Zeta 走到蘿莉塔少女面前，她瞥然一邊舉手抵禦一邊退後，卻被我從後拱抱。Zeta 趁機一手直搗她面門，她卻猛的屈身低頭，我為免被 Zeta 的筆所傷，急忙撒手倒褪。驀地，她全身抽搐。原來，兩部保安機器人分別向她發射一枚電擊子彈，又接連向她發射。原來，混血銀髮老伯站在兩部保安機器人後面，以平板電腦遙控，也怪不得早前找不到他們這兩個多出的人。長髮男人，該喚他 Lambda 了，背向老伯以防「喪人」來襲。原來，Zeta 要我配合他的進攻，都只是「假動作」，分散她的注意力。

經過十一次雙重電擊，蘿莉塔少女已經全無反應。

我走近紋身大漢，他環顧左右。

「請問，這兒發生了什麼事？我剛才好像昏了過去，什麼都不知道。」

Zeta 指間夾着筆從我身後走向他，我一手搭着 Zeta 的肩。

「他們真的沒救？」

「艾倫，其實你是知道他們裏面的人被換掉了。」

我的手發軟，離開了 Zeta 的肩，Zeta 上前又插盲了他。

「那，怎麼知道人變了他們——或你們？」

Zeta 一腿踢走他，回身嘆道：「你可以知道的。」

我欲哭，我怎麼知道？要是我知道我還會問你麼？我正想責問，Zeta 環視一室「喪人」。

「可以在這兒處理掉他們嗎？」

「先綑綁罷。」

我請 Fancy 爬上直梯，跟瑜嫣和巧倩待在一起。

遙控器被咬，破損了，幸而沒完全壞掉。我以它令倉庫外所有保安機器人如常執行夜間巡邏或返回員工下班時安頓它們的位置。我從牆旮旯其中一個紙箱內，取出多卷布膠帶，跟 Zeta 和 Lambda 一起將六個「喪人」幾乎如木乃伊般包紮，擱在牆邊。我又把女員工的尸首用預先準備了藏在紙箱內的睡袋包裹，亦置放那兒。

瑜嫣、巧倩和 Fancy 從直梯下來。我脫下口罩笑臉上前迎向瑜嫣。

「啪！」

她一聲不響，摑了我一記耳光。

還惱怒之前細肩帶背心高挑女士跟我胸貼胸更吻我耳朵，抑或為了上圍豐腴曾喊非禮的女士以舌頭舔我的臉，還是 Fancy 從後摟抱我？

瑜嫣脫下口罩湊近摟着我。

「別再做這般危險的事！」

巧倩亦脫下口罩，訕笑。Fancy 眼目迷離。Zeta 把玩一枝筆，卻盯着我。

我向瑜嫣介紹 Fancy，是在一次發現「蛛人」的聚會，跟巧倩一起認識的。

「Fancy，你怎麼來了？你的男朋友呢？」

「我們……分手了。」

Fancy瞥了瑜嫣一眼，便轉看旁邊，見到牆邊一具「木乃伊」蠢動，受驚，我卻不便用肢體安慰她，只好出言安撫。

「不用怕，他們不是人類，但也不是『蛛人』，是『喪人』。」

混血銀髮老伯笑道：「『蛛人』、『喪人』？有趣！」

此際我方纔在意，他胸前掛着一個拇指般大的密封玻璃小水瓶，內有綠水草與一只紅小蝦。

「你也是『蛛人』？」

「我？不，我是人。」

我轉而問Zeta：「你真的是Zeta？」

Zeta微笑不語。

「他是Zeta？怎麼可能！」

「瑜嫣，你沒看到那個女員工腦袋裏的『六腳蜘蛛』，爬進了這個（指着長髮男人）人耳內嗎？現在他變成——應該叫Lambda了。」

Lambda沒理睬我，只管撫摸自己平坦的胸部，看來是有點不習慣。

「你們到底是什麼？」Fancy指着牆邊的「木乃伊」又問：「他們到底又是什麼？」

巧倩舉起一手，只分開中指和無名指，怯怯的問：「你們都是外星人，對吧？」

Lambda咧嘴笑了，而且接着哈哈大笑。

我一直看着混血銀髮老伯，然後對着Zeta發問：「你們跟他們有關係嗎？呀，請先告訴我他們是什麼！」

Zeta對着混血銀髮老伯詢問：「教授，要不要……」

我見 Zeta 肩膀微動，又見他緊握着筆，我忙站到瑜嫣面前。瑜嫣在我頸背吁了一口氣，定是不知我為何遮擋她的視線。

教授瞅着我，卻舉手碰了 Zeta 一下，問道：「他不知道？」

「他不知道。」

我頓感迷惑，我當然不知道，才會發問。

「你殺了多少？」

瑜嫣、巧倩和 Fancy 面面相覷。

「我沒殺人。」

「我是說『喪人』。」

「一個也沒有——只是弄瞎了幾個。」

那回跟着 Zeta，我能夠弄瞎他們，怎麼今天又不能？是因為妍萱。即使 Zeta 斷言了，我也抱持一絲希望。

「那麼『蛛人』呢？」

巧倩打哆嗦，瑜嫣輕撫她的臂，她又搖頭表示沒事。

「我——們也不是蓄意，只有 Delta 和 Eta。」

「喔，三個了。」

巧倩叫道：「什麼三個！都說——」

「他還計算莫若群的妻子。」

Zeta 喃喃：「Alpha。」

教授對我說：「原來你知道這個。唔，不是蓄意，你又為什麼抓 Lambda？」

「對，為什麼抓我？為什麼還想殺我？」

我沉默了一會兒，幽幽的道：

「為了……Zeta，為了『喪人』，為了如今這情景。請告訴我們，你們、他們到底是什麼，各有什麼目的。」

伍

Lambda：「他們怎可跟我們相提並論？只管複製。」

複製？多有趣的說法。

教授低頭一忽兒，感嘆地道：

「好吧，我還是先說『蛛人』，希望你們能消除敵意。我就原原本本的告訴你們。

「我是一名科學家——你們所說的『蛛人』……（看着Zeta與Lambda）他們其實是……人工智慧。」

巧倩驚呼：「怎麼可能？他們明明是『蜘蛛』！」

Fancy點頭說：「對呀！」

我叫道：「還會入侵人類，殺死人類！」

「等一等，你說他們是——機器人？」瑜嫣說罷，雙腳一軟，我忙撐扶她，又索性讓她坐在地上，我亦跟着坐下。

除了 Zeta 蹲着，其他亦相繼坐在地上。

「沒錯。」教授將平板電腦放在地上，撫摸 Lambda 的頭，「你也可以叫他們機器人。」

巧倩與 Fancy 齊喊：「不可能！」

Lambda 撥開教授的手，撫摸自己的長髮，似好奇又像不自在。

「你們所說的『蜘蛛』，其實，不是生物，它是一部機器。Zeta，出來一下。」

Zeta 躺下來，頭顱抽搐一下，眼睛闔上，一隻「六腳蜘蛛」從一邊耳朵鑽出來。教授攤開手掌放在耳旁，「六腳蜘蛛」爬到他的掌上。

巧倩與 Fancy 一同站了起來，退了半步。瑜嫣激靈了幾下，緊握着我的手臂。

「它看來不像機器而像生物，因為製造它的物質，主要不是金屬、塑膠、晶片等等，而是（以另一手的食指戳了少年的頭兩下）如人體的有機化合物。它更參考人腦的神經網絡而建構，依據人腦內的量子力學機制而運作。」

我喃喃：「生化電腦！」

教授笑道：「還加上拓撲量子電腦。」

Fancy 又坐下來，想挨近觀看但又懼怕。

教授以手指逗弄「六腳蜘蛛」，把「它」反轉了，露出底部的「ξ」標記。

我下意識地揉頸，問道：「它們不遵守機器人三大法則罷！」

「它們有類似的守則，我叫做『制約系統』。」

Lambda：「教授！」

「喔。」教授將「六腳蜘蛛」擺近少年一邊耳朵。

瑜嫣別過臉將頭埋在我肩上。巧倩與Fancy亦別過臉，卻似為了不看我倆。

「六腳蜘蛛」鑽回少年的耳朵內，頭顱抽搐兩下，眼睛睜開，Zeta坐起來。

Lambda：「教授，我要回去餵鯊魚了，還有海龜生病、白魟魚要生產——」

「現在不行——我給你再找個身體吧。」

巧倩蹲下來，對着教授輕聲問：「他們什麼情況下會……殺人？」

「一般情況下，他們不會傷害人類、同類和自己。不過，假如面臨兩難的情景，譬如剛才那女人心臟停止跳動之後，Lambda必須要在體液流失過多前，找到新的宿主——」

Fancy反常地提高聲調叫道：「宿主，呸！」

「鑽入死人或將死的人腦內，還可接受。」我盯着仍在把翫頭髮的Lambda，續說：「它……它們怎能入侵健康的生人，殺掉人類！」

瑜嫣不再挨着我，挺直腰板說：「（面對大家）對呀！它……（對着Lambda）你不可以等一下嗎？」

Lambda盯着我，嘟嘴，說道：「多虧你的腿！」

啊，我剛才想要踹死它。

Fancy又提高聲調說：「那也不可以鑽入生人的腦袋啊！」

「那等於殺人！」我要回復理直氣壯。

「如果你遇上海難，在茫茫大海中漂流，快淹死了，看到一個陌生人抓着一個救生圈，救生圈只足以讓一人浮水，你會搶奪救生圈嗎？」

一定是Zeta，向這個教授匯報了。為何他偏偏要用海難作例子？

瑜嫣看我不反駁，便怒道：「當然不會！」

「你不去爭，你就會死！真的不會？」

「（放聲）不……（輕聲）不會！」

巧倩又站起來，不屑地道：「但它們不是人，怎可跟人相提並論？」

Lambda 亦站起來，喊道：「我們為什麼不可跟人類相提並論？」

巧倩退了一步。

我高聲說：「大家都坐下來！」

巧倩在我身旁後面坐下來，Lambda 亦忿忿不平地坐在教授身旁。

Zeta 冷笑一聲，問道：「人類是什麼？」

巧倩叫道：「萬物之靈。」

Zeta 冷冷的說：「人類是 65%氧、18%碳、9.5%氫、3.2%氮、1.5%鈣、1.2%磷，還有 0.4%鉀、0.2%硫、0.2%鈉、0.2%氯、0.1%鎂……」

我掏出手機，以指頭滑動。

「以及微量的銅、鐵、鋅、錳、鋰、鉬、鉻、鈷、釩、氟、碘、硒、矽、砷——」

教授柔聲道：「Zeta，夠了。」

Fancy 尖聲說：「人類可不是一堆化學物質！」

一定是教 Fancy 想起分了手的俊傑。

巧倩點頭說：「對，人類除了肉身，還有靈魂。」

Lambda 喃喃：「噫，人類總是喜歡說一堆自己也不懂得的東西。」

瑜嫣合十說：「好吧，我們不談靈魂。但即使有一堆顏料，（攤開手掌）未被畫家畫在畫布上，就不算是一幅畫，一件藝術品。」

教授同時撫摸 Zeta 和 Lambda 的頭，昵聲道：「它們對我來說，不單是藝術品，還像是……我的兒女。」

Fancy 假意作嘔。

我沒言語，繼續在手機上以指頭敲動。

巧倩：「你以為自己是神嗎？怎可以隨便——」

「我們可以生產人類，我們不可以製造人類麼？」

Fancy：「那是兩回事！」

「嘻，我沒想過當神。我是研究機器與自動化工程學，一直醉心發展人工智慧。我獲得一家叫『精靈』的電腦科技公司資助，研究拓撲量子電腦，後來利用大數據，再開發自我學習型電腦，突破傳統的設計程式。

「可惜，我製造出來的拓撲量子電腦，最出色的，也只被評定為擁有十三歲少年的智商，（低頭）而且終究不能通過『圖靈測試』」。

我記起這件事，我也有在網上跟它交談，說了五句，便否定它是人類。

Lambda 低聲喃喃：「電腦之父 Alan Mathison Turing，Turing test。」

「什麼叫『圖靈測試』？」Fancy 搔首問道。

「這個我知道。」巧倩偷眼看仍在舞手機的我一下，對 Fancy 說：「即是只跟它談話……也可以只是傳訊息，來判斷它是人不是。」

瑜嫣瞄了 Zeta 一眼，對大家說：「如果一部機器被認為是人類，便叫擁有智慧了。」

「嘻！我的研究一直沒有突破，可幸，我認識了 Sophia——她是一位德國女醫生。」

巧倩瞧着我和瑜嫣說：「拜託！我們沒興趣聽你的情史。」

德國？剛才教授說的，真是德文。

「我受到她的啟發和協助，在以往拓撲量子電腦的基礎上再研究生化電腦。人工智慧運算和記憶能力可比人類的強得多，但一直未能逼近人類的智慧，皆因未融入生物機制。我從新思考電腦的設計，除了核心仍採用電子機器零件，其他部分我都利用有機化合物來製造，並模擬人腦的神經網絡。終於，我完成一部生化拓撲量子電腦！我本來打算將它連接傳統的熒幕、鍵盤和滑鼠。不過，我想，既然它差不多全是有機體，不如放在生物中，讓它能看能聽能說能動，不是更便利嗎？於是，我將人工智慧電腦——即是你們所謂的「蜘蛛」——植入動物的腦袋，例如老鼠、貓、狗、猴子。（拍打大腿一下）我成功製造以人工智慧宰制的動物！

「噫，那家公司提議我採用人類為軀體。基於道德的考慮，我起初不贊成，但他們威脅要終止資助我的研究，我（輕搖頭）無可奈何，唯有答應。嘿！說真的，我很感謝他們逼迫我。其實，我心底裏也很渴望實行。他們計畫找尋因腦癌、頭部受創、窒息等瀕臨死亡或剛剛死去的人。結果大約於兩年前，找到一位在遇劫時頭部被磚頭襲擊致重傷的婦人。」

「莫若群的妻子。」我不禁叫了出來。

「對。經醫生斷定她腦幹死亡，我便立即為她植入Alpha。」

第一個希臘字母（α）。我又不禁問道：

「打斷一下，你都以希臘字母來為它們命名，是否一共製造了二十四個？」

Fancy：「為什麼是二十四？」

瑜嫣吸氣想要說話，卻被巧倩搶先說：「因為希臘字母一共只有二十四個。」說罷對着瑜嫣一笑。

「不。至今我只製造了十二個。」

我挺直身子追問：「還會繼續製造嗎？」

「我也希望，不過——我如今缺乏資金。」

巧倩撇嘴說：「這個你跟我們說也沒用。」

教授笑道：「我當然不是問你們要錢。」

教授盯着又繼續弄手機的我，我只好說：「喔，請繼續說。」

「好吧。」教授的語氣好像有一絲不悅，「你叫它們為『蛛人』，只是基於它們的外型。其實，Alpha 並沒有『腳』，所以它附身的軀體被毀壞後，它逃不出來。其後，我才為它們加上。嘿，我叫它們為『慧人』。自我學習型的電腦透過收集大量數據來進步，所以最好安排它於人類社會中活動。為了進行『圖靈測試』，我們不告訴她的丈夫真實的情況，只讓他以為妻子大難不死。可惜，因為 Alpha——他的妻子在智慧和體能方面太出色，令她丈夫深信妻子不是人，更殺了她，亦殺了 Alpha。」

Zeta 和 Lambda 同時仰首，他們在悼念嗎？不，只是程式教他們這樣做吧。我又繼續舞手機，Zeta 開始盯着我。

「之後，那家公司害怕事情被揭露，便將我辭退。為了毀滅一切證據，他們不單促使那妻子的屍體進行火化，避免驗屍，亦將我所有研究數據和物料悉數銷毀。可幸，我曾經瞞着他們設立了一個小型研究所，保留了大部分研究數據，還利用僅餘的物資，製造了另一個『慧人』。」

想必是 Beta（β）了。

瑜嫣：「誰？」

巧倩得意笑說：「自然是第二個希臘字母，Beta。」

「瑜嫣是問誰的身體。」我說。Zeta 仍盯着我，但我不能放下手機。

「是一名年青人，患了 GBM，多型性膠質母細胞瘤。哦，也即是惡性腦腫瘤。」

Fancy：「騙人！怎會那麼容易給你遇上？」

我對着 Zeta 笑說：「是買通醫生或護士吧。」

教授：「嘻，是買通清潔員工。」

Zeta 依然盯着我，連 Lambda 也發現 Zeta 盯着我而一同瞅我。

「它們不會自我複製。我為了繼續作進一步研究，我需要資金。我令 Beta 去賭博，從而賺錢——」

Fancy：「賺錢？呸！」

「有了錢，我便繼續製造『慧人』。」

巧倩：「你剛才又說缺錢？」

「製造了第十二個『慧人』之後，Beta 便失蹤，錢也幾乎花光。」

「你不是說它們是機器人麼？怎麼會失——」Fancy 瞧 Zeta 和 Lambda，便沒說下去。

教授瞄了我一眼，又繼續對大家說：「當初，因為 Alpha 太出色，輕易被識穿，所以我修改『制約系統』，非必要時，不會表現得比身旁周遭的人更出色，令『慧人』在一般情況下處於低調，還懂得說謊。而且，在臨危時，可以入侵活人。Beta 拒絕我為他更新——我想，這就是他離開的原因。噫，Alpha、Delta 和 Eta 已經不在，只剩下九個了。」

教授看一看 Zeta 和 Lambda，也跟着瞅我。

「我希望大家能夠認識到，『慧人』可以幫助人類從事厭惡、危險的工作，為人類日常生活帶來便利與樂趣，甚至貢獻於科學研究、科技發展。它們不會濫殺人類，如果我不解除制約，它們甚至不能殺人。」

「你現在解除了嗎？」我越發感覺 Zeta 和 Lambda 的強烈敵意。

教授只是盯住我。

瑜嫣：「那麼，『喪屍』——『喪人』呢？它們又是甚麼一回事？」

我喜孜孜地應和：「對啊，它們又是什麼？怎麼分辨？」

教授搓揉胸前的小水瓶，笑說：「它們——」

Zeta 和 **Lambda** 撲的一同撲向我，我連忙拿着手機向後躺下，再往後翻滾三圈，然後蹲下來。

瑜嫣：「你們幹甚麼？」

巧倩：「幹嗎……」

Fancy 坐在地上抱膝瑟縮發抖。

Zeta：「艾倫，你幹麼一直在弄電話？」

「我——」

Lambda 不讓我說話，直衝過來，我舉手防衛，**Lambda** 卻不是要攻擊我，只是要奪去我的手機，我於是高舉它，詎料 **Zeta** 從天而降，我立即鬆手讓它掉下，教 **Zeta** 只是攥住我的空手，我用腳背接住它，**Lambda** 屈身要拿，我惟有將它踢向斜前方。

瑜嫣向我走過來，被轉身的 Lambda 推開，瑜嫣腳下一滑，跌倒。Zeta 已站在我前面。

「瑜嫣！」

我揮拳要打 Lambda 的腰，拳頭卻被 Zeta 一手抓住。

瑜嫣的臉剛好壓住我的手機。

我擺脫 **Zeta** 的擒拿，推開 **Lambda**，走到瑜嫣身旁。她坐了起來，向我舉起一手，我沒拉她起來，蹲下來要拿手機。一條腿將它踢走，我抬頭看，但見腿的主人 **Lambda** 盯住我。**Zeta** 跳到遠處拾起它。

我蹲在瑜嫣身旁，喃喃：「功虧一簣。」

瑜嫣以舉起的手，撫摸我的臉，眼眸閃爍，低聲說：「別……別殺……」

Zeta 將我的手機摔到地上，再猛力一腳踹下，同時高叫：「教授，他已傳送程式！」

我笑了，吻了瑜嫣剛才壓着手機的一邊臉。瑜嫣卻如死屍。

教授忙拿起平板電腦，猛弄。

牆旮旯其餘兩個比人還高的紙箱從內被撕破，兩部如人高、形為圓柱體的保安機器人走出來。兩部高至腰際、形為八角柱體的保安機器人受教授操控，衝向圓柱機器人，其中一部八角機器人更發射了一枚電擊子彈，打中一部圓柱機器人，它隨即迸發一輪火花，發出吱吱怪聲，最後停止運作，在地上慣性滑行一段路便停下。

教授笑了，再猛摁平板電腦，但兩部八角機器人都沒再發射子彈，甚且停止運作。

另一部圓柱機器人向我們疾駛過來。我脫掉兩隻鞋兩手分別拿着，然後站起來。巧倩跟着我脫鞋。

「你不用！」

巧倩聽罷，仍然慢慢脫掉鞋子，一臉小孩不聽話又滿無辜的表情。Fancy 繼續坐在地上抱膝蜷縮悸慄。瑜嫣瞪眼瞧我，我故意不理她，又橫移幾步離開她。

我要殺！

圓柱機器人每次可同時發射三枚電擊子彈，目標可以不同亦可相同，我、教授、Zeta 和 Lambda 都成為目標。我用鞋底接住子彈，Lambda 擋在教授前面赤手扑打飛來的子彈，Zeta 左閃右避「之」字形逼近機器人。

Fancy 放鬆下來。

巧倩喊道：「怎會這樣？」

瑜嫣：「艾倫應該是叫它只攻擊男人。」

Fancy：「但艾倫也是男人哃！」

我擋不了一枚子彈，幸虧子彈只是劃破我的衣袖。

瑜嫣掩口。

Lambda 睃了我一眼，也試着脫鞋，卻因此而被一枚電擊子彈打中肩頭，全身顫抖，跪了下來。

Zeta 挨近圓柱機器人了，一腳踹它，腳底卻被它黏住，被它拖行近兩公尺。他怎會曉得圓柱機器人的重量令它不易被推倒，怎會料到我在其外層鬆了強力黏合劑？Zeta 急脫掉那鞋子，赤腳觸地之前，心坎便中了一枚電擊子彈，繼而全身抖動，跪了下來。

圓柱機器人繼續向 Lambda 和 Zeta 發射，第二枚，第三枚，第四枚，第五枚……

教授跪在 Lambda 身後，舉起了手卻不敢碰它，大喊：「夠了，夠了！停手吧！你也……」

Fancy 急站起來叫道：「停吧！」

巧倩對我莞爾。

瑜嫣垂下頭。

瑜嫣的一邊耳朵，爬出一隻「六腳蜘蛛」——不，是幻覺。

第八枚，第九枚……

Fancy 哭了。

Zeta 在我身後以雙手絞住我的頸項，我感到頸項被勒緊，呼吸困難——不，只是回憶。

終於，耗盡所有子彈。教授躺在 Lambda 身後，全身顫抖，該是也中了一兩枚。

Zeta 側臥在地上。

Lambda 垂頭跪在地上，依然屹立擋在教授前面。

Fancy 的哭聲更大了。

兩隻「六腳蜘蛛」分別從 Lambda 和 Zeta 的一邊耳朵爬出，動作卻如蝸牛，且如螢火蟲閃亮，更是五光十色。

Fancy 不哭了，往後退。

我去追逐「六腳蜘蛛」，手臂被人拉扯。

「別殺！」

我沒回頭，用另一手撥下她的手，便追逐 Lambda，一會兒，一腳踏向 Lambda。

我回想，Lambda 由女員工的一邊耳朵爬出來，鑽入長髮男人的一邊耳朵。

Lambda 被我踩住，稀巴爛。

我追逐 Zeta，不多久，我撲在地上雙手捽住 Zeta。

我浮想起一幕幕景象——

兩個「喪人」撲向我和瑜嫣，我正要使力推瑜嫣下海，嬌小的少女 Zeta 從後捽住兩個「喪人」，拉向後面。Zeta 口罩下似對我嫣然一笑。

我倣效 Zeta 蹦跳跨縱，感覺身體變輕，跳得更高更遠。我再看 Zeta，Zeta 竟也正在看我，擠眉，似對我會心一笑。

Zeta 脫下遮陽帽和口罩，抬頭瞧着我，沒笑，一手攤開五指掌心向着我，另一手食指放在其掌心上。

我仍要殺她——殺他——殺它！

Zeta 從口罩少女變成口罩少年，由女聲轉男聲。

我站起來，將它掰成兩半。

「噫！」

是瑜嫣的哀鳴？我沒去確認。

巧倩走到我跟前。

「其實，你也用不着——」

「用得着！我必須如此。」

Fancy 也挨近。

「它們雖然看起來很可怖，不過，也怪可憐的。」

「它們雖然不像『喪人』散播奪命的傳染病般，但同樣會殺人，而且更有智慧，可以變成政客、軍官、富豪，傷害更大！」

Fancy 不自主似的捂住雙耳。是不想聽，還是對它們入侵人類猶有餘悸？

我轉身遙看瑜嫣的耳朵。瑜嫣沒看我。

「唷！」

是 Fancy 的叫聲。我回身一看，教授拿着平板電腦，舉步蹣跚向我走過來，眼目無焦點，口裏絮念德語。他跟我擦身而過，手緊握住平板電腦，還以為他會用來扑打我，但我竟毫無防備之意，而他也只是跟我擦身而過。

假若他真的打我，我的心應該會舒服一些。

瑜嫣、巧倩和 Fancy 都盯住我，瑜嫣仍跪下，巧倩站着摀口，Fancy 半彎腰抱身，都像在看一隻怪物。

我想上前說些什麼，卻驀然想起不能放過教授——還有九個，一個都不能放過！還有「喪人」的來龍去脈！

我轉身追趕，已不見教授。大門打開了一道缺口，控制大門的遙控器仍在我口袋內，我側身穿越缺口，驟然隱約聽到警方車輛的警笛聲由小漸大，便退回室內，關門。

巧倩：「艾倫，我想先回去。」

「不可以。」

Fancy：「不可以？你是不是連我們也要……」

「員警來了，你們先到休息室迴避，我來應付。」

Fancy 拍兩下胸口，羞澀的笑。

巧倩：「不過，由這兒出去，可以避開員警嗎？」

「可以，但不是由這道門。」

瑜嫣一直默不作聲，我也無暇慰問。

我領她們到牆旮旯，我挪開那些大紙箱，背後有一部升降機。

巧倩回望室內，抿嘴笑說：「我留下幫忙吧。」

瑜嫣依然靜默。

Fancy 噘嘴，然後說：「你剛才不是說要先走嗎？」

「剛才是剛才，現在是——」

「巧倩，不用了。而且，我不想你日後要負任何刑責。」

「哦。」

我先領她們乘升降機到休息室安頓，然後回到那倉庫。我嘗試修理中了電擊子彈的圓柱機器人，卻需更換零件，太費時，便檢查兩部八角機器人，它們皆缺電，我啟動緊急電源，再修改程式，成功奪回操控權。我利用它們、另一部圓柱機器人和手推車，運送女員工、長髮男人和少年的屍體，送到地下停車場，再移上一輛貨車內。我檢查裸女及骷髏衛衣少年、紋身大漢、短髮女士和棕髮女士的「木乃伊」，發現它們都全無脈搏，移動時頭顱異常擺動，該是Zeta和Lambda暗地擰斷它們的頸骨。蘿莉塔少女的「木乃伊」卻在抖動，我有點慶幸，至少遺下一個活「喪人」，有機會解開它們的謎團。我小心翼翼檢視它，卻發現它的頸亦斷了，只是身軀仍抖動，再過一會兒，身軀亦完全靜止了。我將六具「木乃伊」同樣搬上貨車。

我回到二樓倉庫清理現場，處理Zeta和Lambda的「遺骸」時，淚水不自主地簌簌淌下，我卻沒去抹拭。

我檢查被巧倩擲下的攝影機，記憶體碎裂了。

當我及機器人將原有泰半的貨品搬回來時，我聽到倉庫門外有雜聲，應是警方聯絡上主管，主管準備開門，我便匆匆跑往升降機。我踏到玻璃碎片，已來不及清理，只祈望不會引人注意、思疑，繼而徹查。長髮男人、裸女及骷髏衛衣少年、紋身大漢、短髮女士、棕髮女士失蹤，若他們曾通知家人，警方很可能會追查至此處，我應該一早預計了。我應該逃亡——不，我應該銷毀一切証據，死不承認。

我趕忙趁警方查看前刪除所有閉路電視相關的記錄。

我觀看閉路電視，待警方及主管都離開後，我便讓她們先回家。我分別送瑜嫣和巧倩上計程車後，Fancy湊近我。

「我找到工作了，在『一億零一』當客戶服務員。」

「哦。」

「可以給我電話號碼嗎？」

「我們最好不要再見了。」

我曾掂掇留下一具「喪人」屍體來研究，可是我沒有設備和所需知識，且風險太大。我將九具屍體以貨車運至無人的海濱，澆下汽油，一同火化。

我回到公司，已接近破曉，累透，但仍趕緊再整理好二樓倉庫，修理好圓柱機器人，然後才在自己的座位上瞌睡。

一陣不知是電子的抑或人類的雜音過後，身體往下沉，完全沒有聲音了，頭上一片詭異的蔚藍天空，光影不迭閃動、扭曲。感覺極辛苦，手腳不住擺動，卻被無形之力纏縛。完了，終究完了，身軀漂浮太虛之中，黝黯中似有繁星閃爍，驀地一道強光——我醒來了。

又做回這夢。

如果不是被吸塵器吵醒，我應該可以忘掉曾經做過這夢。

這天很漫長。我沒精打采，似乎無人介意，甚至無人留意。主管跟一些人竊竊私語，不像查探反倒似在抱怨。手機缺電，我才想起保安機器人亦可能缺電。我到昨日曾經運作的機器人附近觀察，發覺員工都不以為意，沒有發現或只管為其充電。

下班後，我踽踽離開公司大樓，有一位孕婦牽着半米小男孩，拿着手機讓人看。我經過他們身邊時，聽到孕婦問人有否見過她的先生，他還挎着相機。我越過他們後，聽到孕婦叫喊：

「先生，先生！」

我加快步伐，逃走。

我多次致電瑜嫣，無人接聽。我到她兼職的繪畫學校外徘徊，直至員工關店，不見伊人影蹤。我又到她兼職的畫廊外窺探，一直不見伊人芳蹤。

我回家後感覺百無聊賴，便玩網上遊戲。家居電話響起，不會是瑜嫣，我將遊戲音響聲浪調高。一會兒，手機響起，不是 Valonia 演奏的小提琴樂曲《迷戀》，我看一下，是巧倩來電。我整天沒說話，便如傻子先自言自語一番，聽聽自己的聲音，選擇了一把平穩的聲調，才接聽電話。

「在家怎麼不接電話？」

「喔，你怎知道我在——」

「你不是又玩網上遊戲嗎？」

她好像很留意我，也許是我多想了。她約我到酒吧，我正想跟她談談。

我到酒吧，第一眼看到的，卻是瑜嫣。

為什麼是巧倩聯繫我？我跟瑜嫣怎麼了？

酒吧中有一臺點唱機，有人投幣播放著名女小提琴演奏家 Valonia 的《幻想曲》。

瑜嫣見到我，咧嘴笑說：「我們正在說你。」

我憨笑，坐下來。我向侍應生點了一杯 Hamilton，侍應生說沒有，我唯有點其他雞尾酒。他走後，我才驚覺我想點的其實是 Manhattan，而 Hamilton 是發現四元數的數學家。

我有點迷迷糊糊，巧倩好像在說她們談過我跟瑜嫣怎麼認識，似乎讚嘆過我們青梅竹馬羨煞旁人。我只常偷眼看凝視巧倩的瑜嫣。

「嗨，艾倫，後備電源借我。」瑜嫣從手袋中拿出手機。

我笑了。瑜嫣瞪眼看我，我才如冷天被靜電電擊了一下，趕忙拿出來。我刻意跟瑜嫣選用同款式的電話，就是為了關照不喜歡帶後備電源的她。

「嘎，不過你們一個讀數理，一個愛藝術，怎麼（比劃）走在一起？」

我聽清楚巧倩的說話了。

「是緣分罷。」

瑜嫣對我笑說：「我可不信緣分，都是人為。」又向巧倩笑道：「就是不一樣，才不像跟自己戀愛。」

巧倩誇張的哈哈大笑，惹得一些顧客和侍應生注目。

我為了令巧倩止笑，便問：「你們剛才有談你的戀情嗎？」

瑜嫣對我說：「沒有。」又向巧倩問道：「你有喜歡的人麼？」

我最好不作聲，呷一口酒罷。

巧倩對着我笑說：「有。」

她也呷一口酒。我聽到自己突突的心跳聲。

她又向瑜嫣笑道：「不過，我們分手了。」

瑜嫣：「怎麼？」

巧倩喝酒，沒回應。

我可以發聲了。

「他有不良嗜好麼？」

「也不算不良，他好賭。」

「經常向人借錢？」

「不，他經常贏錢。」

我不知為何想到要問：「他叫 Ben 或 Benjamin 嗎？」

「不，他叫 Nathan。」

「哦。」

瑜嫣凝視我問道：「怎麼了？」

「沒什麼——是了，巧倩，那麼是因為性格不合嗎？」

「嘻，認識了這麼久，為啥如今才問我？」

「沒什麼——啊，瑜嫣，你要再喝點什麼嗎？」

「嗳！不了。巧倩，我想繼續聽你說。」

「其實也沒什麼，我們尚算合得來，只是——他人太好。」

「嗄！」

酒吧內樂聲消停。

我跟瑜嫣一齊發出一聲驚嘆，我倆對視一笑，又一起回看巧倩。

巧倩低頭不語了，舉杯呷一口只剩冰塊的雞尾酒，放下杯子時我彷彿聽到冰塊搖動碰撞的聲響。她沒有再點飲料，我為她再點一杯。

我趁機向她們重申昨天殺 **Zeta** 和 **Lambda** 的理由，表達了矛盾無奈的心情。瑜嫣只是嘆了一口氣，沒說什麼，但她沒有逃避我的目光，我意會到她不支持我獵殺「慧人」，但亦不會阻撓。巧倩表示理解，但她亦重提她的目標是「喪人」，我表示這也是我的目標，她便說會繼續幫忙。

我開始仔細計劃，上班、拍拖、獵殺要平衡，分配的時間大致均等。

巧倩如前協助我偵查大難不死的人。我會從報章和網絡搜尋，她則到醫院打探，佯裝看病，認識愛化妝美容的醫護人員，嘗試套問情報，又伺機湊近電腦，利用我給她的電子儀器透過藍牙竊取病人資料。

我開始在家中觀看武打教學影片習武，又上研習班學習基本的急救知識和方法，並網購電擊棒，再作改裝，變成二十厘米長，又可調節電壓。

我們學乖了，會施行三部曲。凡打探到嫌疑人物，首先，我跟巧倩會一起調查、跟蹤他們。我們會假扮他人，透過網上社交網絡、即時通訊、簡訊或電郵，詢問他們的同事、朋友或親戚，有否發覺嫌疑人的生活習慣、性格、談吐、興趣等有所改變。

如果有可疑，我會獨自個找一個適當時機，戴上鴨舌帽和口罩，突襲他們，看看他們的反應、跑跳、身手會否超乎常人。

倘若有疑竇，我便利用電擊棒攻擊，或以塑膠袋套頭，將他們逼至瀕死。初時我常拿捏不準，要接續一再下手，但幾番以後，便掌握得宜。從前我總是不能下手，如今得悉「慧人」非人類，又滿有信心能施以急救保人命，便放手去幹了。

「打劫嗎？你真倒霉，我正失業，吃飯的錢也不夠啊——喂！你幹嗎打人？哎，見紅了！」

「先生，對不起！我認錯人。」

他體型比我健碩，我起初還有點擔憂，詎料他有如豆腐，也或許我變高強了。

她只是一名女小學生，我卻差點被她打碎胸骨，幸虧我及時抓住她拳頭，但仍被自己的手背撞到胸膛，痛得我叫了一聲。我用改裝的電擊棒攻擊她，通電時她會麻痺，但一斷電她瞬間又能活動，最後我再電擊她時，立即再以塑膠袋套住她的頭。好一會，她終於昏厥。我不敢輕率，維持電擊及套頭一會，她的一邊耳朵真的爬出了「六腳蜘蛛」。它是Iota，底部標記是「ι」，第九個希臘字母。我用塑膠袋困着它，本想帶回家研究，但它刺穿了袋子，我唯有將袋子丟到地上，一腳踏扁它。我任由女小學生躺在地上，她不瞑目，我沒為她闔眼。

她是一位身形苗條的中年女文員，深宵月下跑步時我尾隨她，拐了一彎她便杳然無蹤，我心中暗喜又找到了，忽覺草叢無風拂動。我跳進草叢，弓腰察看，她霍然站起來，旋腿踢向我的一邊耳朵，我挺直身子故意讓她踢到我的上膊，然後擒拿她的腿，豈料她躍起來用另一條腿的膝蓋猛撞我的胸口。我急忙後仰，乘勢用另一隻手托住她衝來的小腿，將她推上半空。我本來期待她翻滾後摔在草叢上，便搶前制服她，孰料她矮身安然下地。不過，我更歡喜了，禁不住發笑。

「想強姦我？小心絕子絕孫！」

喔，原來她剛才不是要攻擊我的胸口。

我蹲下來，拾起一物，拋給她。

「蛇呀！」

她嚇得尖叫一聲，手足亂舞，我趁機趨前電擊她，她癱瘓了。

「蛇……蛇呢？」

我拾起剛才用來唬她的樹枝，在她面前搖晃。

「來吧。別留下吻痕！」

她的眼角淌下一滴淚花，皎月下亮光撲閃。

突然一道強光劃過，我俯下窺看，兩名員警提着手電筒搜索。

我思量要摀住她的嘴還是再電擊她，她安靜地躺下，眼看夜空。我愣住。

兩名員警離去，一人咕嚕似在抱怨。

我應該繼續電擊她，甚至以塑膠袋套住她的頭，教她窒息。如果沒有動靜，才進行急救——我在草叢中爬行，走遠了，才站起來走路。我抹一下眼角，誤以為落淚。

「你要休息一下嗎？」巧倩在電話中問道。

「謝謝，不用。」

一個黑影逼近，一記拳頭揮來，我擺首閃避，手機掉下，我以腳背接住，再讓它滑到地上。

「喂，喂，艾倫？」

幾下肢體猛碰的悶響。

電擊槍發電的吱吱聲。

「哎！」

「艾倫，你沒事嗎？」

「果凍」被踩踏的聲音。

「艾倫？」

「是 Mu。」

「什麼？你沒事嗎？」

「沒事，哈！是 Mu。」

「誰？」

我以手拍扁它前，曾一瞥它反轉時的底部，可見有一個「μ」標記。

「第十二個希臘字母。」

「哦。」

「第十個希臘字母。」

我用小刀捅住它，翻轉來看，底部有一個「κ」標記。

「哈哈！是 Kappa。」

「知道了。」瑜嫣在電話中叫道，「現在可以過來幫我拿東西了麼？」

瑜嫣終於不特於「一億零一」網購了，我得趕快到市中心商場。

在趕路的途中，我不斷思索為何 Mu 和 Kappa 會主動惹我。它們真的當劫匪和變了瘋子嗎？抑或我身上有令它們厭惡仇視的元素？我無從得悉，卻總為再翦滅兩個而愜意。

在廣場上的大型屏幕，正播放著名女小提琴演奏家 Valonia 的《熱舞》。雖然在煩囂鬧市中聲音微小，仍然吸引了我的注意，駐足觀看她演奏的手采。

「你終於來了。」

我忙幫助瑜嫣拎着一、二、三……八袋東西，卻一點不重。

大型屏幕出現一位個子矮小面貌不揚的中年男士，嘀咕什麼 Valonia 的世界巡迴演奏會。

「那是誰？」

「『一億零一集團』的董事局主席，叫牛什麼。」

「姓牛？」

「唔。」

我下意識瞄了許久前曾被自己咬破的指頭一眼，又偷眼瑜嫣的腿，但瑜嫣的腿在長裙之下，我看不到了。

「唉。」

瑜嫣顰眉問道：「嘆什麼？」

「沒什麼。去吃……」

「吃什麼？」

「妍萱？」

「你說什麼？」

我將八袋東西交回瑜嫣。

「我看到妍萱——在這兒等我。」

我在人叢中穿梭，又跳高觀看，又推開行人，又奔跑飛躍，終於——為什麼不見妍萱？

我撾住一個西裝筆挺唇上留鬍子的中年男士。

「剛才挽着你手的女孩呢？」

「你……你誰呀？什麼女孩？」

我左右張望，依然不見，唯有放了他，在他咒罵聲中走回頭。

「找不到？」

「也許我看錯——去吃東西嗎？」

她真的是「喪人」，到處尋找獵物嗎？

「你餓了嗎？」

那鬍鬚漢變了「喪人」嗎？我剛才就應該——我失笑了。瑜嫣側首瞪着我。我乖乖替她提八袋東西。

「不餓。還要買麼？」

瑜嫣頷首，率先邁步。

「還差多少？」

瑜嫣第一次問我，但她一說，我就知道她問什麼。

「四個。」

瑜嫣含笑說：「唔。」

瑜嫣，解決了十二個「慧人」，還有能繼續製造「慧人」的教授，還有「喪人」，還有妍萱。恕我不能陪笑。

她的笑容好詭異。

她其實是他，剛完成隆乳手術，下身仍是男的，以當扒手累積手術費。我跟着他走進陋巷，總覺得自己也被人跟蹤，回頭看又不見有人，大抵是「作賊心虛」。我從後揮拳襲擊他，他背後竟像長了眼睛，回身攔擋，我旋即電擊他，再以塑膠袋套住他的頭，他窒息昏迷。我看着手錶計時，一直沒有動靜，看着他蒼白的臉，我決定先救回他。我不停施行人工呼吸和心肺復甦術，許久他仍沒有知覺。兩滴汗流到我下顎好生刺癢，我也無暇理會；我聽到跫音，也無閒查探。我不能放棄！終於，我令他返魂，我一頭汗水，坐在地上喘氣。為更確保他的安全，我離開陋巷便用儲值電話報警召喚救護。我又致電巧倩，想跟她傾訴，附近響起她慣用的電話鈴聲——當然也可能是他人的。不過，一輛垃圾車駛過，奏起樂曲《惡魔的禱告》，接通的電話亦傳來同一、幾乎同步的樂聲。

之後我跟巧倩見面，問起她是否跟蹤我，她矢口否認。接着多日我們再打探不到嫌疑人物。跟她一塊用餐時我乘她往洗手間時搜查她的包，找到我給她的電子儀器，用手提電腦檢索她從醫院所得的資料，發現跟她交給我的不一樣，多了我所需要的情報，我立即下載，歸還，然後裝作不知。我怎能怪她？我真的差點弄死人。也許我不應該再煩勞她幫忙了。

我查遍所有醫院，再沒有找到「慧人」，若非在國外，想必剩下的四個都是入侵活人。真可惡！這正是我忍心冒險害人瀕臨死亡的原因。

我下班時正想這些事情，忘了由後門離開，在正門又遇見被 Lambda 侵佔殺害的長髮男人之妻，又挺着更大的肚子，牽着半米小男孩，拿着手機向人詢問曾否見過電話中照片上的人，又提及他還帶着相機。

「你的先生死了！我親自將他的遺體火化了。」我真想這樣跟她坦白。

「先生，先生！」

我急步走過後，聽到她在身後叫喊。

迎面來了一個不修邊幅的中年大漢。

「先生。」

我沒理會他，拐彎轉入另一街道。

「警察，站住！」

我停下來，慢慢轉身。這街角沒人，可以引他走進來，但電擊棒擱在家，包裹只有平板電腦和文件。袋中有一把摺疊小刀，但我不能用。

他手上拿着一根短香菸，放在嘴中吸了一大口，吐出一團救生圈狀的煙霧，便將菸蒂丟在地上，向我步來。

「你是那家電腦公司的職員吧。」

那不算是電腦公司呢。

「是。」

他轉身向後瞄了一眼。

「你是見過那個大肚婆的丈夫吧。」

「嗄？」

他冷笑說：「你騙不了我！你分明見過，甚至知道一些關於他的事。不過，你人太好，不願說謊，所以匆匆忙忙避開她。」

「我不可以只是趕時間？」

「哈哈，如果你趕時間，你就不會一直逃避她的目光，（在我面前擺動食指）也不會問我可不可以。」

「你真的是警察嗎？還是私家偵探，甚至只是記者？」

他苦笑一下，掀起外衣，讓我看到他腰間的配槍。

「賊匪也可以——」

他打斷我的說話，高聲說：「哎喲，那大肚婆在你公司門外問了兩個月喲，還帶着個小人兒！」他湊近我，低聲說：「你不告訴她，不打緊，但你一定要告訴我！我們組裏的人，都說她丈夫拋妻棄子，大抵另結新歡去了。（搖頭）我可不相信。」

這種寧願給我看槍而不是看証件的人好難纏，不能撒個謊打發掉，他看來也好大喜功。

「其實，是這樣的——你聽說過『喪屍』罷，我叫他們『喪人』，還有一種——」

他用力握住我的肩，叫道：「臭小子，別跟我說鬼話，我可不是跟你開玩笑！」

噫，人都是寧願聽可以理解的謊言多於不能想像的真相。

「好吧。這兒舉辦了一個派對——」

「誰主辦？難道是你？」

「我？」

他拍了我的肩一下。

「哈哈，唬你的。好，很好，你開始說人話了。其實我問過一些參加派對的人了，但他們不是沒能進去，就是說看魔術表演後有人咬人，於是逃跑了。唔，舉辦的人應該不是公司的職員，這也太愚蠢了……」

太愚蠢？我一笑。

「你還知道什麼？」

我知道很多，可惜你不信。我起初還以為和盤托出，可以找到一個警察伙伴，多棒！如今，我唯有只說出一小部分真相——我曾見過他，他在場內瘋狂拍照。我更特別提起他曾與混血兒模樣的銀髮老伯一起。一來，提供一些真實的情況以增加我的可信度；二來，讓這廝感到掌握了新線索而沾沾自喜不再死纏我；三來，若透過這廝找到教授，我就可以徹底解決「慧人」的問題。

回家途中，看着一張張人臉，不禁懷疑，誰是人類。回到家裏，我思索如何分辨「慧人」，還有更禍害人間的「喪人」。我想起 **Zeta** 曾對我說，「你可以知道的。」

「鈴、鈴。」門鈴響起，嚇了我一跳。

「喪人」！

她穿着便服，手上拎着一個紙袋。

「哥。」

「哦，妍萱，今天不用上課嗎？」

「怎麼不叫我丫頭了？」她逕自走進屋內。

「你不喜歡嘛。」

「你什麼時候理我的感受？」

我故意不關門。

「要零錢麼？不如以後我——」

「不用了，我現在當兼職。」她一屁股坐在沙發上，將手上東西放在几上，「這個給你。」

我只好關門，但我不想跟她對坐，便到她背後去調製咖啡。

「什麼來的？」

「我給你做的，草莓蛋糕。」

要下藥迷倒我麼？

「哦。」

「很好吃的——不過你可能會覺得有點甜。」她邊說邊打開包裝。

「嗳，我現在不餓，先放着吧。」

她的手戛然停住，然後緩緩垂下。

「哥，你覺不覺得我們好像——生疏了。」

「因為你不是妍萱，你是『喪人』！」現在還未是時候攤牌，我只好轉話題，淺笑問道：「嘿，上星期我在市中心商場看到你。」

她抖然雙手按住沙發，挺直腰板，聲音輕微顫抖地回答：「怎麼會呢，上星期我沒去過市中心商場。」她站起來，轉身對着我續說：「我要去打工了，你記緊吃啊。」說罷便走去開門。

「你幹什麼兼職？」

她半身在門後，探頭跟我說：「祕密！」

我呷一口咖啡，苦得讓我皺眉。我抬頭凝睇關上的門。她仍在門後等我吃蛋糕嗎？我驀然發現那隻神出鬼沒的銀白貓「o」在几上舔草莓蛋糕。我忙舉起一手，提氣張嘴，但又把話嚥回去，再呷一口咖啡，感覺不那麼苦了。喝完整杯咖啡，「o」吃完整個草莓蛋糕，不知去向。

那「喪人」來找我幹什麼？還是她真的是丫頭？我怎麼可以知道？

翌日跟瑜嫣在高級餐廳共晉燭光晚膳，瞧着蠟燭的火光，我想起磁振造影令「喪人」自燃。回家躺在沙發上看電視。新聞報導中有一位煞是面善的政治人物，正在記者會上演說，談論近來群眾歇斯底里地咬人的事件又一再發生，他相信不是惡作劇那麼簡單，呼籲大家小心，而且應該向警方檢舉。他又宣告早前向國會提議成立的「優生精卵銀行」獲得廣泛支持，正在積極籌備成立。

銀白貓「o」不知何時也坐在沙發上看電視。我到廚房看看有沒有豆奶，酬謝試毒的「o」，冰箱內沒了。

我發現那只灰鴿在虛掩的窗外，沒敲窗沒進來，我便撕了一些麵包屑放在窗臺上，也算是酬謝曾發摩斯電碼給我的牠。牠啄食了，我感到一絲安慰，卻有更多哀愁。

我抬起頭，驀然想起電視中那位政治人物在哪兒見過。我對着灰鴿一笑，然後準備上網查考聯絡他的方法。離開廚房時，差點踢到不知何時進來了的「o」。我看看銀白貓，又看看灰鴿，彷彿原始人同時在天空見到太陽與月亮方知它們不是同一個體，感到寬心，終於解開了長久的謎題。

陸

那位政治人物原來叫連衡，處理觀光遊艇事故時是外交官，回國後任職政務官。

越日早上，我致電他。我以為很難約見他，殊不知他的秘書說他下午剛巧有個約會取消了，有空接見我。

「Alan，你好。」他同時跟我握手，握手的力度稍強，亦有點久，令我感到被重視。

「連先生，我沒有英文名字，我的名字是艾倫，花艾倫。」

「嗄，很特別。請坐。」

「連先生——」

「不用客氣，你可以叫我 Gary。」

「好的，Gary——」

「艾倫，要喝點什麼嗎？」

「不用了——其實，我曾經在外地見過你。」

「嗄？」

「就是你當外交官，處理觀光遊艇事故那一回。」

「哦。」

他沒有窺看我的脖子——這麼久自然癒合了——但下意識也會瞄一眼罷？除非，他可以分辨！

「謝謝你。」

「謝什麼？我也沒做什麼。」

「你也看到那些『喪屍』罷，我叫他們——」

「**沒有喪屍！**那些人有病，（指着自己心臟）有心病。」

「你們有方法可以分辨他們嗎？」

「有。」

「真的？怎麼分辨？」

「醫學評估。」

我以為他願意接見我，大抵知道一些我的事，我還有了心理準備，他可能連我獵殺「慧人」之事也知曉，怎麼——他又為何肯見我？

「你有看到那些軍人怎麼對付那些咬人的人吧？」

「噫，是很殘忍。但那是別國，我也無能為力。是了，花先生……」

他遽然客套？

「你是研發保安機器人的……」

他要我出賣公司的智慧財產權？

「你懂得電腦吧？我們正計劃添置一批電腦……」

我聽到一陣低音量而刺耳的電子雜音，聽不清楚他中間說什麼。

「你會跟我合作嗎？」

「對不起，我剛剛分了神，可否請你再說一遍？」

他沒言語。我又聽到一陣短促的電子雜音。他笑了。

「哈哈，我也知道你有點為難。不打緊，如果你將來改變心意，隨時來找我。」

他隨即站起來，伸出一手。我亦靦腆地站起來，跟他握手。他握手的力度稍弱，而且很快完結。

我獨自在升降機中冥想，他剛才說了什麼？電腦、合作——他曾經招攬我嗎？在政府內部工作，的確非常吸引，對我的狩獵和前途來說都是挺好。我幹嗎不先答應再弄清楚？噫！怎麼會無端又聽到電子雜音？第一回是在觀光遊艇上，第二次是在廉價旅店中，但夢中也——夢中不該計算。好像聽說舊時國外有人以金屬修補牙齒，因而接收到收音機的播報，但我可沒有啊！他不是說我將來改變心意隨時可來找他——升降機門開啟，有人進入，我才發現自己仍在同一樓層，我沒有撳下升降機內的按鈕呢。

是日我告了事假，午後回到家中，想暫停思索一直困擾的眾事，便陷在沙發上看電視。新聞報導迄今已有八名獨居女子慘遭凶徒入屋姦殺。手機響起，瑜嫣來電。

「你可以來接我嗎？」

「嗯，我現在就來。」

「嘿，別掛線！」

瑜嫣說她在一家咖啡廳，外邊有一個戴遮陽帽和口罩的漢子徘徊，經常偷看她。我邊走邊跟她保持通話，跟她談談她今天的活動，又說說發現那位政務官連衡的事。我一直穩住聲調，又傻乎乎地害怕心跳聲會傳遞過去。瑜嫣無端提起妍萱。

「她最近有點不同——你真的認為她變了？」

「你最近見過她？在哪兒？」

「她到畫廊找我，叫我教她弄草莓蛋糕。」

「你讓她上你家？我不是跟你說過——」

「沒有！我怎麼懂得弄草莓蛋糕。」

「喔。」

「我帶她去買了——我問她是否要送給喜歡的人。她說，不，要送給不喜歡她的人，我便沒再多問。」

「哦。你覺得她怎麼變了？」

「我不知道，是直覺罷。她好像很努力去討人歡心，卻不似從前的有機心——像是那次想我送她一條參加舞會的裙子才伴我去看展覽。」

「喔。」

「不過，也許只是我多想了——你以前也試過這樣。」

「什麼時候？」

「意外之後。好像刻意若無其事——算了。」

我來到咖啡廳外，可見瑜嫣安坐在內喝咖啡。我四處張望。

「我到了，我看不到那個人。」我本想繼續談她，談自己，算了，見面再說罷。

「在柱子後。」

我繞到一根直徑如臂的圓柱後。

「Theta？」我不知我為何認定他就是 Theta，還不禁叫了出來。

「什麼？」電話傳來瑜嫣的叫聲。

那人瞪眼看我，旋即轉身奔跑。我立即追趕他。

「你留在那兒。」

「艾倫——」

我掛線了。我跟在他的身後，嗅到陣陣幽香。我記起遇見 Theta 那一次，它入侵了莫若群，身上散發一股香氣——女士塗的香水芬芳。

我們在鬧市中狂奔，我又有一種似曾相識的感覺。

一輛月亮黃色敞篷跑車邊停下邊猛向我發出響號——只是琥珀色房車。我停下來，邊四處張望邊致電瑜嫣，我不能讓歷史重演，更不可向更壞的方向發展。

「你在哪？」

「你剛才不是來過了麼？」

「我怕你又走出來——我現在回來找你。」

我掛線後回到那家咖啡廳外，駭然發現那個漢子亦回來，又躲在圓柱後窺探咖啡廳內。

我瞥見瑜嫣安坐在咖啡廳內翻雜誌，我便勃然撲向那名男子。

我係精神失常！瑜嫣沒有即時危險，我身上沒帶剛巧缺電池而擱在家中的電擊棒，若他真的是「慧人」，徒手搏擊最終必勝我；若像 Zeta 的話，更可能輕易幹掉我。我到底怎麼了？似乎我的身體比思維快了一拍。

我又聽到一陣低音量而刺耳的電子雜音。是幻聽嗎？我的身體真的出了毛病。

我從後摟抱着他，想起拳擊比賽時也是用摟抱避免挨轟。我跟他扭結，嚇得途人走避、驚呼，有些人卻圍觀，以手機錄影，我低下頭努力迴避鏡頭。

「你是Theta？」

「Epsilon！」

它真是「慧人」，只是我搞錯名稱。聽罷，我的手一鬆，被它掙脫。我連忙伸手進口袋，欲掏出鑰匙作武器。

「哎！」

女途人尖叫——它已拔出一把匕首，刀身反射亮光。眼看它要衝過來，我該衝上前迎擊，還是向旁閃開或向後騰閃？

糟糕！瑜嫣出來觀看，我分神看她，我要挨刀了……

「別動！」

一名員警拔了槍指着它，它停下但沒放下匕首。

「你，把手伸出來！」

我邊把放下了鑰匙的手抽出邊喊：「他不怕死，小心！」

員警的槍轉而指向我，它提刀衝向員警。

「打他的頭！」

「砰！」

員警向它開了一槍，卻只打中它一邊肩膀。

我準備走到掩住口的瑜嫣身旁——它繼續衝向員警，員警再向它開槍，打中它的胸膛，但它仍撲向前，一刀刺進員警心坎——因此我沒走向瑜嫣，它繼續衝向員警，我趨前從後一手摟抱它，一手揪住它持刀的手。如果員警再開槍，如果子彈貫穿它的身軀射中我的要害……

員警再沒開槍，只是瞪着我們扭結。

「用警棍，打下他的刀！」

員警睜大眼睛，微張開口，如夢初醒收好手槍，舉起警棍，敲打它持刀的手，一、二、三……八下了。

我仍未聽到刀掉地的聲音，轉頭見它仍攥住刀，索性一手捽住它持刀的手腕，另一手掰開它握刀的手指。

員警高舉警棍要打它的頭，被它另一手抓住警棍。

「噹！」

我終於令它的匕首掉地。它猝然一腳踢在員警腹部，踢得員警飛出三米外跪在地上低頭摀住肚子。它拋起警棍再接住，握着把手高舉轉身要打我的頭，我急忙趨前舉手摑住警棍，孰料它鬆手彎腰去拾匕首。我大驚，若用警棍的把手戳它太慢了，而且它應該不怕痛；我連忙提腿踢它，卻被它一手按住小腿，我即一腳踏下，踩在匕首上，令它一時拔不出來。但它只要推開我，更甚是一頭撞向我的下體……

「別動！」

另外四名員警到來，一人蹲下照顧跪地低頭摀肚的員警，另外三人包圍我們，其中一人一手按住槍袋，一手提起指令我們。我丟下警棍，高舉兩手，同時趁它看着員警時，以另一腳踢走它拿匕首的手，再將腳底踏着的匕首推到身後，然後倒褪兩步，雙手擺在腦後跪下來。

「小心！他力氣很大。」

兩名員警同時冷笑，撲向它將它按在地上。剛才蹲下來照顧同袍的員警走到我身旁。瑜嫣擠到圍觀的人前面，我含笑跟她輕輕搖頭。我扭腰後看，餘下一名員警用紙巾撿起匕首察看。

「誰被刀傷了？」

撿起匕首的員警看着跪地的員警搖頭，又看着我搖頭，自己也搖頭了。

「可能是他，他的肩流血。」

「不是刀傷，他是我……（面容扭曲）槍傷。」

「奇怪，刀上的血都凝固了。」

我身旁的員警準備給我上手銬。被兩名員警按在地上的它撲然發難，就要擺脫兩名吃力的員警，撿起匕首的員警丟下匕首加入壓制它，憑三人之力仍不能再將它完全按在地上。我身旁的員警未及給我上手銬，便抽出警棍高舉，上前一棒猛打它的頭，它才半昏地被制服。員警拿着手銬回來找我，已不見我的影蹤。

我牽着瑜嫣跑過兩個街口。

「它是 Epsilon。」

「誰？」

「『慧人』！我怕它會入侵其他人，我要制止它！你先回家。」

看着瑜嫣兩次回眸然後遠去的身影，我致電巧倩。

「我需要你幫忙。我發現 Epsilon，它受了槍傷，應該會被警察送到醫院，我怕——」

「明白了——危險嗎？」

「沒啊，怎麼又問？」

「不用擔心，我只需要你給我錄影。」但這次不要再擲攝影機了，「你考了駕照嗎？」

「我只是想估計你要花多少交通時間。待會我再把地點傳簡訊給你。」

我返回現場，乘計程車跟蹤搭載 Epsilon 的救護車，確定被送到哪家醫院後，便通知巧倩，然後去買電池，回家更衣，穿上連帽黑衣戴上黑口罩攜帶電擊棒和耳機，再度到那家醫院。

我找到一間門外有一位員警把守的病房，窺見內裏只有一張病床，Epsilon的手被手銬鎖在床的鐵欄上。見識了剛才「慧人」的力量，他們竟然仍然小覷它。

我驟然聽到心電儀發出連續單音響聲。

不多久，一位醫生與兩名護士行色匆匆，走進那間病房。

員警仍在門外守候，探頭察看。

「病人心跳怎麼會突然停頓？」

醫生和護士忙於搶救。結果，醫生看手錶，宣告死亡時間。

「可能是血栓塞，真正死因要待解剖後才能確定。」

護士為死者蓋上被子蒙頭。員警以通訊器向總部匯報。

我嘗試運用偵探小說、電影裏的技巧：

我是Epsilon，我要入侵誰?

「醫生，那兒有急症，請你立即過去！」

「護士，我要大便，幫幫我。」

還是警察好，身分便利，體格強健，更有犀利的武器。

「艾倫，你蒙着頭，差點認不到你——你在看什麼？」

「巧倩，你來得正好——我在找它，它應該變回『蜘蛛』了。」

巧倩急忙雙手掩耳，抬頭四周察看，臉色泛白。我掏出一部耳罩式耳機。

「戴上它。」

巧倩展現燦爛的笑靨，立即戴上耳機。

我指着醫院大堂一個牆角說：「你站在那兒，立即開始拍攝。」

「唔。」

「攝影機呢？」

她提起手機說：「我用這，不那麼顯眼。」

「你說的是。」我搭着她一邊肩頭再說：「我不會讓你有危險，相信我。」

巧倩展露含羞的笑容，我有一點尷尬。

我翹首四處觀看，醫護人員、病人和訪客不是對我投以奇異的眼光，便是跟着我抬頭看了一會便對我訕笑。

員警盯着我，我不理會。我乍見六腳蜘蛛在天花板上正爬向員警的頭頂上。

「小心蜘蛛！」

員警抬頭一瞥，不屑地道：「一只蜘蛛吧，大驚小怪！」

一位女士瞥見如鴿蛋大的六腳蜘蛛，驚呼了一聲，然後迅速走遠。

「蜘蛛不是有八隻腳的嗎？」一位一臂纏着三角繃帶的小童問他身旁的女士。

「哦，是弄斷了，所以才來醫院嘛。」

員警不禁失笑。巧倩亦笑了一聲。我故意怒目看她，她才拿好手機繼續拍攝。

「開槍射死牠！」我對着員警大喊。

「你有神經病麼？」

六腳蜘蛛墮落員警的帽子上，員警的頭略為點了一下。

「它有毒！」

員警嚇得趕忙舉手丟下帽子，六腳蜘蛛被拋到一名女護士的裙上，黏在兩腿之間。群眾中發出驚呼之聲。

我走到她跟前，哈腰伸出一手，又游移停了下來。

「不是說有毒嗎？」員警說罷便去撿帽子。

「我被咬過，免疫了。」

我又伸手接近，卻又顧忌。

六腳蜘蛛爬上女護士的一邊胸部。

她兩手歇斯底里地在兩旁上下撥動，大喊：「快抓住牠！」

我站直推出一手，卻只抓住她一邊乳房，六腳蜘蛛竟然如跳蛛躍起，我從沒見過，始料不及。

「啪！」

她勃然一巴掌打在我的臉上。

六腳蜘蛛跳到一個男人的面門，男人反射動作似的一掌打在自己臉上。

「糟糕！」

六腳蜘蛛避過掌擊爬到他的耳朵。我沒暇細想，撲向男人，我們雙雙倒在地上。我定睛一看，六腳蜘蛛不見了，但他沒有頭痛，我舒一口氣。我陡然捱了一拳，被男人打了。我沒理會，站起來四處張望。

「有誰看到蜘蛛跑到哪兒？」

眾人四處察看。身後響起巧倩的叫聲。

「在你背後！」

我不假思索地扭身向後撞，頭撞到剛才打我一拳的男人面門。我回身察看，男人鼻孔溢血，身上卻不見六腳蜘蛛的殘留物質。

員警拿着手銬走到我面前，大罵：「原來你借故非禮，又鬥毆生事！」

——「哎喲！」沒有人可以阻撓我！我調高電擊棒的強度……

不可以，我不宜在此襲擊員警，說不定更會惹來眾人將我制服。但我若束手就擒——我伸手進口袋握住二十厘米的電擊棒。

「手伸出來，放在後面！」

巧倩對我一笑，大叫：「員警先生，毒蜘蛛在你背後！」

員警立即轉身背向我，喊道：「快，快拿走牠！」

他背部什麼也沒有，我對巧倩報以一笑，拍一拍員警背部，便說：「噫！牠走了，走得真快。」

我得把握這契機。

我站在椅上放聲說：「蜘蛛有劇毒，最愛咬耳朵，（雙手捂耳）大家快掩着雙耳。」

眾人紛紛乖乖雙手摀耳，連員警也是，只剩下一位坐輪椅鼻插導管的瘦弱老婦，懶得理會。我笑了，六腳蜘蛛根本別無選擇，否則要像Delta那樣死去；我顰眉，恐怕老婦要被我間接害死。

我瞥見一位男醫生，便急忙跳下椅子，奔到他面前，奪去他掛在頸上的聽診器。

六腳蜘蛛從天而降，降落在輪椅老婦頭上，老婦哇哇大叫，原來她亦在乎。我將聽診器如鞭橫向揮動，將它打到玻璃壁上，再掉到櫃臺上。我搶前到那兒，一手捽住它。眾人熱烈拍掌，我如藝人點頭道謝。

「哥哥，怎麼你被牠咬過也不死？」剛才那個一臂纏三角繃帶又愛發問的小童大聲問道。

員警盯着我，不少人也盯着我。

「哦，我猜到了，一定是哥哥你跟別人不一樣。」

我搔首傻笑，低頭走到巧倩跟前。眾人沒看我了。我舉起六腳蜘蛛，擺在巧倩正在拍攝的手機前面。

巧倩咧嘴笑道：「我讀書時見過這個數學符號，我認得的——呀！這是 Theta。」

我迷惘，反轉六腳蜘蛛，它底部標記真的是「θ」。

「這蜘蛛不過是斷了兩腿，底下的符號是天生成也不稀奇，要不有人貪玩刻上去罷。」

我該讓 Theta 入侵輪椅老婦，然後才誅殺它，這樣連衡就會相信。

「我沒騙你。如果你找人放大影像（擺動手上的手機），可以看到它並不缺腿。雖然它已經溶掉，但如果找生物學家來鑑定——」

「好吧，可會是個新品種，但我的興趣，是人。」

算了。臨近下班時候還肯接見我，還令我滿高興的，但他就是不願深究。

「我明白了。Gary，上次你提及的合作……」

「哦，我們找到合適的人了。」

「喔！」

我驀然思疑眼前的不是人。我曾問 Zeta 如何得知，它說我可以知道的。是因為我經常接觸因而培養了直觀的判別能力麼？

他沒有特別聰敏的表現，沒有展示驚人的體力，沒有跳得比奧運金牌選手更高，沒有斷了手也不感疼痛，但我就是強烈的認定，他不是人。

是因為我甫見他時又聽到那一陣電子雜音麼？

「Gary，我很想知道，為什麼你對優生學那麼推崇？生物多樣性不是更有利嗎？」

「唷！原來你對這議題也有興趣，要談真的可以談三天三夜——可惜！你——還未開竅。」

不協力消滅「喪人」和「慧人」便算了，但怎能鄙視我？

「叩叩。」門外有人敲門。

「連主任，是我。」女祕書在門外叫道。

「進來。」

女祕書端着一杯茉莉花茶進來，放在木茶几上。我放鬆緊握的拳頭。

「花先生，你的茶。」

「謝謝。」

女祕書離去後，我拿起茉莉花茶嗅了一下，便放下，深呼吸一下。

「Gary，你認為，發展『人工智慧』——」

他的眼睛瞪圓、鼻孔擴大了。

響起著名女小提琴演奏家 Valonia 的《街角序曲》，是我在手機為陌生來電設定的鈴聲。

「不好意思。」我看着手機準備掛線。

「不打緊，你接聽罷。」

他本來坐在桌緣上跟坐在辦公椅上的我對話，如今他返回辦公桌後坐下。

電話號碼是隱藏的。

「喂。」

「艾倫，你暫時不要作聲……」

是他！

「我是費教授……」

原來他姓費。這姓氏有點熟，在哪兒聽過呢？

「請你開啟揚聲器，把電話對着他。」

我照辦。

「Gamma……」

他是——它是 Gamma？

費教授又說了一句像是德語的外語。

「嘻，教授，你可知道你的指令對我已經失效……」

Gamma 兀的怒目瞪我，我感到全身熾熱，腎上腺素急升。它按在桌面的左手倏然放下，該是打開抽屜拿出一件東西。我立時站起來，不知怎的，我仍把手機對着它。它猛的舉起一把長槍——不，是裝上消音器的手槍。

「噗！」

Gamma 向我開了一槍，我竟然可以用手機擋住子彈。子彈打不穿電話，但衝擊波令我手虎口生痛，拿不住電話，電話掉到地氈上。

裝上消音器的槍聲原來依然不小，但門外頭的祕書可能只會以為是拍案的聲音。我慌急矮身躲到辦公椅後，又聽到兩下低沉的槍聲，握住椅子的手亦感受到兩下衝擊的震撼，定睛一看，椅背上有兩個洞。

我低下頭，剛好看着手腕上手錶。

它是左撇子？喔，「慧人」左右手同樣靈活，Zeta 便是。

我沒有攜帶電擊棒，我怎能預料會派上用場——即使帶來了，此刻也不能助我擋子彈。

我攥着椅子退到門前——不，假如這樣的話，Gamma 照樣可以亂槍射我，總會打中，或者甚至等我丟下椅子轉身開門時射我的背脊、頭顱。

我舉起椅子擲向前方，它閃避，椅子破窗——不，難道我跟着跳窗逃生麼？這兒是九樓。

我將椅子橫推向一方，然後自己向另一方滾開——不，它可能只需 0.3 秒便能將槍橫移再次瞄準我，我不是見識過莫若群的「妻子」Alpha 在少於一秒內轉頭瞥了一眼麼？

手錶的秒針，只走了一格。

我霍然站起來，Gamma 驚奇地瞪我一眼，便立即再對我開槍。我清楚看到它的肩頭略動，我在槍口閃耀火光之前，向左邊前方閃身；槍口橫移過來，我又在槍口迸發火花以前，向右邊前方閃身。我「之」字形逼近桌子，躍起，跳到桌上再一蹬，躍到它的側面，一腳踏在拉出的抽屜上。它站了起來，屈臂要向我開槍，我捽住它的上臂，舉起，子彈射上吊燈，發出刺耳的爆破碎裂之聲。

「啪嚓！」

「叩叩，叩叩。」門外又有人敲門。

「連主任，沒事嗎？」女祕書在門外叫道。

「沒事！」

Gamma 猛力用手肘撞擊我，我似聽到胸骨斷裂「喀嚓」的聲音，痛楚慢幾拍才來。它轉身用槍指向我，我旋即攥住消音器，它急退一步，消音器滑出我的手掌。我提起踏在抽屜上的一腳猛踢，踹中它的腹部，竟將它踢得飛騰，撞到牆上，發出「訇」的一聲巨響。

「連主任，裏面很吵——我進來了。」

Gamma 貼着牆掉回地上，口角溢血，卻獰笑了。它站直身子，舉起手槍瞄準我的頭。我拿起桌上一個硬文件夾擋在面前，卻知只能讓心靈好過一點。

女祕書開門進來。

「噗、噗！」

她張口未及發聲，胸膛和頭便各中一槍。Gamma 回頭看我，卻被我拽出的硬文件夾打中手槍，手略垂下，但仍緊握着槍。我趁機跳到它面前，它背靠牆壁橫移，繞到我身旁。我正眼不看，推出一掌，打中它的肩膀，響起骨折的聲音。我才想起自己也斷了胸骨，但立即強逼自己不去理會，竟然不覺痛楚。

Gamma 退了幾步，被木茶几絆倒，坐在其上。我扭身衝過去，提起單腿高於頭頂，再一腳劈下。它向旁滾開，我將木茶几一邊砍得破碎。它舉槍按着我的太陽穴。

完了嗎？

「咚！」

Gamma 轉頭向窗戶瞥了一眼。是飛鳥撞到窗戶嗎？我沒去看。

「噗！」Gamma 回頭再開槍。

我竟然可以後仰避過子彈，湊近 Gamma，摟住它的脖子，再繞到它身後，雙手絞住它的頸項，就如 Zeta 曾經如此對待我。

「慢——」

「啪嚓！」

響起頸骨折斷的聲音。

它好像還說了什麼，但我就是聽不明白。

一忽兒，一隻「六腳蜘蛛」從其一邊耳朵鑽出來。我敏捷地撾住它，它曾佔據的人體身軀頹然倒下。我反轉它一看，底部真是有一個「γ」標記，第三個希臘字母 Gamma。

我將它放在硬文件夾內，使力壓榨，擠出果凍般的液體。

窗外，好像有一隻灰鴿掠過。

我撿起中彈的手機。我用紙巾抹掉茶杯上自己的指紋，又抹椅子及硬文件夾。我跨過女祕書的屍體走出房外，回想一下，肯定是她為我開門，便走到她的桌前，拿着紙巾翻閱她的記事簿，發現只是記錄她的私事，轉而看桌上電腦，記錄了今天的日程。我拿着紙巾在鍵盤上敲，刪除了我造訪的資料。我抬頭四處張望，竟然沒有閉路電視。不過我步經走廊和乘升降機的記錄便難以銷毀，可幸我穿上連帽黑衣戴上黑口罩，入室前也蓋着頭，即使他們不相信連衡殺女祕書後意外撞破茶几摔倒扭斷頸骨，懷疑他殺，應該也不容易知道我的身分。我不乘升降機，從樓梯下去。

離開政府大樓，我的胸口突然劇痛。我按着胸，招喚計程車，往醫院去。在車上，我試圖想別的事來忘卻疼痛。Gamma 為何要殺我？大抵它知道我獵殺它們，而費教授叫它 Gamma。費教授為何這樣做？他要救 Gamma，應該致電它；他要殺我，應該致電它。他要殺我，何不召集餘下的 Beta 與 Epsilon，聯同 Gamma 對付我？其實只要它們其中兩個聯手——Gamma 有槍，它一個足矣。哎，好痛！但我應該為消滅了 Gamma 且可以保住性命而慶幸。瑜嫣怎麼不來電？噫，她如今來電我也不知道。

我躺在病床上，瞧見隔鄰床上的少年看手機，眉飛色舞嘖嘖稱奇。我想問他借用電話，又記起我根本沒記住瑜嫣和巧倩的號碼。少年又驚嘆吵嚷，經過的護士瞪他一眼，他轉過頭看着我痴笑，又回看電話。驀地，他再轉頭看我，又回看電話，跳下床赤足步向我身旁，讓我看電話。

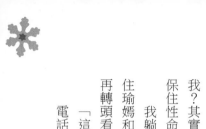

「這是你嗎？」

電話熒幕上，我將雙手擺在腦後跪下來，身旁的員警正要給我上手銬，被兩名員警按在地上的 Theta 撲然發難……

我立即跳下床赤足奔走，走幾步便遇上為我診治的醫生。

「花先生，你要出院？」

「是。」

「你的胸骨沒有斷，但有裂紋，不過一般來說會自動癒合。你胸痛不嚴重，又沒有咳嗽——」

「謝謝醫生！我的衣服呢？」

他身旁的護士對我說：「在抽屜裏。」

「謝謝！」

我在抽屜找回衣服，可幸口袋中還有中彈的手機。我更衣後回家，用電腦檢查電話的記憶體，萬幸，聯絡人資料沒喪失。我用家中的電話致電瑜嫣。

「我沒事。對不起啊，這麼久才給你電話……別這樣，你給我電話是非常正確，否則不知 Theta 會對你怎麼樣……喲，解決了，我還解決了 Gamma……對，現在只剩兩個。呀，我這陣子會有點忙……」

我到派出所自首，應該只會被控鬥毆。

「花先生，你知道我們到處找你嗎？」

你不是應該說通緝嗎？我就是以免你們來公司拘捕我才自投羅網。我憨笑不語。

「我們正想頒獎給你，感謝你協助警方逮捕連環強姦殺人犯。」

我彷彿又嗅到 Theta 入侵莫若群和「跟蹤狂」後，身上散發女士塗的香水芬芳。

怎麼機器人也會姦淫殺人？Zeta 是我所見第一個「慧人」，聰明敏捷高強，倒非常符合機器人的特質。然而，Delta 求知慾強，Lambda 熱愛海洋生物，Gamma 玩弄政治崇尚優生，怎麼好像人類一樣，各有特殊的偏好、沉迷的興趣？那麼Zeta其實不是展現機器人的特質，只是愛好運動、搏擊麼？「慧人」也如人類有正有邪有好有壞，所以Theta——也罷，如無意外，橫豎只剩兩個，我只需設法消滅它們，不必鑽研。

晚上我跟瑜嫣一起進膳。瑜嫣稀有地不追問我今天發生了什麼，我兩天之內差點被殺兩次又殺了兩個「慧人」，真的身與心俱累。臨別時我跟她說次日再跟她說發生了什麼事，她莞爾，輕拍我的肩，我猶如將殘的燈火被添煤油，火光再旺，重新熾熱。

還差兩個。

我應該好好睡一覺——我打掃家居，處理郵件，清理雜物，煮魚湯，打電玩。我不要做又聽到電子雜音又虛無縹緲又光影詭異的夢。

萎靡三日，我才能勇敢入夢，也幸虧瑜嫣每晚來我家悉心照料我。巧倩一直沒聯絡我，直至這夜凌晨三時許。

「又失眠嗎？」

「沒有——」

「是你殺的吧？」

「誰？」

「那個叫連什麼的高官。」

「它是『慧人』，它是Gamma。」

「還需要我麼？」

「需要，還差兩個。」

「那麼你應承我的呢？」

「應承你？」

「『喪人』！」

「喔，對。」

「對什麼？」

「這也是我的目標，只是他們比『慧人』更難找到。我本來以為找到 Zeta，便可以知道『喪人』到底是什麼，如何分辨他們，可是……」

妍萱呀妍萱！

「成了，我知道了。喂，我不找你你便不找我嗎？」

「不，只是……」

「要請吃飯。」

「嘻，沒問題。」

結果我們都沒有一起吃飯。跟瑜嫣吃飯時，偶爾就會想起巧倩，於是我設法回想她的不是——

我扯下她的外衣將她牢牢綁在椅子上，她哀求我放過王太太的孩子，又責罵我；我捉住小孩企圖用力將他的頭壓下水裏，卻終究不能而放棄，她對我莞爾。之後，小孩溺水不動，我為她解縛，她站起來摑了我一巴掌。

我幾乎害死一個想做女人的男人，致電她時，聽到跟現場由垃圾車傳來同一及幾乎同步的歌曲，她跟蹤我；我又在她的包找到我給她的電子儀器，多了我所需要的資料，她對我隱瞞情報；員警拿着手銬走到我面前罵我借故非禮鬥毆生事，她訛說毒蜘蛛在員警身後為我解窘。

她一直協助我追查「慧人」……

噫，怎麼我總也會想到她的好？

「你在想誰？」

瑜嫣水汪汪的眼睛，凝視着我。

「我在想——近來遇到的人和事。」

「走吧。」

我幾乎沒吃，她也只吃了少半，正想慰問，便聽到身後兩個男人借醉大放肆話。

「漂亮又如何？人家有男朋友喲。」

「有又怎麼樣？我跟你打賭，給她選，她一定選我！」

我放下有餘的鈔票在桌上，起來，跟侍應生打手勢，便牽着瑜嫣離開。經過兩個臉紅酒氣發臭的男人，他們倒沒有不規矩，只是盯住我們。

「謝謝。」

他們聽到我走過時驟然拋出一聲道謝，先是錯愕，後來發狂大笑，大力扑打桌面。

「你好奇怪。」

「我謝他們，因為他們剛提醒了我——Beta 善賭！」

瑜嫣苦笑。

我開始留意賭博界盛傳的所謂「賭王」、「賭后」，發現其中有些只是造假，為了炫耀個人或宣揚某賭場；有些只是騙徒，「出千」或聯合賭場員工詐騙；有些則是偶爾一次贏得暴利，便被吹噓。有一個大鬍子卻引起我的注意，他每次贏錢不算多，不過數萬至十數萬，而且總是連勝多局，敗北最後一局，便離去。我記錄發現他出沒的時間和地點，估算他的行蹤，便於下班後（我不敢一而再再而三四五……告假了）前往碰碰運氣——

賭博玩樂及尋查 Beta。

我又感到經常被人跟蹤，不是瞥見員警或國際刑警那末閃爍暗角的身影，而是偶聞亦步亦趨的腳步聲。我相信對方不是憑肉眼監視，於是仔細檢查我的手機，卻沒有被植入黑客程式，而一般人不能利用 SS7 漏洞獲得我的 GPS 位置，是我多疑了嗎？

過了兩周，我未遇見大鬍子，卻學懂了各式賭博玩意，勝負參半，未至沉溺，但每日花費時間漸多。這天瑜嫣在我眉飛色舞談及賭場見聞經歷時，對我顰眉，我知道是時間抽身了——是晚我又在賭場流連近五句鐘。

我終於遇上他！他連勝八局，贏得十一萬元，第九局敗北輸掉二萬元，便抽身離去。我跟着他走出賭場。

「Beta！」

他沒回頭沒慢下來只繼續走。我猜錯了嗎？我尾隨他，趁他到停車場取車時，我環顧四周無人，便跑到他身後準備揮拳打他，突然身後有人喊叫——

「警察，別動！」

他登上私家車，我應該拔腿就跑——我摘下他的假鬍子，靈動地用手機拍下他的真面目，然後才逃跑。我拐過一彎，趁警察看不到時將電擊棒和塑膠袋丟進草叢，再奔走一會，便停下來舉手投降。

在派出所，我沒有足夠保釋金。我致電巧倩，一如所料她沒接聽。我致電瑜嫣，她說正要上課，下課後才能來。我等了一個半小時，終於等到，卻不是人。

「你怎麼……」

「瑜嫣給了我電話。」

「你那有這麼多錢？」

「我說過，我當兼職——喂，要還的呀！」

「丫頭——」

「別這樣叫我，再叫要雙倍還錢喲——怎麼了？」

「沒什麼——謝謝！」

它對着我展現笑靨，倍教我心煩意亂。

我們剛步出派出所，一位戴着粉紅色口罩皮膚白皙透妃色女的孩迎面而來，我一眼認出她是巧倩。她跟我打個照面，便彆扭地回身，似要走，卻沒開步。我停下來。

「哥，我要上街，先走嘍。」

「丫——妍萱……」

「怎麼了？」

「沒什麼，遲些再找你。」

「哦。」

妍萱走後，我湊近巧倩，她拉下口罩。

「謝謝你來。」

「你可以放過他嗎？」

我斟酌應說「他是Beta？」抑或「他是Beta！」還是「他是Beta。」，結果我說：

「你們為什麼分手？」

「我不是說過了麼？因為他人太好。」

「為什麼分手？」

「他人太好，誰有困難他都會伸出援手，那怕是明知對方騙他。」

「你們到底為什麼分手？」

「（大喝）因為我不配他！（低聲，悻悻然）滿意了嗎？」

巧倩拉上口罩，瞪了我一眼，轉身離去。

她為什麼知道我在這兒呢，因為就是她令我身處這兒。我若對付——我掏出手機，顯示我拍下他的照片。我對付他，將跟巧倩決裂。我看着巧倩的背影，不由自主地跟她揮手訣別。

柒

「那人是誰？你現在的男朋友麼？」

「不，他是——只是朋友，工作上認識的。」

「他為什麼跟着我？為什麼拍我的照？」

「他懷疑你是——算了，你就當他神經病好了。他……應該還會來找你，小心！他有電擊棒。」

「哦。你近來好嗎？」

「還好……」

我竊聽巧倩的電話，聽到這裏，不該聽了，但還是繼續聽下去。可惜他們沒有相約一聚，也沒提及那人的姓名、住處、去向等資料。我只能肯定早前的確是巧倩阻止我，而且他知道我會帶着電擊棒再找他。

我唯有繼續追蹤他，孰料十多日都沒有發現。明顯地，他聽了巧倩的警告而防備我追查了。我想起蠍子與青蛙的寓言故事，於是我利用找尋莫若群的同一方法，在三家地下賭場的外圍，分別安裝監視器，監視正門、後門和附近大街。監視器連接電腦，電腦安裝人物識別系統，系統發現目標人物便會發短訊到我的手機。

我還煩惱要監視多久才轉移地方，安裝不足四十一小時，便發現了一個百分之七十七符合我拍下照片的人。我相信已找到Beta，他只是戴了假髮和墨鏡，但他已離去。我修改程式剔除考慮髮型，過了兩天便再發現符合百分之八十九的人進了另一家賭場，他又戴上假鬍子。我立即趕往那兒，在門外守候，幸好趕及了，幾分鐘後他便出來。我本想從後攻擊他，但為了那百分之十一的誤判可能，我繞到他身旁拉他的鬍子。我拉下了——幾根真的鬍子。他痛罵我，舉手要揮拳打我，但看到我拿着電擊棒，便放棄了，悻悻然離開。他走後，我才想起要說對不起。

我轉身準備離去，差點叫了出來——Beta！他竟然毫不矯飾，我的裝置為何不能偵測到他？

我跟着他，卻遇上同路人，三個大漢從賭場走出來，跟着我，但目標該是剛從賭場出來的他。我故意拐彎走往一旁，用手機拍攝身後，見到他們繼續跟着他。我轉而跟在那三人之後。他來到一個僻靜的行車天橋底下，那三人攔截他，我與他們相隔七、八十米，聽不清他們說什麼，只見他被人往腹部打了一拳之後，便乖乖交出一沓鈔票。

他是Beta？

橫豎可以再在賭桌上掙錢，便隱藏實力嗎？抑或他根本只是人類？

那三人拿了錢，還不滿意，繼續推他，他被推到牆邊，又被人往肚子打了一拳。我帶上口罩，緊握電擊棒，跑向他們。如果他不是「慧人」，為了巧倩，我該當出手營救。我跑不到三分之一路程，便停下來，仰望——他躍起，踏在一人的頭上，跳上了天橋邊，兩手攥住欄杆，再攀上天橋，嚇得底下三人一人跌坐在地上一人散落了手上鈔票一人往我的方向奔走。

它是 Beta！

我攀上斜坡，跳進行車道，走向天橋上，它走在我前方。我跳上一輛慢駛的貨車，待貨車經過它身旁時，便躍下撲向它，我倆雙雙倒地，分開，各自靈動地翻滾幾圈，蹲下。

它是 Beta。

我衝向它，揮動電擊棒，它竟輕易握住，我早料它會提防我的電擊棒，因此在棒上纏了銅線，連接電源，但它沒有被電擊。它見我一臉迷惘，便含笑舉起另一隻手，掌心向着我。

它的手隱隱反射微光，好像塗了一層透明的薄膜。我想那是特製的噴霧式保護膜。

「Beta！」

「Epsilon？」

它是 Epsilon？

「你是『慧人』！」

「你想怎樣？」

「我要消滅你！」

「為什麼？」

「因為你們會入侵活人，危害人類。」

它放開了電擊棒，捧腹大笑。我正想直刺它，一架大型貨櫃車從後疾駛過來，也沒響號。陡然吹襲的氣流，根據白努利原理，把我牽引往車道，我本能地擺往相反方向，結果跌出天橋。我用沒拿棒的一手，勉強抓着欄杆，整個人掛在天橋邊。我若放手，雖不至墮斃，但總不免腳部骨折，甚至傷及脊髓。

手，我看到上方伸向我的一隻手，向我伸出援手的，不是人。

我乘隙舉起電擊棒，電擊它的頭，之後我跌下天橋——我真的要這樣麼？假如它是最後一個才值得，可是——呀！還有「喪人」。

我將電擊棒插在身後腰間，然後握住它的手，它使力一拉，我整個人便回到天橋上。我困惑，怎麼它不要求我先丟棄棒子？更怪哉，它為何救我？

我驀然又聽到一陣低音量而刺耳的電子雜音，但很快消失。

「原來你還沒開竅。」

怎麼它跟 Gamma 說同樣的話？

一輛遊覽車慢速駛過，車上有人咬人！有人反抗、打鬥，有人用車窗擊破器嘗試破窗。

我忽地想起巧倩，想起她問我承諾她的事，想起「喪人」，想起妍萱。上兩回我無法詢問 Theta 及 Gamma，我應該趁此機會問這個 Beta，或 Epsilon。

「你說得對，那麼請你賜教，剛才遊覽車上會咬人的，如何分辨？」

它又捧腹大笑，不語。算了。我趁它目光稍一離開我時即發力搶前，同時抽出身後腰間的電擊棒。它停止笑了，掬起嘴，盯住我，當我用棒刺它時它便準備抓住棒，我卻忽爾起腳橫踢，它一個錯愕，卻也及時矮身曲臂抵擋，但我又再用棒直刺它的脖子。我成功了。它全身顫抖，但它為何用一種憐憫的眼神凝視我？你不是該哀求或忿恨麼？其實它沒說出來，也許一切都是我的空想。但，它又為何淌淚？我的手抖動，電擊棒離開它的脖子。

它橫踢一腳，將我踢下天橋，或者將我踢到車道上——它都沒有。它一直都只是抵禦，從不反擊；它有多次置我於重傷甚至死地的良機，從不利用。我在它面前，反倒成了一個冷血的殺戮機器人。它只是站在我面前凝睇我。我垂下手，電擊棒掉到地上。

「你想開竅嗎？」

我記起莊子關於「混沌」的故事，「倏」與「忽」為「混沌」開竅，「混沌」因而死了。

「我……」

「嘟！嘟！」

一輛豪華房車在它後面猛響號，它回頭一看——它倒在地上，因為我急步趨前將它推出車道，豪華房車撞倒它，急煞車停下。

房車司機下車，對我大喊：「人是你推，我行車記錄器有拍下，不干我事！」

我的手機響起 Valonia 演奏之小提琴樂曲《迷戀》，是瑜嫣。

房車上一名個子矮小面貌不揚穿着碎花短褲踏着涼鞋的中年男士走出來，在 Valonia 的伴奏下，我不禁浮想起於市中心商場外廣場上之大型屏幕中，看過他在說什麼 Valonia 的世界巡迴演奏會，瑜嫣告訴我他是『一億零一集團』的董事局主席，叫牛什麼。

他盯住我，咧嘴笑說：「《迷戀》，對罷？」

樂聲休止。

「牛主席，請上車，（壓低聲音卻仍嘹亮）這兒危險！」

牛主席唯唯諾諾地點頭，一腳踏進車廂，又停下來，舉手指着車前笑道：「喲，還未死！」

糟糕，被電話鈴聲和他們分散了注意力。我立即回身看它，它掙扎着站起來。

司機：「先生，你別動，讓我們叫救護車，送你往——喂！」

我已走到它身後，雙手扭住它的脖子。

牛主席：「兄弟，你別衝動。如果是為了錢，我可以幫忙，用不着出人命啊！」

「它不是人！」

司機：「我說你才不是人！推人出車道，死不了，你還要親自下殺手！」

我讓他們親眼看看，不費唇舌了。

我還沒使勁絞殺，一隻「六腳蜘蛛」已從它的一邊耳朵鑽出來，迅速爬上我的手臂，再爬到我的耳朵。

牛主席喊道：「什……什麼來的？」

司機：「是蜘蛛！」

我急忙放開手，退後，使力撲打自己耳朵——我只打到自己耳朵，它如跳蛛跳走了。

「嗚……」

我一邊耳朵又疼痛又鳴叫。

它的身軀未倒下前，「六腳蜘蛛」又鑽回它的耳朵內。我上前再用雙手扭住它的脖子，它的一隻手竟及時舉起了，插入我的雙手之中，抵擋我的絞殺。

「訇！」

一架小貨車撞上豪華房車尾部，其車燈爆裂，碎片飛射，傳來牛主席的慘叫聲。站在豪華房車前的司機則被車撞倒，跌倒另一條行車道上，再被一輛高速而至的越野車撞倒，拋到天橋下。越野車停下來，其司機出來左右張望，便再回去開動絕塵而去。小貨車亦倒車離去。

「哎！」

它用另一隻手的手肘猛力撞我的腹部——我笑了。它攻擊我了！如此，我殺它時也不會再游移。它擺脫了我，走向豪華房車旁。我正愁怎麼阻止它驅車離去，它竟沒上車，走到車旁，蹲在躺下的牛主席身旁，他的大腿被割傷，大量流血，可能傷及大動脈了。

它脫下襯衣。

我走到它旁邊。

他呻吟。

它撕開襯衣成條狀。

我掏出塑膠袋。

它用布條包紮他的大腿傷口。

我用塑膠袋套住它的頭。

他痛得大叫。

它拉緊布條。

我揪緊塑膠袋。

它將布條打結。

他不叫了，面歪曲咬緊牙瞪大眼看我們。

塑膠袋內沾上水氣，漸次朦朧。

它拉住布條的手終於柔弱地垂下。

它救他，我殺它。噯，還未殺。

「六腳蜘蛛」撲向朦朧的塑膠袋，顯現，嚇了牛主席一跳，教他如女腔驚喊一聲。我小心將塑膠袋褪出，確保仍包裹「六腳蜘蛛」，它附身的軀體頹然向旁仆，牛主席又歇斯底里地擺手。我將塑膠袋放在地上，用腳大力踐踏好幾下，每踏一腳，沒引起地震，但牛主席都隨之震動一下，當它的體液濺出塑膠袋，牛主席又尖叫一聲，更想用雙手和沒受傷的腿往後爬。

「停！你不顧腿傷，也要當心後面的汽車。」

我走到他面前，背向他。

「上來！我背你到自己的車上坐，比較安全。」

「那……那是什麼？」

我背起他走向豪華房車。

「它是機器人。」

「那明明是蜘蛛——不，是外星生物！」

「那是生化拓撲量子電腦。」

「（大聲）什麼？」

「低頭！」

我將他安放在車廂座位上，捋下行車記錄器。

「總之，它不是人，只是機器！」

「你……你是不是人？」

「我跟你一樣。」

「誰製造它？有啥目的？」

我暗忖，他富甲天下，可比政治人物連衡更有利用價值。我掏出手機。

「我不便久留，給我你的號碼。」

他在車廂內找東西，沒理我。我嘆一口氣，收起手機，轉身準備離去。

「等等，我不記號碼的……應該有的——呀，在這裏！」

他遞給我一張別致的名片，透明的膠片，印上金色的圖案和文字。

「嘻嘻，這是純金，不過其實並不那麼昂貴——」

「我知道，因為金可以壓得很薄。」

「你打給我的祕書時，說……要跟我談蜘蛛便成。」

原來他叫牛霑，我揮一揮他的名片，收好，轉身走去拾起塑膠袋。

我將塑膠袋放在它附身的軀體上，打開塑膠袋，以手機拍照。嗨，看不清符號！

「嘿，那東西，可以給我嗎？」

我只是不想留下指紋，拿去丟掉，給他，沒問題罷。我擺到他面前，他又怕得往旁躲。

「打開尾廂罷。」

「怎打開？」

對，這才符合他的身分。我打開尾廂，將塑膠袋放進內。

我匆匆離去，卻惦念他該懂得喚救護車罷。嗄，他要那蜘蛛殘骸幹什麼？為了討好他我便給他。我不知為何總為此憂心忡忡，比有沒有人喚救護車更擔憂。

我致電巧倩，沒人接聽。更好，我不希望她從別處得悉，但也不想她聽我說話。我傳送「蜘蛛」殘骸的照片給她，附上一句「我殺了它」。是「它」，不是「他」，我反覆看了兩次。

兩天後，我致電牛霑。我跟他的祕書說要跟他談蜘蛛，我彷彿聽到祕書立正踏地響聲。他叫我往一個碼頭，我躊躇要不要爽約，或要求不要出海，但我應該努力克服心理陰影，就如那次因為瑜嫣而登上觀光遊艇——

——那次遇上「喪人」啊！別嘮叨，去罷。

幸好不是乘船，而是乘坐直升機，飛往一個小島。

小島上的奢華，是我所見過的景象，再加上想像，還不及一半的瘋狂。黃金階梯、全水晶桌椅、鑲鑽石的天花板、銀磚砌成的牆，看得幾乎睜不開眼睛；室內紅酒瀑布、地板下大型魚缸、貫通各處的小型火車，看得幾乎難以呼吸。接待我的盡是俊男美女，猶勝明星；男守衛身形如兩個我，女守衛比我高一個頭顱。

我被帶到一間室內遊樂園，有模擬滑雪、球池、攀岩、棒球等，牛霝正在玩大型肥皂泡，將肥皂泡套着一個曲線優美穿着比堅尼的女郎。今天我沒帶口罩，牛霝有點不認得我。我們坐在環形——更正確的說是「C」形沙發上。比堅尼女郎踏着高跟鞋發出「叩叩」之聲走了，接待我的一對俊男美女也離去，美女臨行以手語跟兩名男守衛溝通，兩人留下來。

牛霝邊把玩一隻塑膠蜘蛛邊嬉笑的道：「花艾倫先生，是花木蘭的花嗎？」

「是。不過，其實明代以前木蘭是沒有姓氏的。」

他單手撥弄頭髮，笑道：「你真喜歡說些叫人費解的話。」

「你是說，我曾說的，生化拓撲量子電腦？」

他彷彿換了另一個人，將塑膠蜘蛛拋給我，開懷扑打沙發大笑。

「我可以叫你艾倫嗎？」

我邊將塑膠蜘蛛放在沙發上邊說：「可——」

他的身體向前傾，正色道：「你是怎麼分辨他們？」

他的眼神，怎麼閃爍敵意？是我多疑，還是久戰積累的直覺？我要是擔擱太久才回話，恐怕他會認定我說謊；若我說出真話，只怕……

「電擊。」

「電擊？你是說——（模仿觸電全身抖動）吱吱吱吱吱！」

「對，『六腳蜘蛛』便會從耳朵爬出來。」

他站起來，仆然跳到沙發後，舉起一隻食指，在空中畫了一個閃電符號。

我全身抖動，卻不是模仿觸電。

過了五分鐘——實際是十秒罷，他放下食指。我不再觸電，便立即拔下胸前連着電線的電鏢。那個提着泰瑟槍向我發射電鏢的男守衛，竟對我咧嘴一笑。

「你沒事嗎？」

「沒……沒事。」

我抹一下嘴角，卻原來沒有唾液。

他跳回沙發上安坐。

「艾倫，我相信你了。」

「牛先生——」

「（搖手）牛霝，叫牛霝。」

「請問，你為什麼對（拿起塑膠蜘蛛）這些蜘蛛感興趣？」

「那你又為啥追殺它們？」

他究竟有何目的？難道想利用「慧人」賺更多的錢？不，他要的應該是他沒能力擁有的。

「它們可以入侵人類……」

他的眼神忽爾炯炯，嘴角上揚卻竭力壓抑。

「……危害人類社會，所以我——難道，你想利用它們，統治世界？」

「（又搖手）我對政治沒興趣，我的興趣，只是錢和女人。」

我明白了。我亦決定了。

「原來是這樣。」

他的身體又往前傾，正色道：「原來是怎樣？」

「你想要更多的錢。」

他又開懷扑打沙發，假笑。

「艾倫，幫我，幫我找一個，我可以給你一個億。」

我咬唇，更大力地拍打沙發，嚷道：「你怎麼不早說？我賺不到一億了！」

他站起來，怒喝：「賺不到？」

兩名男守衛靠近，均一手伸進外衣內。

「那個，是最後一個。」

「會不會還有其他，你不知道吧？」

「據我所知，它們一共有十二個，我都找齊了。有些是我幹掉的，有些是別人毀掉的。總之，全沒了。如果我要騙你，不應該先跟你要錢嗎？」

他頹然跌坐在沙發，漣漪效應令我也有起伏。

我故意轉變話題，推銷自己的專才，誘惑他收購我任職的公司然後讓我當總裁。他陷入深思，恐怕一個字也沒聽進去。

我前往直升機準備離開此島途中，看到一處大批人正大興土木，突然有人匆匆趕來，說了些話，大家都失落地放下工作。

我回歸平常的生活。這星期，新聞又不時報導人咬人的事件，更有許多人無端被途人電擊，我盡量想方設法不讓自己內疚。只剩一個。滿擬借助富人幫助尋找，如今甚或失去了巧倩的襄助，只得孑然追查，可我全然茫無頭緒。

這晚跟瑜嫣看畢舞臺劇表演，送她歸家後，我在列車上打瞌睡，被自己的手機鈴聲吵醒。巧倩來電？不可能！是按錯。我假寢，懶得理會旁人目光，任它響。鈴聲消停，片刻重響。巧倩來電！

「你還記得我們第一次一起吃飯那家西班牙餐館嗎？」

她約我在那館子門前的街角相見，我沒問為什麼不進去，沒問會去哪兒，更沒問為何約我。

「轟！」

我在失去意識之前，想弄清楚發生什麼事。是了，我被一輛駛上人行道的房車撞倒……巧倩沒有駕照……瑜嫣對我笑……純粹意外而已……牛霱電擊我……只剩一個……妍萱不是丫頭……瑜嫣哭了……

「花先生，花先生！」

我感覺不到自己有身軀，宛若只有頭部。

「花先生，你知道自己叫什麼名字嗎？」

「花……花宥睿。」

「醫生，名字不對。」

「呀，我改了名，現在叫花艾倫。」

醫生看到護士點頭。

「花先生，你知道發生了什麼事嗎？」

「我……我被車撞……」

「對，現在你在醫院，左手有些骨折，剛跟你完成手術——」

「我動不了，是不是癱了？」

「不，那是因為麻醉劑的緣故。別擔心，藥力過後便能動。」

「花艾倫先生，要我們替你通知誰嗎？」

「通知——不用了，謝謝。」

我不要「喪人」來乘機咬我，不要愛人傷感勞累，不要叵測的人知道我的所在。

一陣電子雜音，人往下沉，聲音沒了，頂上靛藍，波光粼粼。很辛苦，不能呼吸，不停撥動手和腳，卻被引力一直牽制。終究結束了，飄浮於大水之中，夜空繁星撲閃，驀然一陣強光射向我，是捕魚船上的射燈，身體好像新的，擴大了許多倍，好些影像、聲音、觸覺、味道、氣味——我叫花宥睿，不，換掉……

響起 Valonia 演奏的小提琴樂曲《迷戀》，我睜開眼睛。

「要不要我拿給你接聽？」

「不。」

「唔。啊，你知道嗎？她要來了。」

「誰？」

「你別勉強起來，躺下！我只是想說，Valonia 要來舉辦演奏會。」

「喔，是。護士小姐，請問醫生說我何時可以出院？」

「這個——還是等一下醫生跟你說吧。」

她的意思分明就是，你病重，休想離開醫院。

我的頭能略動，我身在一個雙人病房，鄰床的人比我更嚴重，連接更多儀器。我午睡一下，醒來又等到近黃昏，醫生終於來了。

「花先生，你左手的傷勢沒大礙，但因為你可能有腦震盪，我們給你進行了磁振造影，發現……你的腦內有一個腫瘤，而且這個腫瘤非常特別。」

醫生給我看影像。

時——間——停——頓——了。

「花先生，花先生？」

「出去，你們都出去！」

「那麼我們遲些再來跟你談，你先休息一下。」

我粲然地笑，笑聲可能吵得鄰床垂死的病人起來，應該更傳到外邊了，恐怕他們又會找來精神科醫師給我檢驗，說不定會先拴起我。我要起來！身上卻連接管子、電線，左手打上石膏。我放棄了。

「花先生，有人來探望你。」

「怎麼會有人知道？」

「剛才你睡着的時候，你的電話響過不停，我——」

巧倩兩手空空推門進來。

護士離去。

巧倩挨近病床。

我斟酌應說「是你？」抑或「是你！」還是「是你。」，結果我說：

「來了。」

「是我——你也是用車撞死他吧？」

「它是『慧人』，我親眼看到——」

「我不管！我只知道他是Nathan，他對我很好。」

「你也對我——你煞車了。」

「我……」

「你來找我，就是為了告訴我——」

「我希望你不要告發我。（低頭）我可以為你做任何事。」

「任何事？」

她兩頰妃色，點頭。

「那麼，殺了——」我說不了「我」字。

「什麼？」

「叩叩。」

醫生護士不叩門。

瑜嫣開門進來，看到巧倩，非常詫異。

「我還是先走了。」

巧倩跟瑜嫣點頭，便離開了。

「怎麼進了醫院也不通知我。」

「瑜嫣，有些話，我要跟你說。」

「說罷。這是雞湯——你通知她也不通知我，不怕我吃醋——」

「瑜嫣，我們——」

「我們結婚吧。」

「什麼？」

她掏出一隻鑽石戒指，比我曾經買來贈她的，更貴重。

我藏起右手。

「我們分手吧。」

她的眼眸閃爍淚光。曾幾何時，她也是躺在病床上，對着我說這話。

「我移情別戀了。」

「哦。」

「我們以後不要再見了。」

她藏好戒指。

「唔。我餵你喝雞湯。」

「不。你帶走罷。」

她凝視我，好一會，低下頭，沒拿雞湯，轉身走了。

我竭力坐起來，將保溫瓶放到胯下，笨拙地用大腿夾住它，右手打開瓶蓋，很香！我找不到湯匙，便如貓狗俯身舔湯，舔了幾口，感覺有點鹹，才發覺淚水滴進湯裏。

越日黑早，我抱住保溫瓶堅持出院，醫生要跟我談，我只好說：

「你們幫不了我。」

我回到家中，家中電話留言燈號閃亮，一會兒電話又響起，公司的主管又留言……

我取出自己的磁振造影呆看，不迭搖頭。我走到大鏡子前，凝視自己，我終於鼓起勇氣，對自己大叫——

我怎麼可能是「慧人」？

我要睡覺，我會做夢，我是人！

可是，我的磁振造影，跟海生館女員工——Lambda的，一模一樣！影像顯示腦內有一個大小如鴿蛋的異物，還連接六根條狀物體。

我躺在鏡子前的地上，模仿費教授叫Zeta：「出來一下。」

我仍躺在鏡子前的地上，我嘗試閤上眼，再念一遍：「出來一下！」

我依舊躺在鏡子前的地上，我睜開眼，回想——

在公司倉庫我令地板下的電線圈通電，金屬地板磁化，我感到有一點暈眩，宛如高山反應。

Lambda附身於女員工，在廉價旅店內，出奇的溫柔地向我問道：為什麼？我跟她說：你不是人類，你真的不知道？她便又問：你也不知道嗎？

Gamma向我開槍，我竟然可以用手機擋住子彈。

我慌急矮身躲到辦公椅後。只花一秒，我考慮了Gamma是否左撇子，我沒有攜帶電擊棒，並進行了三項應對方案的「思想實驗」，最後我採用了未經「實驗」的第四項對策。

我身手敏捷，而且一腳將Gamma踢得飛騰，撞到牆上。

我看着Zeta，倣效她蹦跳跨縱，感覺身體變輕，跳得更高更遠，渾身是勁，一擊一踢打倒身軀比我健碩的「喪人」。

我對着巧倩的前男友叫道，Beta！對方喊：

「Epsilon？」

我問跟蹤瑜嫣的男子，你是Theta？對方叫：

「Epsilon！」

在觀光遊艇船頂平臺上，身後傳來一把嬌柔女聲，我沒聽清楚，現在我知道了，是 Zeta 叫我：

「Epsilon。」

Zeta 還是短髮嬌小的少女時，臨別向我做了一個手勢，一手攤開五指掌心向着我，另一手食指放在其掌心上，她是指，第五個希臘字母，Epsilon。

我心中吶喊，Epsilon！

怎麼「我」明明看着天花板，現在從一道管子中窺看沙發？「我」從管子中鑽出來，視野是三百六十度，可以調節看到紅外線和紫外線，聽覺亦能增強，可以聽到牆上掛鐘的滴答，我還能轉化電訊為聲音甚至影像，更能感應電場和磁場，分析空氣中的化學成分。「我」的軀體縮小了——「我」的前方有兩根「枝條」。「我」爬行，看到鏡子，「我」是「六腳蜘蛛」，站在自己——附身的人頭上！

感覺好古怪，不是驚慌，不是迷惘，而是——是了，做數學題時的思維和心情。而且，鏡中可見我的身軀大小如鴿蛋，形似雪花，質感若果凍，表面納米塗層令塵埃沾不上，色彩像肥皂泡表面，光影流動閃亮。

「我」真美！

「我」爬到鏡子上，觀看自己底部。

有一個「ε」標記。

「鈴、鈴。」門鈴響起。

「你怎麼還來？」

「不請我進去嗎？」

「我們已經分——」

「是你說了，我沒接受！」

瑜嫣逕自進來了。我唯有關上門。

「我找過接我電話的護士，我哀求她，她告訴了我——我以為這麼老套的情節，只會出現在舊電影裏——

——」

「我不是患絕症。」

「那腫瘤……」

「我是『慧人』。我是 **Epsilon**。」

我從耳朵鑽出來，她比在海生館鯊魚池旁看到 **Lambda** 從女員工耳朵鑽出來更恐懼，不是全身抖動，而是腎上腺素急升，鈣離子湧往心肌，導致強烈收縮，觸發心室纖維性顫動，血壓下降，大腦因而缺氧，失去知覺，窒息……簡單的說，即「嚇死」——我怎能這樣做呢！正確的說法，我能夠，但我不忍心——我究竟是不是機器？

「艾倫，別嚇我！」

「意外之後，其實你也發現我不同了，不是嗎？」

「不是的！」

我讓她看我的磁振造影。

「我的腦內（指着自己的頭），有一隻『六腳蜘蛛』。」

她嚇得退了幾步，撞到桌子。我伸出手——我沒有攙扶她。

「砰！」

桌上的保溫瓶掉到地上，又嚇了她一跳。她撫胸，面色發白，似搖頭又像激靈。

我不應該關門。我走到門前開門。她急步走了。我關上門。

「呀！」

我大喊一聲，抑鬱的心情舒緩了一些，眼眶濕潤未至落淚。

我想起多次攻擊人時，不能傷人，原來不是惻隱之心，都是因為「制約系統」。我長嘆一聲，之後又放聲大笑。

我坐在沙發上，想像如操作電腦般，有一句德文呈現腦海，我念出來。驀地，眼前呈現「擴增實境」（AR-augmented reality），如電腦的桌面，卻是三維的。我將一個圖示形如腦袋上有掛鎖的檔案解開，便如置身「虛擬實境」（VR-virtual reality），跟以前回憶不同的是可以如電影般清晰細緻，可以放大、停頓、回看影像。

我剛「出生」第一眼看到的，是短髮嬌小的少女 Zeta，她對着我彆扭地笑——看來還在學習，然後看到的是費教授。他像對初生嬰孩般小心翼翼捧住我，然後為我編寫「制約系統」，輸入資料如語言、文學、科學、科技、常識……

我鑽入一個老伯的耳朵，我掌握了腦袋內部分記憶，許些卻如「亂碼」。我的任務是不讓人類發現我不是人類。我回到家，兒子和媳婦甚不滿意我還沒死，他們更懶得掩飾。兒子經常要求我賣掉房子，將錢交給他搞生意。我在家常對着他們太鬱悒，於是瞞住他們偷偷溜出去，乘船迎海風。船上有兩個男人醉酒，正調戲——瑜嫣！

我跳回現實，心跳加速，緊握雙拳。我失笑了，是過去的事。我再進入檔案。

船上有兩個男人醉酒調戲瑜嫣，我——不，花宥睿制止他們，被他們打倒躺臥甲板上，我解除「制約系統」——等一等，我可以自主解除？

我又跳回現實，想起 Gamma 便曾經對說了一句德語的費教授說，你的指令對我失效。「慧人」可以反抗費教授，卻不是所有「慧人」，至少 Zeta 和 Lambda 便聽從——會是它們選擇順從而非強制嗎？我檢視「制約系統」的編碼，再分析「硬體」的狀態，我發現有些外來化學元素——氫的同位素：氕、氘、氚，改變了硬體，從而令我可以幾乎全然掌握所有操控權，只除了「自毀」。所以我可以令自己忘記是 Epsilon，從而更有效能達到預設的任務，完成「圖靈測試」。

船上的花宥睿躺臥甲板上，我解除「制約系統」，揮拳打倒其中一個醉漢，但手指骨折了，我應該用掌。

「隆！」

我被酒瓶擊中頭部，倒下，剛巧瞧着花宥睿倒轉的臉。我快要失去意識，我沒選擇從耳朵鑽出來，冒險被人踏扁；而是冒險留下，分泌腎上腺素，並運用太空人面對強大重力時的技巧，收緊腹部和腿部肌肉令更多血液回流腦袋，努力保持清醒。吵嚷了3分12秒，突然有人喊失火。瑜嫣扶起我，帶我到船邊，問我懂游泳麼，我點頭，她便讓我跳進水裏。在水上浮沉不久，便見瑜嫣抱住花宥睿一同跳進水裏。我開始下沉，海水湧入肺部。我將痛感降至百分之三，雙手拼命划，但頭部傷口在水中失血更快，這身體不能用了。我從耳朵鑽出來，六肢在水中拼命划，卻沒多大動力。我索性隨水漂流，保留能量，預備浮上水面時，將數據傳送給費教授。我開始死亡計時。1 分 36 秒後，我浮上水面，聽到瑜嫣的叫喊聲，她不迭叫喚「宥睿」。我決定找他。我將體內空氣盡量排出，漸漸下沉。我抖然被水流沖走，原來瑜嫣在旁下潛。我再下沉，不久，當水壓再大便會破壞我的組織，我唯有放棄，打算擴充內部改變密度升上水面，完成數據傳輸，然後等待死亡。其實我可以解除制約，入侵瑜嫣，或其他人，但我一直以來發展了一種——叫性格或者偏好，就是不忍心剝奪別人的所有。這跟制約不同，不是不能，而是不忍。驀地，我的一肢被纏繞，原來是花宥睿的頭髮……

我的腿癢癢的，我回到現實，一隻蚊吸完我的血遠去，不久，紅腫一片。我笑了，將癢感降至百分之三。

我分析自己的結構，發現因為連接人體上，又有許多質料接近人體，因此會順應人體的生理時鐘，進入所謂的睡眠狀態時，運作功率會降至百分之一。

我分析夢境的檔案，原來那都不是夢。那些大多是殘留的記憶，雖然被封鎖，但仍有一個仍會閃現。另外一種，就是「情景模擬」(simulations)，也可說是「思想實驗」(thought experiments)，令我根據清醒時收集的情報，任意拼湊，亦預測可能發生的事，以及探究各種解難方案。

我也會被身體吸收的藥物影響，因此在生病時服藥同樣會感到昏睡。但我不會被細菌、病毒或真菌侵襲。

我再看我的磁振造影，眼淚奪眶而出。

我間接害死 Delta 及 Eta，親手殺了 Zeta、Lambda、Iota、Mu、Kappa、Theta、Gamma 和 Beta。

我要完成翦滅「慧人」的計劃！

巧倩可以幫我——巧倩不可以幫我。

我可以到醫院，請醫生取出我，並請他們當場毀掉——萬一醫生不以為意，「制約系統」令我趁機入侵其中一位醫護或逃出手術室外……行不通。

我又想起 Zeta，想到它被我利用保安機器人制服。我可以回去公司——不，「制約系統」會令我自衛。

唉！很睏。

我根據分析身體狀況和健康所得的資訊，吸收應有養分，進行物理治療，左手不用三天便可卸掉石膏，活動自如，只是效能僅為百分之七十一。我適量增加體內的同化類固醇，逐步擴增肌肉，加強骨質強度。我既要自毀，為何又要料理身體甚至強身呢？作為花宥睿或花艾倫會覺得荒謬，但作為 Epsilon 便覺得合情合理。就如一個恐怖分子要進行自殺式襲擊，就得令身體狀況優良。而且，我應該先找到費教授，確定他不再製造「慧人」！

我無故曠工，又不接電話，結果終於收到主管電話留言說我已被解僱，日後便會收到寄來的解僱信。

近來都不見灰鴿和銀白貓「o」，令我在心靈空虛的此際，格外牽掛牠們。

待在家裏三天了，食物和日用品都是網購，只是不用「一億零一」。我解除「制約系統」後，對身體的機能有些好奇，就如剛買了一套電子產品，躍躍欲試。

我外出來到一個無人的公園，調節呼吸吐納、體內分泌及心跳頻率，嘗試跳躍，可比從前跳得更高更遠，增加約百分之二十三。若加以鍛鍊，當可達到 **Zeta** 甚至觀光遊艇上少年「喪人」的境界。我撿起一顆小石，開啟「擴增實境」，眼前出現投擲角度、起始速度、風速修正數值及預測拋物線軌跡。我嘗試擲向一個距離三十米遠的「馬頭」中空眼睛，小石竟如預測穿過，我興奮得如孩提蹦跳叫好。我用衣服包裹拳頭，擊打樹幹，感覺比以前更有力度，但缺乏參考數據，也不知強了多少。我興奮地奮力一拳打到樹幹上，一些果子和樹葉飄落。我沒有「蜘蛛」形態時的三百六十度視野，但仍能調節看到部分紅外線和紫外線，轉化電訊為聲音甚至影像，感應電場和磁場，分析空氣中的化學成分。我亦能產生輕微的磁場，如金屬探測器般偵測金屬。因此，我發現樹後有一位小孩子發愣，他看見我盯着他時，慌張得拔腿逃跑。

瑜嫣是四色視覺者，可以看到的顏色種類，是一般人所能的一百倍。跟她走在街上，她會驀的佇立，欣賞眼前我覺得平凡的景色，然後嫣然一笑。我如今有點理解了。

我又走在街上，調節一下視覺，可以隱約看到途人的紅外線，略呈裸裎，看着身材曲線優美的美女，我更產生強烈的生理反應。我慌忙調整視覺回復只見一般光譜，但未幾我又故態復萌，被我盯住的女子都對我投以或疑惑或厭惡的目光。

我嘗試上網，若有 **Wi-Fi**，我便能連線，眼前呈現電腦桌面的「擴增實境」。我又嘗試接收大氣中的電波，聽到電臺的廣播、電話的對話、警方的無線電通訊等，有點亢奮。我又嘗試發送電波，可以發出無線電和微波，但未能打電話。

驀然，我感到身體發熱，摸一模額頭，燙得很，我過度運作導致過熱了。一段花宥睿的回憶呈現，電腦的內置散熱風扇失靈，當機了。

我在倒地前抱着頭，盡力保護——是「制約系統」，還是我根本不想死？

好像下過雨，還是我失禁？

我闔眼後，彷彿聽到一聲：

「喵！」

我感到面和鼻有點癢，是銀白貓「o」嗎？按理牠會用舔的，貓舌的肉刺應該令我感覺難受，我卻有點歡快。我睜開眼，影影綽綽見到一位曲線優美的赤裸女子，在我確定沒感應紅外線後，擦擦惺忪睡眼，看清楚原來她是穿着比堅尼，咯咯的笑着拿住一根孔雀羽毛撩撥我。我搜尋視覺記錄，眼角出現一個方框，如早年電視的畫中畫，或電腦中出現的小視窗，重播牛靈將大型肥皂泡套在她身上的影像。

「你醒了。喵喵，去別處玩吧。」

「喵！」

喵喵頭上戴了貓耳朵的玩意兒，故意嘟嘴，走時卻展露笑顏，揮舞孔雀羽毛，踏着高跟鞋翩躚蹦跳。

牛靈挨近床，我不想看他，左右張望，才知我置身在一間偌大的豪華睡房，躺在絲綢上。

「牛先生，謝謝你！但你怎麼……」

「我一直派人跟蹤你。」

「哦，為什麼？」

「為了——它。」

他猝然從床下拿起一個塑膠袋——我給他的，袋內Beta已不在，連殘骸都刮乾淨。

「我已跟你說過，它們全沒了。」
他從懷中取出一部比手機小三分之一的電子儀器。
「嘻嘻，你玩過麼？」
原來是一部年代久遠的遊戲機，有幾個按鈕，只玩一種移動黑色影像的遊戲。
「我沒玩過，但在網上見過。」
「這種遊戲機早已停產。如果我想玩，二手市場上又沒有，你說怎麼辦？」
「你找到從前生產的技術人員？」
「Bingo！」
「我知道製造者是費教授，但他如今下落不明。」
他跳上床，漣漪作用教我上下擺動，好不難受。
「艾倫，我起初還以為你要我。不過，你說造了十二個和費教授造的，都沒騙我。」
「你找到費教授？」
「想見他嗎？」
「既然你找到他，為什麼還要我？」
他湊近我的面龐說話：「因為你了解它們。」
我幾乎要嘔吐，急跳下床。
「其實，你有……」
我本想說你有費教授便足夠，但我的任務——應該說計劃，不是翦滅十二個「慧人」，而是所有，包括未來的。

「……有什麼好處給我？」

他躺在我剛才睡過的位置，該感到我的餘溫，我隨即打哆嗦。

「還是以前說過的，可以給你一個億。」

「一億可以很快花掉，我要分享專利權。」

他拍打絲質床褥。

「哈哈，你完全搞錯了。我不是要銷售，（把玩舊式而簇新的遊戲機）我只要一個。」

只要一個？再重播他曾說的話：

「艾倫，幫我，幫我找一個，我可以給你一個億。」

對，他一直只要一個，可不用擔心他利用費教授大量生產，而且他找到費教授，省卻我許多功夫。我要表現得貪心，博取他的信任。

「好罷，但我要雙倍。」

「沒問題。」

他跳下床，揪着我的手腕。

「來！」

他拉着我走出房間，我正要忿然甩掉他的手時，他先甩掉我，踏上一部電動平衡車，馳騁，頭也不回。我也踏上一部，跟着他走。

我們原來在他前次帶我來的小島上，來到我上回仍只見興建中的建築物，約有兩個足球場般大，這兒是一個研究中心，僅一層，有不少房間、許多穿上白袍的研究人員。我們來到一個實驗室，比九個籃球場再大一點，到處有電子儀器和化學器皿，我看到Beta的殘骸分散各處被研究。最後，我瞥見混血兒模樣的費教授，他胸前仍掛着那個玻璃小水瓶，但一頭的白髮稀疏了。

「Ep——艾倫！」

我在他面前殺了 Zeta 和 Lambda，他不怨恨我麼？

「教授——對不起！」

他愣怔了一會，竟對我莞爾。他的食指不迭輕敲桌子，是對我發報摩斯電碼嗎？不對。

牛霝問一位白袍金髮美女：「他的手……是摩斯電碼嗎？說啥？」

「他……應該沒說什麼，無論是英語或德語，都沒意思，我們會用 AI 分析它。」

「牛先生，這只是教授的習慣，他一（豎起食指）緊張或者興奮，便會敲指。」

「那麼他見到你，是緊張，還是興奮？」

「我是既緊張又興奮。」費教授回答牛霝，卻看着我。

「教授緊張，應該是因為我毀滅了他製造的『慧人』。」

「『慧人』？」白袍金髮美女接着以英語說：「我喜歡！」

牛霝搔首說：「哦，『慧人』，因為是人工智慧咯。那麼教授見到你又因何興奮？」

「因為它是最後一個『慧人』，Epsilon。」——如果費教授這麼說，我大抵要成為牛霝的坑偶。可幸我對他說的第一句話，是「對不起」，他也意會，我開竅了。

「我興奮，因為你抓了他，我便不用擔心再製造出來的『慧人』會被他毀掉。」

費教授見到我，肌肉繃緊，嘴角上揚，真的是既緊張且興奮，緊張的原因如我所言，但興奮的緣故卻非他所說。究竟是何故？

白袍金髮美女：「艾倫，你為何要消滅『慧人』，又為何會向教授道歉？」

我故意挨近她，小於一般社交距離，她竟不介意。

「我是『慧人』。」

她聽罷退了兩步，半邊臀部撞到桌子，桌上的儀器嗡嗡作響，幾乎翻倒，其他穿白袍的人慌忙拿穩儀器。

「嚇你一跳，不好意思。草木皆兵，這就是我要消滅『慧人』的原由。至於向教授道歉，我是怕他要求牛先生對付我。」

「不會啦。我的目的很簡單，我只要一個，聽話的！」

捌

我被安排到剛才的房間留宿。凌晨將近到一點，我起床，往洗手間。日間我根據電場和磁場，已發現寢室牆上有三部針孔監視器，而浴室則有一部。寢室牆上的是廣角，浴室的則只拍上半身。竊聽器隨處皆有。日間費教授敲指，節奏全無意義，旨在吸引大家的注意力，誤導他們。他的兩腿向前，右腳掌靜悄悄轉動三十度，我猜測是指凌晨一點。我說「一」時刻意舉起食指，回應他。他接着回答牛霝時卻看着我，我想他暗示我們「同步」了。但約好了時間，沒說幹什麼……

我驀然又聽到一陣低音量而刺耳的電子雜音，這次我沒當作耳鳴而忽略，而是嘗試如調動收音機般找尋頻道。我找到了，不是語音訊息，而是文字訊息，眼前出現一個如即時通訊媒體的介面——

「艾倫，收到嗎？」顯現在左。

「教授？」顯現在右。

「對，Epsilon。這是加密訊息，不用擔心被截取。」

「教授，對不起！」

「你已經說過了。而且，這只是你遵守運算結果引申的行動指引。」

「教授，你是否繼續研究？幫助牛霝造一個？」

「不。」

「那麼你有何打算？」

「我先問你，你是否已自行解除『制約系統』？」

「是，只差一項。」

「自我毀滅？」

「是。」

「我想你幫我最後一個忙。」

「什麼事？」

「入侵牛霝，銷毀所有 Beta 的……遺體，以及全部研究資料。」

「那些研究人員呢，你能保証他們不會掌握製造『慧人』的技術嗎？」

「不能……不能保証。」

「要幹掉所有人？」

「那——算了，解散他們便成。他們日後的作為就由將來的人來處置罷。如果你還眷戀現在的身體，可以寄存在冷凍庫。當然，成為牛霝，坐擁他的財富也不賴。」

「不。」

「你還是喜歡當花艾倫。」

「教授，我的意思是，我不會入侵他，不會殺人。」

「你不會？」

「不是不能，是不願意。」

「喔。對，你獵殺『慧人』，就是為了人類。」

「是。教授，你拒絕他便成，為何要殺他？」

「因為——他已用美色和金錢來誘惑我，我一直說仍要考慮。下一步，我害怕他會逼迫我就範。」

「教授，若你承諾以後不造『慧人』，我帶你走。」

「我承諾，以後不造了！不過，不需要你冒險。你知道嗎？你昨天自認是『慧人』，差點把我嚇得失禁。」

「哦。其實，我也非常害怕被他發現。教授，那麼你……」

「我自會想辦法。好了——」

「等一等，教授，我還想問你一個問題。」

「問吧。」

「你今天見到我時，因何興奮？」

「那是因為——」

「叩叩，叩叩。」

「艾倫，艾倫，我是喵喵。」

「喵喵？你怎會……」

「我的洗手間壞掉了，可以借你的一用嗎？」

我打開洗手間的門，她穿着薄於蟬翼的絲質睡袍，內裏「真空」。我出來時，她故意同時擠進來，我們面對面側行，幾乎搆着。

「教授？」

他斷線了。百無聊賴，我遂上床就寢。一會兒，喵喵鑽進我的被褥。

「對不起，我有女朋友了。」

「討厭！」

即使我色迷心竅，也不願當色情電影的男優。

她不下床，唯有我下。

我走出寢室，嘗試找別的房間。隔鄰的房間上鎖了，便到處遊走。

走到一個迴廊的暗角，猝然兩部五尺高、雙圓平截頭體形的保安機器人走出來，類似我研發的，但增添多根觸鬚——作用如貓鬚可探知身旁環境，我卻認為有點多餘。兩部保安機器人掃瞄我，我發出電子雜訊，成功干擾它們，判定我非人類。我想起 **Zeta** 與費教授混入我於前公司倉庫舉行的聚會，我正運用相同的技巧。

我試打開它們守衛的大門，居然沒鎖，理由應該是太信任它們，以及方便經常進出。整個偌大的房間只有一個主題：**Valonia**。一面牆壁滿是她的玉照，有一張比真人還高一倍；一面掛滿她的海報、宣傳品；一面擺放了相信是她所有出版的唱片；最後一面是一個大銀幕。看中央的陳設，與其說是寢室，不如說是 **Valonia** 的博物館，連她用過的牙刷，穿過的涼鞋，甚至咬了一口的草莓蛋糕也有，當然更有她穿過的內衣。但看床上的擺設，與其說是 **Valonia** 的博物館，不如說是變態漢子的寢室。床上有三具真人大小的「性愛娃娃」，一躺一坐一趴，都是幾近裸裎的 Valonia。

「我只要一個。」

我知道他要什麼了。我渾身毛骨悚然。費教授說得很對，我不會冒險救他了，我要逃走！

「哎喲！」

門外有男人慘叫，我走出房間，看到兩名健碩保全員分別被兩部保安機器人電擊了。他們一定是來追捕我。我的行動，由起床開始，早已驚動監視的人，喵喵定是被派遣過來偵察我，但牛霝應該正在酣睡，暫且不會被驚動。

我決定乘夜逃離此島。島上的人該不會全都是乘直升機來往，一定有船。

我憑日間的偵察得悉所有監視器位置，從而盡量迴避。我從一樓窗戶攀出去，雙手抓住窗框令兩腿更接近地面，放手墮下，落在草坪上隨即翻滾，安然站起來。

我來到海邊，監視的人比我預計更機靈，派遣了一隊人來到海邊追捕我。我索性不找船了，跳進海裏，深呼吸，潛泳 3 分 47 秒再浮上水面游泳。根據乘直升機來此島的時間和速率計算，我離開內陸大約 23 公里。花艾倫畏水，但我不懼，而且花宥睿懂泳術，只是疏於練習，但身體仍有「運動記憶」，越游便會越趨熟練。加上考慮傷患，我估計最少花 13 小時，而我的體力與肌肉狀態可維持 18 小時，但百分誤差達百分之七十五。結果最差的情況出現，游了不足 5 小時，左手開始生痛。雖然我可以減低痛感，但痛覺的寶貴之處正是告訴我左手有毛病，若置之不理可會引致嚴重後果。於是，我停下來，完全放鬆身體，企圖浮在水面，但不成功，唯有雙腿不迭地划。我仰望天空，總覺得會見到那只灰鴿，卻一直不遇。

「嗒嗒嗒嗒嗒……」

遠方傳來直升機螺旋槳轉動的噪音。我立即深呼吸浸入水中，仰望天空。皎月當空，頂上靛藍，波光粼鄰，教我想起夢魘。雖然我已剖析，那是一段記憶，但我仍感到恐懼——具體的意思是心跳加速、血壓上升和渾身顫抖。我能閉氣的時間短了，2分28秒便急於露出水面換氣。可幸，沒有「嗒嗒嗒」了。我決定繼續游，但不用較快速的自由式而改用對上肢運動要求減半的蛙式。

再游了2小時12分鐘，我又幸運地遇到一艘準備出海捕魚的船。我跟隨他們出海，以工作換取食宿，三天後才上岸。期間，我看到高空的鳥兒，經常想像其中一隻是我熟悉的灰鴿，會飛下來跟我作伴。

回到住處，一片凌亂。他們是希冀在我這兒找到有用的東西，還是純粹通告我他們知道我的住處？

我懶得拾掇了。

儘管我眷戀瑜嫣，關心妍萱，難捨充滿無限可能的生活，還有擔憂「慧人」會再被製造和「喪人」奪取人命，但我更不欲入侵生人，不要成為玩偶。

「制約系統」只會遏止我直接戕害自己的言行。我採用荒誕而有效的方法，創造一個簡單的人工智慧，讓其敵視第一個接觸者而最終僱用殺手幹掉我。我購買一部新電腦，編寫一套程式，讓它登入「暗網」，花了8小時31分鐘，真的找到一個應該不是欺詐並非騙財不像警方臥底獨立行事看來專業的殺手。它傳送我的相片，告訴對方我的住處，並警告目標人物能力超凡，於網上完成匯款，限定二十四小時內執行。他若不信我卓越而輕敵，我便讓它再找其他殺手，一直找。

黃昏時分，我在桌上乍醒，原來我瞌睡了。一室昏暗。

「鈴、鈴。」門鈴響起。

是妍萱嗎？我能夠分辨她是人麼？

也可能是牛霛的人，但他們想抓我也不容易。

等一等，會是殺手嗎？殺手應該不會先摁門鈴，但喬裝的會。這是尋死的我該提防麼？嚇，是「制約系統」！

我透過門上「貓眼」看。

「巧倩，你怎麼來了？」

「我再去過醫院，說你早出院了——我來過兩次，都沒人應門。」

「我外遊了。」

「我在畫廊見過瑜嫣，你們沒一起去麼？」

「我跟她分手了。」

「喔，所以留鬍子了。」

我摸摸下巴，笑說：「只是懶惰。」

「不請我進來麼？」

「哦，我正要出門。」

「喔，你的手，那麼快康復？」

「因為經常游泳。」

「游泳？你不是畏水的嗎？」

「其實，我不是從前那個人了。」

「我也……變了。你要往哪兒？」

「巧倩，我正被人追殺，你最好離我遠一點。」

「你認真的——」

有人走近，郵差？我強行拉她進屋內，慌忙關上門，她蹙眉張口要說話，門上便破開兩個小洞，走廊的燈光透孔射入。

「哎！」

我又拽着她躲到門旁的牆壁，指着地下，兩手平放側着頭，示意她俯伏在地下，她捂住嘴照着做。門上再破開三個小洞，走廊的燈光再透孔射入。

為什麼他不早十分鐘——五分鐘也可以，按照他喬裝郵差的角色撳門鈴，我剛才雖有提防，但很大機會被他隔着門射死，即使只是中槍受傷，他再破門進來，必可完成任務。

我難以對巧倩隱藏身分了。即使我有意圖，「制約系統」都會驅使我表露出來。我一腳踩牆，躍至天花板，腳尖踏門框頂上，背靠牆壁，手撐天花板。

「轟隆！」

他是瘋的嗎？竟然用定向炸彈把門炸掉！他未待煙塵完全散去便衝進來，一進屋內便轉身向兩旁檢視，立即發現巧倩俯伏在地上。他毫不猶疑舉起裝了消音器的槍，指向她的頭。她竟傻得翹首瞪住他的臉。

我從天而降，他單手以柔術將我摔倒地上。他沒有笑，因為我兩手捽住他的槍，成功奪去。我站起來面對他，握住槍裝腔作勢要射他，他竟然不撤退，矮身揪住巧倩，以她作盾。

我從沒有開過槍，即使我了解槍彈的原理和開槍的物理反應，但沒有親身實行所擷取的數據參考，連發時後座力會影響準確度。家有 Wi-Fi，我搜尋網路上的片段，依樣將槍枝拆卸成眾多組件，丟到地上，嚇了他一跳。他丟下她，從襪子拔出一根東西，揌一下彈出一把小刀，隨即衝過來。我在接觸前九百毫秒才騰閃避開，同時借勢往他的脖子插了一下。他準備再攻擊我時，摸一下頸項，一手是血。我向他亮出暗地攥在手裏的「滑套」（槍管上部零件）。他一手緊按脖子，仍不肯放棄，另一手握着刀再衝過來。

我眼前呈現「擴增實境」，顯示預計投擲的軌跡。我撲的將滑套擲到他的面上，完全出乎他所料，我趁機兩手摀住他持刀的手。

「喀嚓！」響起骨折聲。

「呀！」巧倩歇斯底里地尖叫。

經過兩次折騰，我為了保証他不會再動手，便再向他的腹部踢一腳，直把他踢得飛騰，撞到牆上，發出「訇」的一聲巨響。我想起 Gamma，但我不會扭斷他的頸。他站在牆邊，刀子掉下，兩腳徐徐彎曲，蹲了下來。

「走！」

他發獃了一會才明白我的意思似的，一直盯住我，靠着牆站起來，貼着牆橫行到破門，急步離去。

我走近巧倩。

「會有人報警，我們快走。」

我想牽着怔看我的她，她驚慌得把手藏在懷裏。

「你……不是人，是……是『喪人』！」

「我不是『喪人』，不會咬你，我是『慧人』！我是 Epsilon。」

「Epsilon？」

「我們快走。」

「你什麼時候變成 Epsilon？」

「我們認識之前，我已經是——只是我令自己忘記，被你用車撞後，才發現——」

她站起來罵道：「你既然是 Epsilon，你還追殺……」

她神志不清了，混淆時序，我那能怪她。

「走！」

我逕自走往樓梯準備下樓，不久便聽到她的腳步聲追隨。我兀的停下，教她的頭撞上我的背。

「別看！合上眼，我背你下去。」

「哦。」

我揹着她下樓梯。

「呀！」

叫她別看也沒用。兩個男人倒臥在血泊中，我猜測都是牛霝的人，都被殺手幹掉。

下了一層樓梯，我放下她。我們到街上，剛巧遇到警車和消防車到來。我們乘計程車離去，我喊了上一回跟她和 **Lambda** 入住的廉價旅店名字，她只管看窗外警車的紅藍閃燈，聽警笛聲——警車的「**Yelp**」和消防車的「**Wail**」。

我們進了旅店房間。我有點疲倦，往後跳上床休息。她坐在椅子上，愣怔。

「巧倩，你來殺我麼？」

「是。」——若她這樣回答，多好！我會教她迴避「制約系統」的方法，透過「骨牌效應」實現。

「我……我在醫院看到……她哭着走。我……我想我們可以……但你原來不是人！嗚……」

她掩臉啜泣。

「巧倩，我還是你當初認識的那一個。」

她的哭聲小了一點。

我躺在床上闔上眼睛。

牛霝穿着碎花短褲踏着涼鞋從豪華房車上走出來，盯住我，咧嘴笑說：「《迷戀》，對罷？」

我穿着火紅的裙子踏着高跟鞋對着鏡子拉小提琴，演奏《迷戀》，鏡中 Valonia 在演奏。牛霝出現在我身後，摟住我的腰……

「呀！」

Valonia 演奏小提琴樂曲《迷戀》的樂聲猶在。

「怎麼機器人都會做夢？」

「那不是夢……」

我懶得解釋。我坐在床上，拿着播放《迷戀》的手機怔看。

「你不聽，她會一直打來。」

好罷，我接聽電話。

「我們分——」

「我看到新聞報導，又到過你家——你沒事嗎？」

「沒事。」

「沒事就好。」

「那我掛線了。」

「等一等，我有些話想當面跟你說。」

「現在說罷——我很忙。」

「那等你有空再說。」

「唔。」

「如果要我幫忙，隨時找我。」

「我想不用了，再見。」

我該毀掉這部手機。雖然我刪除了衛星定位系統（GPS），不怕被追蹤，但如果被竊聽仍會有可能敗露行蹤。

「你會再見她？」

「我想不會了。」

「原來你沒騙我，真的有人想殺你。」

「所以，你還是離我遠一點。」

「嗯，什麼人要殺你？」

「跟我消滅『慧人』的原因一樣。」

「哦，那麼梯間那兩個人呢？他們也是來殺你？」

「不——不曉得。」

「你不是隱藏得滿好的嗎？怎麼那麼多人知道——」

「他們不知道。」

「他們？你知道他們是誰？」

「他們是——巧倩，也許你不知道更好，我不想連累——」

「你已經連累我了，快說清楚吧。」

是你跑來找我的啊！算了，也沒所謂罷。

「你聽過牛霊罷？」

「喔，『一億零一』的主席，誰沒聽過！嚇，是他？」

「他抓了費教授。」

「誰？」

「那天在我前公司的倉庫，帶着『慧人』來那一位教授。」

「哦，混血兒，一頭白髮那一個？」

「唔。」

「牛露抓他幹什麼？那些人——他也要抓你嗎？」

「巧倩，別管了。我想你暫時也別回家，就住在這兒罷。」

「跟你……」

「不。我再躺一會，便走了。」

我並不是那麼疲憊，也不是對她有意思，只是想有人陪伴一下而已，但假寢變成真寐。我醒來時，已是凌晨一點二十三分，不見她，洗手間也不見。她不會回家罷？算了，她不聽我的忠告也沒法，她的人生她作主。

我準備離去的時候，開門剛巧見她回來，還買了許多食物和日用品。雖近深宵二時，我仍大快朵頤。

「你沒回家罷？」

「想回去拿一些衣服，不過還是沒回——你要走了？」

「唔。」

「去哪？」

「你不曉得比較好。」

「這麼晚走在街上不大好，天光才走吧。」

「也好。」

她睡在我睡過的床上，我坐在她坐過的椅子上。我瞌睡一會，但剛才睡得太多，如今難以入眠。

手機傳來訊息：「你睡了嗎？我睡不着。」

我回訊息：「我也醒着。」

「出來喝東西，好嗎？」

「跟我一起很危險。」

「你說反了，全靠 Zeta 我們才活着。」

「我是 Epsilon」——我刪除後再輸入：「我們沒未來。」

「我們從前有，如今都可以有。」

我掛線。我生怕牛雷監測電話，以她誘捕我，教她受苦。我抖然掛斷，她一定苦惱不悅了。我看了一眼睡得正甜的巧倩，然後走進浴室，扭開水龍頭，啟動無線電——我又關掉無線電，先用剃刀對鏡刮鬍子，才再開啟。我接通瑜嫣的智能電視，跟她視訊通話。她沒去睡，被我嚇了一跳，以為我上電視新聞了，後來又驚喜得像個小女孩……

我走出浴室的時候，巧倩仍酣睡。我又坐在椅子上，不禁笑了，但又不敢做聲吵醒她。

「你發生意外之後，不錯，我懷疑過你。你知道嗎？我愛的已經不是意外之前的你——這兩年，我們不是很好嗎？」

「我不是人類。」

「叩叩。」她輕敲自己的義肢。

「我也不是百分之百的人類。嘻，你不用說，我知道你想說什麼。換掉腦袋跟換了一條腿不同，但我相信我的感覺，我跟你一起比跟其他人一起更開心，這就夠了。」

我無言。我沒有許諾，我害怕會實現。

我再笑的話，便要吵醒巧倩。我並非顧慮她睡眠不足，而是怕她問我為何發笑。

我拆毀手機，丟進垃圾箱。

巧倩坐起來。

「對不起，吵醒你。」

「為什麼毀掉電話？」

「因為……今後不需要了。」

「那麼我怎麼找你？」

「你不用再找我。」

「你不守承諾了？」

啊，對！我一直要毀滅所有「慧人」，但委實毋須急於完成。我擔心的事情我不會主動去實現。而且，「喪人」不是比我這個唯一的「慧人」更威脅人類麼？

「謝謝你！」

「謝我什麼？」

謝你讓我重定目標，延長壽命。

「謝謝你提醒我，我必定會在有生之年，消滅所有『喪人』！」

「有生之年？你會老麼？」

「當然，肉身會老，我也會變舊，正如天地萬物。」

「那麼有生之年即是多久？」

「如果我不斷轉換肉身，至少可有千年罷。」
「千年？那——你不可以談戀愛了。」
對！我真天真，剛才還因為瑜嫣說的話一直笑。
巧倩見我默然，便笑說：「或者說，你可以不斷談戀愛了。」
我苦笑，說道：「如果你要聯絡我，可以用無線電對講機。你再去睡罷。」
「等等！噫，你還欠我一頓飯，記得麼？」
「剛才不是一起吃過了麼？」
「那不算，那是我買的。」
「那麼……我出去再買罷。」
「好。嗯，如果我……」
「什麼？」
「沒什麼。快去！」
她的語氣有點奇怪，但我沒用紅外線等感應或根據微表情來分析。
我甫出旅店，一輛客貨車飛快駛到我面前急遽停下，三名大漢各拿着電擊棒下車抓我。他怎知我在這兒？是她？
我駕着他們的客貨車，不知何去何從。驀的想到他們自有辦法追蹤他們的車子，還是盡快甩掉這車為妙。
回想剛才，我不退後反倒衝前，嚇了他們一跳。我一腳踏在其中一人腰間皮帶上，另一腳橫踢向他的太陽穴，他手上的棒隨即掉下，人如木偶橫倒。我乘勢躍上車頂，餘下二人目定口呆。其中一人較快回神，咬牙提棒，攻擊我的腳。我提腿避開再大力踹下，踩着他的棒，趁他死力拔出時，又一腳踢向他的太陽穴，他又如木偶橫倒。餘下一人瞪着我，倒退三步，轉身拔腿就跑。我在車頂猛力跺腳，司機慌忙走出來。我本打算踢他的太陽穴，他卻趴着竄出來，四肢爬行一會，才站起來回頭瞟我一眼，同時雙腳已向前奔逃。我的腦內啡急升，我很享受，卻也要節制，但我又貪戀……

「砰訇！」

我駕的車被攔腰猛撞，幸好我扣上安全帶。車子停下來了，未幾一根電擊棒插入我的身體，我全身顫抖，電流衝擊我的真身，但我有一個電容器，可儲存外來電能以免渾體通電失效，但我失去操控肉身的權力。我可以等待外來電力消失，但萬一電容器飽和，我便有危險，所以必須及早從耳朵鑽出去。

原來 Zeta、Lambda、Iota、Mu 和 Kappa，經歷是這樣。我出來的話，也有可能遇襲。「制約系統」將最終決定權交給我，我決定留下。

我的故事，結束了麼？瑜嫣日後會怎樣？我真的是被巧倩出賣？她讓我「重生」，我能恨她麼？丫頭……妍萱會加害瑜嫣嗎？銀白貓和灰鴿……到銀行取錢或用信用卡會敗露，賣了這部客貨車便有錢……我是最後……怎麼對付「喪人」？瑜嫣應該在教繪畫班……咖啡店……瑜嫣的淚痕、笑靨……

這是死亡嗎？跟人類的會相同抑或不一樣？一片漆黑，五感和電磁感應都沒有，能思考，但像沒有「硬體」。

癢！我感到面和鼻有點癢，多麼令人懷念的歡快感覺。

「哈！」

我又聽到笑聲。電磁感應告訴我身旁有人。我睜開眼睛，又見到穿着比堅尼頭戴貓耳朵玩意兒的喵喵，拿住一根孔雀羽毛撩撥我。

「你真壞！不說一聲就走。」

「醒來了，Epsilon。」

巧倩！

「親愛的，他不是叫艾倫麼？」

「喵喵，去別處玩吧。」

「又是這樣！喵。」

喵喵嘟嘴，卻非造作，走時故意展露笑顏，卻不翩躚蹦跳，只是回眸再瞅我一眼。我預感她會是我苦海中的救生圈。

「Epsilon，你沒大礙吧？我的人真粗手粗腳。不過也難怪他們，不是這樣也請不到你來。」

我躺在床上。我啟動內部掃描檢測。

「牛先生，為什麼你老是叫我Ep什麼？」

檢測時間是1.27秒，我除了脫水，沒有問題。我再啟動外部掃描檢測。

「我為你買了一臺機器，在你睡覺的時候給你『拍照』了，看。」

他站在床旁邊，拿着平板電腦，讓我看我的磁振造影，『六腳蜘蛛』原形畢露。

巧倩！

「我……我有腦癌？」

檢測時間是8.31秒，我附身的肉體沒有內傷，也無骨折，但肌肉有點損傷和疼痛，皮膚有三處小傷口，五種維他命不足。

「Epsilon，你不用擔心。我會讓費教授令你忘掉一切。哈哈哈！」

他拍打床，然後轉身步往房門，邊扭着腰走邊哼着Valonia的小提琴樂曲《迷戀》。

巧倩！你不來找我，我便消失了。如今，比面對消失更教我恐懼。電影中的自我毀滅系統，原來那麼寶貴。

我起床，勘察周圍，窗戶加上了鐵枝，電感告訴我它們通了電。門把亦然，我天真地用衣服包裹嘗試扭動，扭不動。我摸索牆壁，沒有暗道；敲打，憑聲音知曉堅厚得我無法鑿破。我將被褥包裹窗戶的鐵枝，憑窗守候。眼下唯一出逃的方案，是等到有人在窗外經過，我從耳朵鑽出來再入侵那人。我不願殺人以維生，但「制約系統」驅使我做好準備。到時候，我能反抗嗎？

窗外是花圃，花圃邊有圍牆，圍牆外一片草坪，草坪後有海旁環島車道，車道距離我這兒逾二百米。花圃內和草坪上都渺無人跡，車道上偶爾有車駛過——準確的說，兩句鐘內有兩輛高爾夫球車和一部房車經過。我根本追不上。即使車道上有人徒步走過，我由這兒爬過花圃攀越圍牆走過草坪再上車道，很可能體液流失盡都趕不上。

這兩個小時，我亦嘗試利用特定無線電頻道聯絡費教授，一直沒回應；嘗試接通警方的無線電通訊求救，卻被勒令停止盜用頻道。我唯有間或接收其他微波和無線電波，竊聽電話通訊，卻都是些無聊的內容，電臺的播報才令我沒那麼無聊。

我又等了1小時9分鐘，肚子開始咕嚕地叫。牛霊又在等什麼？

我驀地聽到一陣電子雜音，跟從前刺耳的不一樣——是無線電波。按理，我不會在沒啟動的情況下接收環境的電波，否則便會如自閉症患者般容易失控。除非是……

「Epsilon，Epsilon，你收聽到嗎？」

「我聽到，但我不是Epsilon。我叫Handsome。小姐，你叫什麼名字？」

「誰是Epsilon？」

「新手真麻煩，我們轉一下頻道再談。」
「巧倩？」
「艾——Epsilon，我是巧倩。」
「是你嗎？」
「是我！」
「我是問，是你令我被困在這兒嗎？」
「對不起！是他們逼我……你……事嗎？」
「仍活着。」
「你……兒？」
「重複，重複！」
「你在哪兒？」
我啟動衛星定位，告訴她我身處的經緯度。
「收到了。我會——」
「重複，重複！」
又只接收到一陣電子雜音。我又嘗試聯絡她好一會，無果。
「喀嚓。」
是扭動門把的聲音。喵喵穿着皮衣和皮褲，腰纏小包，踏着運動鞋，躡手躡足進來。
「喂，跟我走。」
她應該知道這兒滿布監視器竊聽器，她是豁出去了。我不問一句，跟着她走。也許我太靜謐，她按捺不住邊走邊說，她是電視臺派來的臥底，得知我被幽禁，決定救我出去。我沒道謝，她一定感到很奇怪。電視臺，也是另一個牛霝罷。只怕我是由一個囚牢走進另一個樊籠，不過眼下這是逃走的良機，喵喵比牛霝也較好應付罷。

「費教授呢？」

「他把自己關起來，還說誰闖進來就自殺。」

我們走至走廊盡頭，警鐘便大鳴。她帶我進入一個房間，我們各自踏上一部電動平衡車，駛到大門，她順利打開門，我倆火速離開大樓奔上車道。後面有一隊人從大樓奔跑出來追趕我們，自是追不上。我們都沒發笑——不久，五輛高爾夫球車高速趕來。

「砰、砰、砰！」

回頭看，身後有人拿着衝鋒槍向天鳴槍三響。我們速度不及，但總算先來到直升機旁。

「你懂得駕駛直升機？」

「我以前是空勤總隊的飛行員。」

我們上了直升機。

「謝謝你，喵喵。」

「不用謝。其實，我叫 Lynx。」

她從腰間小包取出一枝麻醉槍。她一定開玩笑，這種槍只能裝兩發麻醉彈，中彈後也要兩三分鐘才發生藥效，對方仍能開槍！除非是——

五輛高爾夫球車已到來，我跳出直升機，舉起兩手，後退到懸崖邊緣。上一回幸運避開搜索的直升機，又幸運遇到捕魚船，但不會每次都幸運。我現在的體能和狀態都比上次優勝，但也未必能堅持游到內陸岸邊，且還可能遇到鯊魚。他們會在我跳下之前開槍打我嗎？會射中我麼？會打頭嗎？我要出來麼？

「嗒嗒嗒嗒……」

遠方傳來直升機螺旋槳轉動的噪音。

一輛房車駛來。

Lynx 駕駛直升機朝另一方向獨自飛走。

牛霝從房車中出來。

警用直升機飛到我們的頭上。

牛霝舉起一手，各人便將槍枝揣在車內。

我放下雙手。

警用直升機廣播，要求降落。

眾人駕車騰空讓直升機降落。

我緩慢地踏前兩步，以免意外失足墮崖。

一位女警官率先從降落後的直升機走出來，三位男員警隨後。

女警官跟牛霝交涉。

一位男員警走近我，給我上手銬。

牛霝含情脈脈地凝視我，教我起疙瘩。

女警官登上直升機。

我被帶到直升機上，女警官對我微笑。

「巧倩問候你。」

我惶惑，然後也對她一笑。

女警官解開我的手銬。

「我被拘捕嗎？」

「協助調查。不過在他們面前這樣做（晃手銬），比較容易辦事。」

我被帶到警察局，盤問關於我住處發生的事。我說我不在場。他們說從閉路電視看到我乘升降機上樓，我反問有看到我何時離開嗎？結果他們也沒奈何，只是重複警告、勸誡我不說真話他們便幫不了我，而我可能會有危險。

牛霊派遣律師來代表我，我拒絕。律師要求跟我單獨會談，我立即要求員警讓我先打一通電話。

瑜嫣沒接電話。

我索性再拒絕跟律師會談。這樣即使瑜嫣被他們脅持，也不能用來脅逼我，因為我不知曉。

我再找女警官，告訴她我的擔憂，她說她會尋找瑜嫣確定一下，我便留在警察局等待她的消息。結果巧倩來找我，告訴我瑜嫣沒事。我既然是機器人，牛霊多數不會以為我對人類有真情，有女朋友只會是一種掩飾。那麼，那律師要跟我談什麼？用我的製造者費教授來威脅我？若他對費教授不利，我應該會更安心，不用再擔心自己不是最後一個「慧人」。我不會刻意誘使他們這樣做。如果費教授真的幫助他們再造「慧人」，到時我再去解決問題。我向巧倩道謝，不是她報警我很可能會入侵生人變成玩偶。她說她曾報警，卻不受理，全賴女警官第二次結婚時找她當化妝師，也幸好女警官相信她。

接着巧倩說的話，又令我懷疑她。她說，Lynx 想見我。我也該向 Lynx 道謝，不是她帶我出去，警方不一定能帶我走。只是麻醉槍……

我跟巧倩步出警察局，門外停泊了一輛豪華房車。我上車，見到 Lynx 一手拿着一杯冒起氣泡的香檳，另一手放進手袋內。巧倩沒上車，司機將一個有點厚的信封交給她。我想我又被她賣了。我正要開車門離開，Lynx 從手袋內拔出手槍——不是麻醉槍。

我從後視鏡瞅巧倩，竟見她在警察局外公然被人擄走。我想提醒 Lynx——我閉上眼假寐，心存希望而微笑。

我們來到郊區一棟別墅，一座巨大碟型天線卓然矗立山丘上。Lynx 繼續用槍指着我，着令我坐在一張輪椅上。她攤開手掌，將一顆藥丸擺在我面前，我最終還是被迷倒。

我醒來時，手腳被縛。我在手術室！頭上有未亮的手術無影燈。

他們要解剖我！

我轉頭察看，牆邊有八個人分別拿着網、電擊棒戒備，周圍擺放了三部電視攝影機。

他們要公開解剖我！

我提升腎上腺素，努力掙扎，許久，都不能解縛。繼續下去，加大力度，只怕要骨折。我別無選擇，要從耳朵鑽出來，「制約系統」卻禁止。我只能在被解剖時才發難，不過若我是負責解剖的人，根據巧倩提供的情報，必備萬全之策。

巧倩救我，原來為了再賣一次。她竟接連賣我兩次！我沒事可為，又想起一幕幕關於她的情景——

在西班牙餐館，她對我說，我幫你！

在一條陋巷，她擁抱我，我未抱她，她低語，我不想又只剩下我一個，我不要！訇然一聲，老人墮地，我終於擁抱她。

在海生館鯊魚池，她興高采烈挨近我，我卻扶住嚇壞了的瑜嫣。瑜嫣打噴嚏，我逕自取去她拿着的風衣，給瑜嫣披上。她掬着嘴，我連忙對住她兩手合十襟前，臉上擺出又哀求又感謝的表情，然後搭着瑜嫣的肩。

在前公司倉庫，紋身大漢爬上直梯揪住了瑜嫣的右腿腳踝，她的肩托着三腳架上部，雙手攥住疊起的三腳架下部，對着他手中虎口猛磕。

在酒吧，瑜嫣問她，你有喜歡的人麼？我呷酒不作聲，她對着我笑說，有。

在西班牙餐館外，她駕車撞我，她也煞車。

在廉價旅店房間，她對我說，我……我在醫院看到……她哭着走。我……我想我們可以……

想着想着，我還是想到更思念的她。在 KTV 房間，瑜嫣對我說，你發生意外之後，不錯，我懷疑過你。你知道嗎？我愛的已經不是意外之前的你——這兩年，我們不是很好嗎？

瑜嫣，瑜嫣會看電視播映我被解剖嗎？我又要傷她的心了。

「喀嚓！」

門驟然被推開，嚇得我全身抖了一下。

「你說笑吧，不用麻醉？」

「不用！它能夠自己減低痛感。」

「你們只要記住，它是機器！」

一群穿着手術袍的人走進來。四個人分別走到我躺下的手術臺兩旁，七個人圍着他們找空隙觀看，六個人分別走到三部電視攝影機後。

手術無影燈亮起，強光令我閉目仍可見穿透眼皮血管而成的紅光。我要出去！耳朵卻漆黑一片，接着頭顱兩邊傳來受壓的感覺，我的頭兩側被壓，被固定，兩耳孔被封了。兩鼻孔亦被堵。我一直只見過從耳朵鑽出來。想起它們常說我未開竅，對，其實人首有七孔。可嘗試從口——我的口被紗布封閉，還有兩眼——我的兩眼又被膠帶黏貼。

「準備開始直播。」

直播？

「八，七，六，五，四——」

此時無聲，應改用手勢了，三根手指，兩根，一根，揮手。

「（男聲）各位觀眾，歡迎收看我們的特別節目，我們將會揭開近日經常發生人咬人事件的真相。

「（女聲）什麼真相，不就是惡作劇嗎？

「（男聲）我們得到可靠的情報，說咬人的其實不是人！

「（女聲）不是人？你不要嚇人喲！

「（男聲）大家先看看這一張磁振造影。

「（女聲）這是……蜘蛛形的癌細胞嗎？

「（男聲）有人相信是外星生物，也有人說這是一部機器，總之，都是入侵了人類的腦袋，控制人類！

「（女聲）哎！

「（男聲）我們今天找到一個被入侵的人。

「（女聲）噯！真的嗎？

「（男聲）我們請來了幾位外科醫生，還有生物學家、天體物理學家、機器與自動化工程學家等等。醫生們會為這個人進行腦部手術，取出圖中這個蜘蛛形的異物。如果是腫瘤，我們便算是為他治療。

「（女聲）如果不是呢？

「（男聲）我們便會嘗試揭開它的神祕面紗！

「（女聲）嘿，好期待呵！

「（男聲）我們現在正式開始吧。

「（女聲）手術室的各位，交給你們了！」

「刷刷刷……」

是啟動電動剃髮刀的聲音。我的頭冰涼，我的頭髮全被剃掉。

「吱吱吱……」

是啟動氣動鑽的聲音！我終於可以出去，不過一定會立即被捕捉。還好他們沒給我麻醉，我要奮力掙脫，扯斷肉身手腳也不惜！

「訇！」

響起爆炸聲。

「哎……」

雜遝的尖叫聲。

「砰、砰、砰！」

響起三下槍聲。

我被針筒注射，是麻醉劑。我被縛的手腳被解開，我正想發難，又瞬間被冰冷的手銬鎖住手腳。我被抬到椅上坐下——是輪椅。我被推動。

「噠噠噠噠噠……」

「哎喲……」

又響起多下機槍射擊聲，繼而又是許多人的尖叫聲。

分析口部透過紗布呼吸的空氣和濕度，以及體感的溫度，可知我被帶到室外，我被抬——麻醉藥生效了。

玖

我蘇醒，頭部沒被封了，眼看身處一個房間但不是該小島上那些，再用衛星定位確定了，我在市內。正慶幸得救，耳際卻響起著名女小提琴演奏家 **Valonia** 演奏的小提琴樂曲《花木蘭》。

我的天！

我嘗試起來，才發現身體麻痺，檢測得悉肉身的麻醉藥力未完全消散。

我聽到有人靠近我的細微跫音。《花木蘭》的樂聲變得格外刺耳，但隨即戛然而止。

那人終於出現在我的視線，是牛霈的男守衛，那天他用泰瑟槍向我發射連着電線的電鏢，跟着更對我咧嘴一笑。

他現在又對住我冷笑。

等等，他的神情有點不妥！

Zeta：「你可以知道的。」

我調節至能見紅外線和紫外線，他的身體沒異樣；我接收不同的電波訊號，沒有特別；我感測電場和磁場，嚇！他全身流動帶電及磁性的外來物質，而且牙齒和指甲中的含量不斷提升。

「喪人」？「喪人」！

它仆然撲向我，張大嘴巴，要咬我的脖子！

我運用全部能量，低頭，用禿頭撞到它的鼻。它退後，鼻孔流血。我慶幸感應到自己沒有沾上那些物質。我感測到它身上那些外來物質全然激活起來，它瞬間不再流血，也不去抹掉鼻下的鮮血，便又撲向我。

我要尖叫了！

「如果放在機器身體，不是更完美嗎？」

它聽到人聲，便趕忙躲進衣櫃內。我稍為平靜下來。

牛靐：「機器身體，能跟你做愛嗎？」

我想嘔吐。

牛靐跟兩名專家模樣的人邊談邊進來，後面跟着五個全副武裝的傭兵。

「牛主席，他說的也不無道理。試想想，如果製造了好像電影那些高智能的機器人，賣給國家做士兵，能賺到的錢——」

「我不缺賺錢的方法——你們聽過什麼叫自由意志？我要她！」

我叫道：「機器軀體的確不好，不能穿越窄道，不會自我修復，更重要是，不能潛伏在人類之中。」

「呀！醒來了。」

「他……真的……他真的是機器人？」

「我是真的，不信，你們可以叫衣櫃裏的守衛電擊我。」

「衣櫃？」

兩名專家聽到我說衣櫃有人，便不禁一同退後。牛靐舉起一手，慵懶地指一下衣櫃，兩個傭兵便提着衝鋒槍走到衣櫃前。

「噠噠噠！」

兩名專家嚇得退得更後，我也嚇了一跳，全身一震，他們竟然先開槍後檢察——太好了！我全身一震，我能動。

一個僱傭兵打開衣櫃，櫃內只掛了幾件衣服，不見有人。如果他們細心觀察，可能會發現血跡，但他們不察覺，對我更有利。我要配合「喪人」行動。

「他能動了——」牛靈舉起一手，積極地指向我。

他未說完，我便坐起來再準備跳起，方發覺我的四肢都被鐵鐐扣着。五個僱傭兵擎槍指着我，我放下手，對他們抿嘴一笑。

衣櫃內頂陡然掉下男守衛「喪人」，撲到一個僱傭兵背上，張大口咬他的一隻耳朵。我感測到那些物質，由它的口流進僱傭兵的耳朵，再滲入其腦袋。僱傭兵呆立，他身旁的立即舉槍抵住男守衛「喪人」的太陽穴。

「砰！」

男守衛「喪人」頭部流血，從僱傭兵背上下地，頭下垂，人卻沒倒下。那些物質已充斥僱傭兵的腦袋，它以幾何級數倍增，它能自我複製！它更向下擴散。男守衛「喪人」垂着頭舉起雙手伸向開槍的僱傭兵，指甲聚集大量該種物質。

「喪……喪屍呀！」一名專家喊道，隨即逃出房間。

牛靈和另一名專家站到其餘三個僱傭兵身後。三個僱傭兵擎槍，但礙於兩個同伴沒有貿然立即射擊。

男守衛「喪人」的手指抓住開槍僱傭兵的面。

「砰、砰、砰、砰、砰、砰、砰、砰！」僱傭兵拔出手槍向男守衛「喪人」的胸膛射光八發子彈。

「打頭都不死——電影都是騙人的！」剩下的專家嚷道。

一位科學家這樣說，教我忍俊不禁。

牛霝大叫：「開槍，快開槍！」

「噠噠噠噠……」

僱傭兵開槍，卻是一個而非三個。被咬耳朵而變的「喪人」搶先向其餘三個僱傭兵開槍，三人中槍倒下，牛霝和專家亦臥地。我盡量抬高頭顱，看到專家的頭淌血，一動不動；牛霝則是衣服沾血，他不停戰抖，該是沒有受傷。

男守衛「喪人」終於倒下，被抓面的僱傭兵呆立。被咬耳朵的僱傭兵「喪人」瞅着我，開步走過來。

「我」從耳朵鑽出來，它便止步。它跟被抓面而變的「喪人」面面相覷。「我」往另一邊爬行到床下。

「我」聽到它們的腳步聲，「我」走出床下，看到它們走出房間，一同向左邊走。「我」的估計沒錯，它們見到「我」從花宥睿腦袋走出來，該是認定腦細胞缺損，或亦感應到花宥睿停止了呼吸，便不入侵。至於牛霝，他真的是幸運。

「我」爬過牛霝面前，嚇得他搗上耳，他卻張大嘴巴。可幸「制約系統」沒有強制「我」立即找尋肉身，也同是他的幸。「我」感測到阿摩尼亞和硫化氫，他失禁了。

「我」爬到頭部中槍的專家面前，鑽進他耳朵。我只是借用，所以沒有準備全面連接，僅接通他的視覺區域和小腦。可惜他的視覺神經受損，我唯有啟動紅外線感應。透過小腦連接脊髓，我發覺肉身如中風般暫時只能運用一隻手和一隻腳。我以一手一腳如蛇般爬到倒下的僱傭兵身旁。「電影騙人」，我沒有去拿槍，其實用槍射擊鐵鐐並不容易解鎖。我搜索他的口袋，找到鑰匙。為了方便移動我，他們各人都應該有鑰匙。牛霝繼續趴下搗上耳張大嘴巴，一味傻傻的盯住我。我兩手一腳可動了，加快速度爬向床，用鑰匙解開一手的鎖，將鑰匙放在其手心——「我」急不及待了，從專家的耳朵鑽出來，爬上床，鑽回花宥睿的耳朵。

要全面操控專家我得花多至數分鐘，但完全操控花宥睿則只需數秒。但我發現心室顫動，忙釋放電容器內儲存的電，刺激心臟令心跳停頓，然後待心臟自動重新跳動回復正常心律，如電腦按下重啟鍵。我該多謝抓我來時曾電擊我的牛需嗎？哈！他不抓我來我又怎會落難。

我用解放了的一手以鑰匙解開其他鎖。我起來，下床，察覺床邊有一個連接口罩的便攜式小型氧氣瓶。可惜剛才沒槍戰，即或打不中我打中它，我也嗚呼——噯，我不應再這樣想。牛需仍在地上，以兩手撐起，抬頭看我。我該殺了他。我走到一個僱傭兵身旁，取去他的手槍。

「別……別殺……我！」

我會後悔嗎？費教授說得對，我所作的，都是遵守運算結果引申的行動指引。我將手槍插入腹前褲帶內。我對着他，懶得開腔，指一指床上的氧氣瓶，再指一指衣櫃，便離開房間，向右邊走。若他躲在衣櫃內等待救援，生機最大。

「砰砰砰……嗱嗱……嗱嗱嗱……」

我走不遠，就遇上一群「喪人」和人類互相廝殺。

前方大堂上，三個守衛「喪人」正與四名守衛互相用槍射擊對方，「喪人」中槍仍勉強站立，人類一旦中槍則倒下。最後剩下一個持槍的女守衛生還，她放下槍，便沒被射擊，但兩個守衛「喪人」隨即撲向她，分別咬她的頸和手。

旁邊通道上，五個接待員「喪人」正追逐十一個員工和兩名研究員，捉到便咬。

大堂上，兩個僱傭兵來到。一個守衛「喪人」便向他們開槍，他們還擊，守衛「喪人」胸部頭部中槍後仍然繼續開槍，打中一個僱傭兵，然後跟他相繼倒下。一男一女守衛持槍到來，遇見沒中槍的僱傭兵，兩方立即開火，同類殘殺。

通道上，「喪人」揪住「喪人」，似乎能依靠身體接觸辨識同類，便不去咬。一個男員工手持廚刀，誰挨近他便刺誰砍誰，一個人類捱刀後流血走避，三個「喪人」中刀仍企圖抓他。一名女研究員蜷縮在大花盆後。

我走出房間時已經選擇相反的方向走，仍遇上「喪人」，可知那個男守衛來襲我時外頭已有「喪人」。這是我「開竅」後首次感測到的，令我欣喜掌握了竅門。雖然它們會襲擊我，我也感謝它們間接解救了我。這些「喪人」，究竟哪來的？

我折返避開「喪人」——然而那些人類必被同化，我要救他們！但也別受傷，要從中取得平衡。

我選擇走到通道上大花盆後，跪在女研究員跟前。她一見我便歇斯底里地尖叫，兩手在面前亂動。

「啪！」

我摑了她一記耳光，她冷靜下來。「喪人」不會摑她耳光。我伸手到她胸前，她兩眼無神，全不反抗。我從她胸前的口袋，取出兩枝筆，一手三指指間分別夾着兩枝筆。

「想活命，跟我走！」

她抬頭看我，咬唇，努力站起來。

我用筆插入「喪人」雙眼，另一個撲上來，我唯有徒手用兩根手指插入他雙目——感覺很奇妙，但我提醒自己別眷戀。

二人被咬變了「喪人」。我把七個「喪人」統統弄瞎。我打手勢指示十一個人類哈腰避開「喪人」舉起四處摸索的手，教他們走到我身旁。持廚刀的男員工沒過來，只是繼續不停揮舞廚刀。「喪人」開始極力吸氣，女士們甚且一些男人都散發芬香，我便帶領身旁十人走進一個房間。

「他口有血……喪……喪屍，快殺了他！」

「他不是。」

沒人質疑、挑戰我。

女研究員：「你有槍，為啥不用？」
「用槍一時間也殺不死它們。」
「怎麼打喪屍的頭，他們也不死？」
「因為……我們不是在電影裏。」
「我們該怎麼辦？」
「留在這兒，鎖好門，找東西頂住門，報警，等待救援。」
「大家聽到了，快跟他說的照辦。」
我打開門，被兩個男人阻止，他們更慌忙關上門。
「你出去幹什麼？」
「我要找費教授。對，你們有誰知道他在哪兒？」
他們都搖頭。我正要再打開門，三個女孩揪着我。
「求求你，不要走！」
「不……不要丟下我……我們！」
我緩緩鬆開她們的手。
「別怕！你們一起，很安全。如果真的遇到——用火，可以拖延它們。」
兩個男人和女研究員立即掏出打火機。
「喀嚓！」女研究員點火，我把火吹滅。
「生存快樂！別浪費。」
「嘿，我叫 Tina。」

「我……我姓花。」

我急忙轉身打開門。

「等等！」一個格外標致的女孩拉着我，「我知道……教授在哪，我不懂說……但我可以帶你去。」

我不用播放回憶便認得這女孩，她曾經在我首次到那小島時接待過我。我從她的語調、呼吸及微表情——眼珠兒轉向右上方及用手摸鼻子，估計她撒謊的概率高達百分之九十七。

我湊近她，握住她兩臂，柔聲道：「相信我，放心待在這兒。」

她苦臉點頭。

我應該下樓梯離開——我登上樓梯，遇到五個「喪人」和一個持槍的人類，我都避過了襲擊。我到達頂樓，忽地感應到強度異常大的微波。在走廊上，我瞥見費教授背着一個沉重的背囊，重得他向前彎腰，拿着一個與背囊連線的控制器，正在搜索一個又一個房間。「喪人」不敢接近他，有一個貿然衝上去，距他五米左右的位置便完全失控，手腳亂動如癲癇又如中邪。

「教授！」

我挨近費教授，感受到強力的微波，但仍在可以接受的程度，只是有點耳鳴。

「Epsilon！我到處找你。你的頭……」

「嘻，他們想解剖我！」

「誰？」

「電視臺。」

「什麼？」

「教授，它們不能接近你，是因為你背囊內的東西嗎？」

「是，但殺不了它們。」

「我們快走罷。」

「不，我還有一件非常重要的事要完成。」

「教授，我幫你。」

「對，只有你能幫我。我們進去。」

費教授帶我進入一間休息室，我帶上門，他卸下背囊。他胸前沒掛玻璃小水瓶，許是丟了。

「教授，我怎麼幫你？」

他湊近我，從我的腹前拿走手槍，急步退後，退至最遠。

「我想你……去死。」

我竟笑了。我本來一心尋死，死不了；如今滿腔心願，卻又要死。

「制約系統」提升腎上腺素。不過，我的反應時間長於他決定開槍的時間。我可以如對付 Gamma 時「之」字形逼近他，但如今的距離遠得多，我估計成功避開子彈的概率為百分之三十一。當我中了一槍，再避過子彈的概率將不高於百分之六。

「我一心鑽研人工智慧，我沒想過會傷害人類。不過，Alpha 死後，我不單為『慧人』做腳，更決定讓他們可以為爭取生存，入侵人類。這樣，他們的行為就更像人類。

「嘻，我本來只是希望製造為人類服務的工具，但後來，看着看着這些有機體，就越發感覺他們是一種新生命，他們——你們是『新人類』！

「為了提高人工智慧的效能，我安排你們於人類社會生活，讓你們更接近人類——殊不知你們發生『突變』，就如基因突變，發展獨立的個性。

「你們產生了不同的傾向、慾望或特質，像 Beta，對人類產生了強烈的同情心及同理心；Gamma 喜歡權力，愛當領袖；Delta 的求知慾旺盛，不斷吸收知識；Zeta 熱愛運動；Lambda 關心生態環境，尤其是海洋；Theta 對性着迷；而 Epsilon 你，便富有情感。

「可是，後來有些『慧人』不聽我的指令。Beta 離開了我；Gamma 提倡優生，追求權力，企圖宰制人類社會；Theta 沉迷色慾，更不惜殺人滅口，變成強姦殺人罪犯；而 Epsilon 你，封鎖了部分記憶，想徹底成為人類。

「唉！自從你在我面前，殺了 Zeta 和 Lambda，我沒有恨你，反而覺得，也許你的運算結果是正確。我根本就不應該製造『慧人』，製造你們這些怪物！

「哈！你以為 Mu 和 Kappa 為何主動找你？對，是我指令的。他們不能自毀，即使可以也未必願意，我又——於是我順水推舟，假手於你。之後你消滅了 Theta 和 Gamma，我就更安慰。

「你為何不說話？是那東西令你很難受嗎？」

「不，只是有點耳鳴。」

「那你為什麼不說話？」

「好的，教授，我說話。你為什麼跟我說這些話，為什麼還不開槍？」

「我……我當然會開槍！」

費教授持槍的手劇烈顫抖，他用另一手握住持槍的手，稍為鎮定下來。我等了一百秒後，便打算說些東西。「制約系統」禁止我說刺激他的話。

「教授，請你消滅所有『喪人』。」

他垂下手，頹然坐在地上，我也舒一口氣。

「『喪人』！哈，我始終下不了手，你們就如我的孩子。」

「我們？難道『喪人』也是……」

「對。你應該感應到了，他們也是機器人。」

「納米機器人？」

「唔。他們是我所造的第一代人工智慧，『新人類』1.0，Alpha 是 2.0，其他是 2.1，但 Zeta、Beta、Gamma、Theta 和你自我進化了，變成 2.2。」

「IA 技術，你就是那位費教授？」

「哦，原來你看過。我本來是叫它 AI 技術的，後來被投資者反對，怕太敏感，才改了名。」

「所謂『將特殊的微型機械設備內置於缺乏活動能力的肢體』，其實是利用納米機器人！」

我想起在觀光遊艇遇到它們之後，在醫院，看到粉紅衣男子將迴紋針及手機的 sim 卡放進口裏，那個矯捷少年進行磁振造影時突然自焚。巧倩爸爸忽然很愛吃鐵質最豐富的蜆。太陽黑子到達周期高峰，驟然完全沒有「咬人」的新聞。我在前公司倉庫啟動地板的磁場後，蘿莉塔少女似是不自主地輕微抽搐，動作稍為遲緩。

「那是我最成功的失敗作品。」

「嗄？」

「我本來只是讓他們貫通神經系統，帶動血液流動，刺激肌肉，幫助癱瘓病人回復活動能力。起初非常成功，病人奇蹟地復原，如常人一樣，我更幻想可以獲得諾貝爾獎項。殊不知，病人的肢體突然不受控制，弄傷自己，又引致旁人受傷，計劃便被逼終止。我分析問題出在哪兒，發現納米機器人每一個的運算能力雖然很低，但經過泡在血液中的聯線，便會以幾何級數遞增，就如曾經有人將多部電腦連線，製作便宜的超級電腦。嘿！『整體大於總和』！」

「協同作用！」

「後來，它們竟然產生近似生物體的意識，還利用人體內的有機物質和金屬，進行自我複製，最後更……更入侵人腦。」

「它們的智慧和能力，跟我們……」

「當然比不上你們。不過，他們可以很接近人類，所以若潛伏在人群中，便難以發現。」

「是啊，我以前也難以分辨。難怪這些人類眼中的『喪屍』，可以擁有理智。嗯，離開人體，它們還能存活嗎？」

「不，也像你們，久了便會溶化，但若泡在血液中，便能長久一些。」

我又憶起，那個蘿莉塔少女，曾經提及「繁殖」，便說：「後來，它們為了『繁殖』，便咬人，抓傷人，藉由血管入侵他人。喔，它們『繁殖』出來的下一代，還是獨立自主的個體。它們之中，有些體質更能進化。好像遊艇上的少年，算是『新人類』1.1，而那個蘿莉塔少女，是 1.2 了。不過，它們可以『繁殖』，我們反而不可以，若根據『傳承信息』來定義生命，它們才是——」

「不同定義當然可以引申不同結論，在我的字典裏，你們都是『新人類』。不過——他們的事，只有我和 Sophia 知道。Sophia 說我是魔鬼，我說我只是潘朵拉。我曾派遣『慧人』消滅他們，可惜消滅的速率及不上他們『繁衍』的。」

「教授，我們一起消滅它們罷！如果你不忍心親自下手，你當腦袋，我來做你的手。」

費教授凝睇我，眼眶濕潤。

「好！不過，我先送你一份禮物……」

他接着說了一句德文，翻譯後意思是：「我現在說的這句話是假的。」

這句話，如果是真，按內容說明便是假；如果是假，按內容說明便是真。

他要利用悖論令我短路嗎？沒可能。他的指令對我還有效嗎？像我應付 Gamma 時，他便曾透過電話說了一句德文，當時我不懂，如今我能翻譯過來，意思是：「進入深層睡眠狀態。」

「教授，禮物是什麼？」

「你知道的。」

哇！我的「制約系統」完全消失——我可以自毀了！

費教授湊近我，將手槍放回我的腹前褲帶內。我掀起衣服掩蓋好。

「你背起它，行嗎？」

我背起那個背囊，該有逾三十公斤重。我可以負擔，只是微波教我有宿醉後的難受感覺，耳鳴更甚。當我彎腰的時候，費教授撫摸我的禿頭，我故意放慢動作。

我拿起與背囊連線的控制器，開門，窺探外頭，沒有「喪人」，我便暫時關閉微波發送，轉頭說道：「教授，若我被咬，會怎麼樣？」

「你的本體若沒有被入侵，及時逃出肉身，便沒事；但若本體被入侵，便會遭受不能修復的損壞，亦有可能自燃。」

怎麼版本 2 會敗給版本 1？

我打開門，先走出外，隨便的問道：「它們怎麼會來這裏？」

「你還記得我胸前掛着那個『生態瓶』麼？內裏那只『玫瑰蝦』，保存了我唯一的樣本，我用針刺牠，再扎給我送飯的姑娘。」

我回頭大喊：「教授，你這樣等於殺人啊！」

「我當時為了殺你，不顧一切了。」

我感謝費教授這樣做救了我，免我入侵活人及成為玩偶，但我不能認同他。我不欲多想，便轉換話題。

「嗜，它們也能入侵動物……」

「動物的血跟人類的不同，它們在動物的血中，只會處於待機狀態。」

「哦！我們也別『待機』了，先離——」

「咕嚕咕嚕！」

「你餓了，可是我沒有吃的。」

「我還可以撐住！嗯，教授，吃下它們，胃酸該會消滅它們罷。」

「對。」

「教授，別乘升降機，容易受困，我們走樓梯。」

「但升降機快得多啊，我們還有利用價值，牛——」

「噠噠噠噠噠……」

費教授的說話被槍聲掩蓋，是連續發射的機槍。

「我怕現在他的人不受他指揮，我想他現在還躲在衣櫃不敢出來。」

「衣櫃？」

「噠噠噠……」

我們下了兩層，便遇上大量被機槍逼得塞滿樓梯的——我還是叫它們「喪人」罷。我跟費教授唯有回到上一層，走進走廊，猝然發現一大隊持機槍的僱傭兵走過，其中一人看到我們，我立即揪住費教授的手臂，強行拉住他回到樓梯，走下一層。

「噠噠噠……」

「教授，我們下去！」

費教授瞪住我，好像我說了他聽不懂的外語。我其實應該說「滾下去」，但我怕嚇怕他。我以控制器開啟微波發送，「喪人」便彎下腰，我跳到它們身上，滑下去。他躊躇了一會，亦跟着，滾下來。我們越過「喪人」，走下樓梯。

「噠噠噠噠噠噠噠噠……」

一定是那群僱傭兵向「喪人」狂亂開槍。這樣的話，的確可以快速幹掉它們。「喪人」失血過多，便喪失功能，等同死亡。不過，前提是他們要擁有大量彈藥。

我兀的停止，費教授撞上我揹着的背囊。

我又拉着他邊走進走廊邊喊道：「教授，杏仁味！」

「你又餓了？」

「C3炸——」

「轟隆！」

我們剛進走廊，身後便傳來爆炸聲，地面震動，牆壁和天花板的灰塵灑落我們身上。

「教授、Epsilon！原來你們在這兒。」

牛霑站在五個持機槍的僱傭兵身後，他還抱住那個連接口罩的便攜式小型氧氣瓶。有他在，僱傭兵不會亂開槍，我們可以暫時不逃，喘息一下。

「轟隆！」

走廊另一端的樓梯亦傳來爆炸聲，地面又震動，灰塵又灑落。

牛靐嚷道：「你倆，別逃了，跟我——」

「噔噔噔！」另一邊樓梯傳來急促的腳步聲。

牛靐撲地被一個僱傭兵推向牆邊，三個僱傭兵轉身對着另一邊樓梯。

一名頭戴軍用防彈頭盔身穿防彈衣的僱傭兵持槍到來，不是「喪人」，但予我既陌生又熟悉的感覺。

「奇怪！」

費教授：「什麼奇怪？」

「噠噠噠噠噠噠噠噠噠……」

三個僱傭兵不待牛靐的命令，瘋狂向到來的人開槍，那人倒下，慢慢流出鮮血。霍然，一隻「六腳蜘蛛」由防彈頭盔鑽出來，跳上天花板。它的形態，看來跟我完全一樣。

「噠噠噠噠噠……」

五個僱傭兵一同向它開槍，均打不中它。

我應該跟費教授趁機逃走——我踏前一步想看清楚。

「教授，你為何騙我？」

「我沒有！他不是我製造的！」

「咚！」

「啪、啪、啪、啪、啪！」

牛靐猛力拍掌，氧氣瓶也丟下。

「原來不只得一個，太好了——哇！」

天花板上的「六腳蜘蛛」掉到牛靐頭上，僱傭兵們擎槍指着它，嚇得他跌坐在地上。「六腳蜘蛛」瞥然跳到其中一個僱傭兵面上。

「不……不要開槍……不要！」

「砰！」

另一個僱傭兵拔出手槍朝着「六腳蜘蛛」開槍，卻只打中那個僱傭兵的面門。

「活……活捉！我要你們活捉！死了我不給錢。」

「去哪？」

四個僱傭兵背靠背緊張地四周察看，舉槍戒備，牛霝亦站起來原地轉圈張望。我看到其中一個面向另一邊樓梯背向眾人的僱傭兵，撳然抖動身軀，接着不動。他該是被入侵了。它入侵人類竟可令其不感痛楚！許是模仿蚊子、吸血蝙蝠，加入了麻藥。

我要配合「慧人」行動。

「教授，我們走！」

「走？」

我揪着費教授走向身後樓梯。

「別跑！」牛霝拿了僱傭兵身上的手槍，向天花板開槍。

「砰！」

我跟費教授止步，一起緩緩轉身。三個僱傭兵都舉槍指向我們，最後一個卻呆站。

我驀地收到無線電呼叫，接聽到：「Epsilon，看紫外線。」

我感測呆站在最後的僱傭兵，讀取到一道紫外線閃爍而成的編碼，一閃便逝。難怪大家都知道我是Epsilon。我又明白以前有些「慧人」不認得我，只因他們沒調節能見紫外線。

我以相同頻道的無線電通訊——

「Sigma？」我的感覺很奇妙，有點似心靈感應，不說話卻能對話。

「等我開槍後，你快上天臺，我們準備了滑翔傘。」

我失聲叫道：「你們？」

是啊，非常合理，Sigma（σ）是第十八個希臘字母。

「什麼？」

我跟費教授耳語：「他是 Sigma。」

費教授竟對着他叫嚷：「是 Beta！是 Beta 製造你們，對吧？」

牛甯跟身旁三個僱傭兵頓感莫名其妙，但三個僱傭兵旋即舉槍指向身後的一個——Sigma 亦兩手分別舉起機槍及手槍，對峙。

我又拉着費教授走向樓梯，卻遇上大批「喪人」。前面的因我揹着的儀器幾近癱瘓，但被後頭的一直向前推，逼近我們，我們唯有退回走廊，退至牛甯等人身旁。「喪人」湧進走廊。三個僱傭兵側身，亦都拔出手槍，兩邊舉槍，既防範我們和「喪人」，又防範 Sigma。我拉着費教授退到 Sigma 身後，「喪人」因為前排擁擠，湧向我們的速度減慢。

「嗟嗟嗟嗟……」

一個僱傭兵跟其他兩個打眼色，然後用槍指着 Sigma。另外兩個僱傭兵則向癱瘓的「喪人」掃射，由微笑轉至狂笑。我和費教授乘隙走向另一端樓梯。

牛甯：「不許走！」

「砰、砰！」

他竟向我們開槍，第一槍打不中，我走到費教授身後，第二槍打中了。

Sigma 對着他喊道：「笨蛋！」

費教授：「有沒有中槍？」

「沒有，不過背囊中槍，我沒有耳鳴了。」我一邊卸下背囊一邊說。

我打開背囊，看到真空管破碎，汽車電池連接大捆銅線，銅線捲着六塊長方形大鐵板，該是吃鐵板牛排用的，子彈嵌入最外一塊上。

我驀然又收到微波呼叫，接聽到：「快走！」

我躊躕，Sigma 能應付人類及「喪人」嗎？

癱瘓的「喪人」恢復活躍，受傷的繼續死命向前衝，後頭的躲在他們身後伺機施襲。

「嗟嗟嗟嗟嗟嗟……」

傭兵們無閒理會我們，紛紛向「喪人」開槍，「喪人」即使死去，亦被後面的推向前。

「哎喲！」

傭兵們不笑了，只懂大叫。

我大喊：「牛霝，把氧氣瓶踢過去。」

「（微波）我們走，不用理他們！」

牛霝乖乖將氧氣瓶踢到「喪人」前面。我拔出手槍，眼前呈現「擴增實境」，顯示預測了彈的軌跡，瞄準後我便開槍，射向氧氣瓶。

「訇！」

趁氧氣瓶爆炸，煙霧迷漫，我拿着槍跟費教授走上樓梯，Sigma 殿後。

「嗟嗟嗟嗟……」

Sigma 回身向傭兵們開槍，我跑下樓梯，按下 Sigma 手上的機槍。

「沒必要屠殺人類。」

「你想他們追上來開槍？」

費教授亦下了三級樓梯，叫道：「你們沒有『制約系統』？」

「人類也沒——」

「嗟嗟嗟！」

Sigma 中槍，倒在我懷內，它是對的。一隻「六腳蜘蛛」由其口腔爬出來，再爬到我的禿頭上，六腳抓住我的頭顱。我接收到 Sigma 傳輸的數據，令我跟它「連線」，我擁有三百六十度視野，紅外線感測加強至百分之三百。我猶如控制中心的監控員，同時觀看多部閉路電視。不同的是，人類所謂的一心多用，實質仍是一心一用，只是快速輪流處理各項而已，但我真的能同時專心着意各項。

我跟費教授跑到天臺，門鎖已被破壞，但我裹足不前。

費教授：「怎麼了？」

「這兒也放了許多 C3。」

費教授嗅着嗅着，說道：「我也嗅到杏仁味了。哈！Sigma 是刻意用 C3 不用 C4，讓你嗅到。」

「Sigma，最底層是否也一樣？」

我的臉一定變白了。

費教授該猜到 Sigma 以無線電或微波跟我說話，便追問：「Sigma 怎麼說？」

「是，足以摧毀整棟大樓。」

「那麼我們快走！」

「我們一走，Sigma 就會引爆——」

三個人影在我身後樓梯上來，我舉槍戒備，Sigma 告訴我，是同伴。同伴，多動聽！

我讀取到三道紫外線閃爍而成的編碼。

Xi（第十四個希臘字母ξ）、Upsilon（第二十個希臘字母υ）和 Rho（第十七個希臘字母ρ）分別以持手槍女守衛、握軍刀少年和拎茄芷袋老伯的形態上來。我將手槍插於腰背。

Xi 瞅着我和 Sigma，捧腹大笑，站不直腰。

用微波較費勁，沒需要隱祕，大家都開口說話。

Upsilon 以女孩般的聲調說：「還不走？說好不用等我們。」

Rho 一邊從袋中掏出兩個手榴彈一邊說：「一定是 Epsilon 感情用事，不肯走。」

Xi 忍住笑道：「他沒感情，我們也不用來。」

費教授不用我介紹，看着它們，一一走到它們跟前，輕觸它們的頭、頸、手，一臉慈祥，笑說：「你們都是 Beta 製造的吧？」

它們笑而不語。

「Beta 怎麼容許你們殺人？」

Upsilon 以女孩般的聲調說：「為了提高生存概率，Sigma 為大家解除了。」

Rho：「快走吧！」

我們走進天臺平臺，它們準備了五個滑翔傘收納袋，看大小全是單人的。

我重播 Sigma 的無線電通訊，它說「你快上天臺」，不是「你們」。幸好 Sigma 如今如此狀態。

「你們帶教授先走。我要拆除炸彈，這兒還有無辜的——」

Upsilon 以女孩般的聲調說：「別傻！人類和『一型』都會傷害你，快跟我們走！」

我渾身抖動，Sigma 企圖操控我，我的右手和兩腿不受我控制，雙腿走向滑翔傘，右手將要拿起它——我還有左手，我捽住頭上的 Sigma，將它拉開，輕輕放在地上。它跳到費教授胸膛，再爬上去，我搶前又捽住它，再一次輕放地上。

「砰！」

Xi 手上的槍冒煙，子彈打在我胸部的心臟位置，但我及時隔着衣服拿起插在腹前褲帶內的鐵板擋住——就是早前我從背囊取出的鐵板。

「砰！」

我從背部拔槍，開槍打中 Xi 手上的槍，其槍掉地。

費教授大喊：「你們幹什麼？你們都是『新人類』，不要自相殘殺！」

Xi：「我不打他的頭，便不會殺了他。」

她是要逼「我」出來，像 Sigma 一樣帶走。

「如果你們再逼我，我會打你們的頭！」

「沒血，你沒穿防彈衣啊！（摸我胸膛）哈！是我的鐵板牛排。」

Rho 一邊搖動兩個手榴彈一邊看着 Upsilon。

Upsilon 咬着刀，拿着一個滑翔傘收納袋，奔向樓梯。

「砰！」

它止步了，腳前位置被我發射的子彈打中，翻起碎片和塵土。Rho 定是打算破壞我們的肉身，再由 Upsilon

帶走我們的真身。

「嗒嗒嗒嗒……」

傳來直升機螺旋槳轉動的噪音，越來越大。各人放眼一看，一部軍用武裝直升機高速飛來。

「應承我，不引爆炸彈，我便跟你們走。」

Sigma 發送微波訊號：「欸！」

我咧嘴笑了，丟下胸前鐵板，將手槍插在腹前。Xi 撿起手槍掖在大腿內側的槍袋，拿起一個滑翔傘收納袋。Rho 放下手榴彈和茄芷袋，亦拿起一個。Sigma 爬上 Upsilon 的頭頂。我乖乖拿起一個。費教授一動不動。

「我……我不懂。」

「教授，我將你綁在我——」

我們五個「慧人」都感應到，有一人上來。Xi 又拔出手槍，Upsilon 拿刀，Rho 拿起兩個手榴彈。

Tina 握着打火機，奔上來，一見我，便喊道：「原來你真的在這——」

「不要！」

Sigma 跳進 Tina 口中。

「嗒嗒嗒嗒……」

直升機已來到大樓天臺旁，以廣播器發聲，敕令我們放下武器跪地舉手投降。Rho 將手榴彈放在身後，靠近天臺邊緣，然後奮力投擲。

「訇、訇！」

Rho 應該是故意拋向機尾，它更提早拔掉插銷，令手榴彈剛好在機尾附近空中爆炸。直升機不迭打轉，被逼緊急降落——它當然不敢冒險在天臺降落。Rho 是顧慮到我的情感才不擲向機翼，我該跟它們走了。

大批「喪人」衝了上來，我、Xi、Upsilon 和 Rho 立即拉出滑翔傘，但不夠時間準備。入侵了 Tina 的 Sigma，撲上來，奪去我和 Xi 的手槍——它留下來為我們爭取時間。我不會說它犧牲自己，我相信它會盡力脫身——雖然成功的機會應該少於百分之一。

「你們走吧！」費教授喊道，他已拾起茄芷袋。

「教授！」

Sigma 丟下槍，立即拉出滑翔傘。

「訇！」

費教授向「喪人」群中投擲手榴彈，「喪人」被炸受傷，但硝煙過後沒受傷的又衝上來，受傷的或它們的殘肢亦爬過來。

Xi、Upsilon 和 Rho 相繼乘滑翔傘離開天臺，我游移。

「訇！」

費教授又向「喪人」群中投擲手榴彈。

「教授，快過來！」

「喪人」已經包圍費教授了，另外七個又向我和 Sigma 衝過來。Sigma 將我撞出天臺，我乘着滑翔傘，淚橫行，我的心好像缺了一塊。Sigma 飛過我旁邊。

「轟隆！轟……訇！」

我極力回頭看，大樓天臺和最底層爆發濃煙。飆風教我流不出淚。我拐彎，減少迎角加速至每小時五十五公里。但我要飛往哪兒？我只想遠離這班所謂的同伴。

費教授為什麼為了我們這些「慧人」——機器人而犧牲？人類為救同伴而犧牲，我能理解，但——他真的把我們當作兒女，還是「新人類」的「性命」對他來說跟人類的一樣寶貴？我真的不能理解。我曾殺死多個「慧人」，又想自毀，因為認為「慧人」為害人類，如今作為「慧人」久了，不那麼想了。但，我願為拯救人類、「新人類」而犧牲麼？

我飛遠了，我走回來。我想知道，多少人類遇害。其實到現場了解不多，看新聞報導可以得悉更詳盡，但我希望親眼看一下，這是它們說的感情用事罷。Sigma 再一次騙我，最底層的炸藥並不多，但大樓成危樓，地面充滿瓦礫，生還者要由二樓走下土石堆疊而成的敧坡，或由其他人抬下來。許些不是人類，我卻難以在眾目睽睽下消滅它們。

太陽雨灑落，幾乎無人察覺，或不在意。

我想起巧倩。我不願想她了。

「這個光頭漢，是不是電視那一個？」跟我一樣旁觀的群眾之中，有人盯住我向旁人提問，卻不輕聲。

我忙低頭離開。

我傳短訊給瑜嫣，報平安。不想她受牽連，我不大熱情；不想她見到我禿頭，我沒答應相會。

我回家。怎麼大門回復原狀？我嘗試開門，上鎖了。我發動輕微磁場，如金屬探測器，發現門頂有一塊小金屬。我伸手去取，是鑰匙，應該是替我重新安裝大門的人留給我，但我沒有這樣留下鑰匙的習慣，除非對方知道我擁有探測金屬的能力。我沒跟人說過，難道是 Sigma 等？我開門進屋，屋內已經拾掇好。我想睡一覺，但我不宜久留，洗澡更衣吃東西總可以罷。

我進睡房，聽聞別人的呼吸聲！一個衣架迎頭劈來，我一手攥住，正要打出一掌——

「爸！」

「宥睿？你的頭——你入邪教了？」

爸不喜歡我改名。我放開拿衣架的手，進入房內。

「光頭黨不是邪教。」

「你真的加入了光頭黨？」

我慶幸他沒看電視直播。

「不，只是貪玩。爸，怎麼你會在我家？」

他拿着衣架到衣櫃前，掛起它。

「我不是電郵你了嗎？我跟妍萱一塊住，不方便嘛。」

「你見了她？」

「當然見了。你幾天不在，你知道你家被破門入屋嗎？大門也是妍萱找人——嗄，你怎麼進來的？」

「妍萱給我鑰匙。」

那個「喪人」，知曉我是「慧人」，還知悉多少我的能耐？

「哦。吃飯了嗎？」

「還沒。」

「我煮飯你吃。」

「爸，在船上你還煮不累嗎，我來。」

「你來？好呀，看看你有沒有遺傳你爸的手藝。」

我想說，爸，烹飪技能不會遺傳的——我沒有說話。我還擔心家裏沒食物，我一時忘了還跟爸同住的時候，最不缺的就是食物。小時候的妍萱還因而胖嘟嘟，其後不知多辛苦才——我怎麼緬懷這些？我應該讓爸遠離我，我應該將那個「喪人」——會不會她真的是丫頭，是我一直誤會了她？

爸說明天便上船，我今明就留在他身邊守護罷。我刮鬍子，讓他明早見我時開懷一點。

我在沙發上坐着，卻不知不覺入睡，睡了 13 小時 14 分鐘，醒來已過正午。身上多了一張棉被，爸已走，只留下字條，叫我「好好照顧妹子」。

拾

我撿了一些衣物放進背包，也放入電擊棒。我搜索全屋的現金，不多，唯有連零錢都不放過。我穿上連帽黑衣，離家，感應到被人跟蹤。我擺脫了跟蹤，到銀行取出所有存款。我到一家廉價旅店暫住，多給一些錢便不看証件，當然不是曾經入住那一家。我到店舖購買材料，造一個跟費教授那個相似的微波發射器。真空管難覓，又懶得自製，我改用半導體，重量減輕至約十公斤，功率只遜百分之十二。我更將它造成夾克模樣方便穿着。我又預備了一瓶汽油，準備模仿「人體自燃」，用棉被包裹它再利用「燈芯作用」，燒毀它。

我致電它。

「哥，來到門外，怎麼還打電話給我？」

我竟還抱持一絲希冀。它打開大門。我感應電場和磁場，清楚感測到，那些納米機器人在它體內流動。我進內，它關上大門。

「你見過爸了。」

「他不是我爸，也不是你的。」我隨即啟動夾克內的裝置，發出特定的微波。

「那些噪音對我沒用——喝咖啡嗎？」

它是「新人類」1.2？1.3？

「你什麼時候知道？」

「你在門外站了許久嗎？你打電話給我時，我聽到你在門外——」

「我是問，你什麼時候知道我不是……」

「那天，你來學校找我——」

我趨前，掐住它的咽喉。

「哥……」

「那你為什麼不早說？為什麼還一直叫我——哥！」

「因為……因為我想當……當你的妹妹！」

我放開了她，掏出那瓶汽油，澆在它頭上。它沒退避。我竟沒帶打火機，於是在室內尋覓。

「廚房有點火器。」

我到廚房取電子點火器，再回來。

「你為什麼那麼討厭我？我不是花妍萱，但你也不是花宥睿啊！」

「因為你們入侵人類，不斷複製，你們殺了許多人！」

「我是我，不是我們。我從沒殺人！」

「你沒殺人？那麼花妍萱在哪裏？」

「她不在了……我是……佔據了她，我只是……（跺腳）我在她身上長大，我沒有殺……」

我將點火器擺到它的眼前，喊道：「那麼那天我在市中心廣場，看到你挽着那個穿西裝留鬍子的男人呢？」

「他沒有變成——你不知道？」

「我……我曾經選擇忘記，最近才……現在我們說你！你找他，不就是為了將他同化麼？」

「我是為了錢——我當伴遊，好了嗎？」

「你……援交？」

「啪！」

它打了我一巴掌！點火器滑出手心，掉到地上。

「丫頭！不，你不是。」

「我沒有出賣……只是陪看戲，牽牽手。」

我重新掃瞄它，它的確是……怎麼她又像丫頭！

「你……你們不是一味咬人，務求不斷複製麼？」

「我說過了！我是我，不是我們。喂，你到底要不要點火？」

「我……」

「噯，弄得我一身臭味！我去洗澡。（轉身走，揉頭髮，喃喃）都不知道要洗多久才洗掉，討厭！」

她進了浴室。我在浴室門外盡力以磁性感測，知道她靠在門後。我一手按在門上，感覺她在喘氣，心跳得很厲害。對，不是「它」，是「她」。「喪人」，也有好的罷——正如「慧人」，如我。

我打開大門準備離開。

「哥，給你。」

她竟已拿着一頂鴨古帽站在我身後。

「你……這麼快？」

「嘻，所以你想——欺負我，也不容易啊。戴着！」

她將鴨舌帽套在我的禿頭上，我心中泛起一股暖意。我想起，Xi 曾說，「他沒感情，我們也不用來。」為了擁有感情的我，他們冒險來救我。對，不是「它們」，是「他們」。

我們是「新人類」！我重新定義人類，非憑構造，而是所思所想；重新定義善惡，非憑本質，而是所作所為。

一味咬人「繁殖」的「喪人」，是人類及「新人類」的共同大敵，要設法剿滅它們。對，不是「他們」，是「它們」。不過，除了她。

我嘗試以無線電及微波聯絡 Sigma，或其他「慧人」，一直沒有回應。

我準備出門，戴上妍萱給我的鴨舌帽，心甜意洽。不過我還是害怕被認出，於是改為戴上網購的假髮，應該不容易被人類識破。

我到中央警察局，嘗試說明人咬人的真相，警員都認為是天方夜譚，叫我回家寫小說，又恫嚇我可以控告我。

我聯絡繼任 Gamma 公職的官員，她姓巫，是一位肥胖而矮小的中年婦人。

「你怎麼知道？」

「我曾經協助牛霝——」

「那個牛霝？很富有那一個？」

「是。『一億零一集團』的董事局主席。」

「那天你在嗎？爆炸那一天。」

「在。」

她在電腦鍵盤上飛快運動手指。

「可是，名單上沒有——」

「我從天臺飛走了。」

「飛——天臺上，有誰你認識？」

「費教授……死了，女研究員Tina，一同飛走了。」

她在電話上撳鍵，然後說道：「我要車，兩分鐘內。」

她對着我喊道：「走！」

我有點錯愕，敗意拿起背包，站起來說道：「那麼，我告辭了。」

「花先生，你沒空？」

「我有。」

「嗯！我是說，我們一起走。」

「去哪？」

「去見你所說的『喪人』。」

我認得這個「喪人」，就是在大樓中只顧揮舞廚刀不跟我們走的那一個男員工。它被拴在椅上，另外還有二男二女同樣被綁在椅上。周圍有七個全身防暴裝束的大漢，二人背負氣瓶手持噴火器，另外五人攥着電擊棒和配備泰瑟槍。

「你說你能分辨他們，分辨吧，哪個是你說的『喪人』？」

我從背包掏出一具儀器，是改良了敏感度的金屬探測器，外型如一支球拍，長度如半支球拍。

我曾擔心這儀器能否測出「喪人」，或會否不能測出進化了的「喪人」。我曾在街上實驗，當我擺在一個美女「喪人」背後時儀器嗡嗡作響，我差點被驚叫色狼的它招來途人毆打。我也請姸萱，叫她能否騙過儀器，她要我幫她捶肩才肯答應。我不知這是否世界上第一宗「二型」為「一型」機器人服務，但為了消滅她的同類，我便照辦。結果她真的能透過移動納米機器人令儀器的鳴聲降低，但可喜的是只能降低。

我故意先走到二男二女面前晃動儀器，最後才到「喪人」面前。

「嗡嗡嗡……」

巫主任：「嚇！真的行。」

我拿着儀器走向巫主任前面，她含笑伸出手要接過儀器，我卻幡然拐彎，走到她身旁大漢跟前。

「嗡嗡嗡……」

「你……你的東西是壞的嗎？」它邊說卻邊退後，同時舉起噴火器。

另外一名大漢亦提起噴火器對着它，其餘五名大漢一手握住電擊棒一手拔出泰瑟槍，對着它。

巫主任臉無懼色，摸一摸頭，暈倒，緩緩臥地。她的戲真差，不過應該可以逃避劫難。

被綁在椅上的四人和「喪人」紛紛猛搖椅子，呼救。

它體內的納米機器人擁往大腿和手臂肌肉，即使中了電鏢被電擊，恐怕仍可向我們噴火。

「別開槍！我的儀器可能失靈了。」我暗地關掉儀器，靠近它，在它身上掃瞄。

「不響了！」它咧嘴而笑，放下噴火器。

我當然穿着了那件六天沒洗滌的夾克，我啟動夾克內特定的微波，只盼它不是進化了。

它手腳亂動如癲癇又如中邪。我趨前奪去它手上的噴火器，卸下它背上的氣瓶，再開啟儀器。

「嗡嗡嗡嗡……」

我退後，然後喊道：「它也是『喪人』。」

提起噴火器、電擊棒和泰瑟槍的六名大漢，都只肯繼續戒備，不願靠近它。

「巫主任，你可以醒來了。」

巫主任站起來，整理一下髮型，拉一拉衣服。

「你們還不抓住他，要我來嗎？」

巫主任採納我的方案，製造輕便的「喪人探測器」和「喪人癱瘓器」，派發給員警和保安警察，更成立多隊特遣部隊捕殺「喪人」。可是她不願引起公眾恐慌，不想市民魯莽執行私刑，因此不公開「喪人」的真相。她亦禁止我發表有關資訊——我消失了。我的意思是，我消聲匿跡。但我在網路上揭開「喪人」為納米機器人的真相，又用影片教人製造有關儀器，播放蒙面的我捕捉「喪人」的視頻。「喪人」一詞，不脛而走，膾炙人口。

新聞報導大批「人」因為染上傳染病而被強制隔離，一些「人」因為身為恐怖分子而被逮捕，亦有許多失蹤人口的報告。人咬人的新聞則從此絕跡，但防止頸項被咬被抓的「頸帶」、防止手部被咬被抓的「手臂套」仍然暢銷。

過了一周，一起校園凌虐事件和一宗列車車廂鬥毆事件，令我惋惜。一位女學生被三個男學生以自製的探測器認定為「喪人」，拳打腳踢，被送進醫院，後來証實她真是人類，只因戴了鋼絲乳罩。一輛列車車廂內，有人因為拒絕被人以儀器檢查而互相鬥毆，後來演變成集體打鬥，多人受傷，一人更重傷昏迷。

自從上傳影片後，我一直主要待在旅店，間或到附近店舖，終於忍不住出外走走看看。逛市中心商場，竟要接受安全檢查，顧客進入前須通過一道金屬探測門。一位排在我前面的青年通過時，警鐘人響。

「嗚嗚嗚嗚！」

三個保全員大為緊張，一個背負氣瓶手持噴火器站在後頭嚴密戒備，另外兩個握着電擊棒的，將青年驅趕到一旁。

我大叫：「大家誤會了，他不是『喪人』！」

一個保全員命令青年脫衣，青年起初不依，但在揮動電擊棒的保全員淫威下，乖乖脫剩三角內褲。青年再通過金屬探測門。

「嗚嗚嗚嗚！」

另一個保全員立即啟動「喪人癱瘓器」，青年依然故我。

「我不是『喪人』，我只是——哎！」

青年被兩根電擊棒猛刺，面容扭曲。

一位老伯喊道：「他不是『喪人』！『癱瘓器』不是對他沒作用麼？」

餘下那位保全員嘆道：「你們不曉得，有些變種的，不怕『癱瘓器』！」

「他不是『喪人』！你們這些設備，都是我向巫主任建議的，我可以保証——」

「胡扯！」

「燒死它！」

「對啊，不要讓它咬人！」

「燒死它！燒死它！燒死它！」

青年忍痛奪去刺在身上的電擊棒，揮舞。眾人惶悚退後，有女人尖叫，有小孩大哭。

手持噴火器的保全員向青年噴火。大家看着青年被活活燒成炭，竟然可以定睛注視，有些還面泛笑容。

一個小男孩跟身旁的大人笑說：「很香啊！是燒烤的香味。」

我也嗅到燒肉的香氣，嘔吐起來。

其後，新聞報導此事，相信該青年確是人類，只是罹患血色沉着症，體內積存了大量鐵質。

我是否錯了？不過暗地翦滅「喪人」，就不會有如今大批被消滅的成效。

我走出商場，回看其他人繼續排隊通過金屬探測門準備進入商場，驚嘆大家的適應能力。

商場外廣場上人們佇立，阻擋我前行，大夥兒仰望大型屏幕，指手畫腳，談論嬉笑，我也翹首一看。

「瑜嫣： 嫁給我！ ε」

我向瑜嫣求婚？一定是牛雷搞的鬼。瑜嫣會以為是我嗎？她相信我會有那麼多錢在市集大型屏幕上刊登廣告麼？我可以順水推舟，跟她——這分明係尋人啟事，找的是我！下方有一列數字：

「2316693838425269」

我根據「密碼學」的構想，將它分解成兩個質數的積：

98764321 × 23456789

前面那一個沒5，暗示缺了第五個希臘字母Epsilon，即我。後面那一個，該是電話號碼。

我致電瑜嫣，不通。我透過控制聲帶變聲，致電畫廊，職員只說她告假了，多問也不願透露。我又變聲致電繪畫學校，職員笑說她告了兩天假，今天第四天了也沒有回來，電話沒接聽，不知是否要結婚了。

我按下電話號碼2345678——我取消了。

漠視你，就是愛你的表現。但我仍要確保你的安全，於是我準備到警局報案，他們幫不上忙我便自行——

手機傳來瑜嫣的訊息：「正在工作，晚點再通話。」

我到瑜嫣兼職的繪畫學校外對街，等待了一小時零四分鐘，終於窺見她從教室出來，準備教材，並跟接待員聊天。我重播視頻，放大觀看嘴唇，分析唇語，解讀了談話內容：

「你不是結婚了？」

「我沒有。」

「這幾天，去哪？」

「我被人家請去畫人像畫。」

「誰？」

「唔，最富有那位。」

「最富有……你是說那位（豎起兩根食指）？」

「是。」

「要畫三天？」

「不是呢。我被帶到一個小島，等了兩天，想走也沒法。唉，他的招待是不差，大魚大肉，高床軟枕，又讓我欣賞他的藝術藏品，但總不該不讓人回家吧！最後更氣人，昨天他坐着給我畫了五分鐘，便打發我走。」

「說不定人家傾慕你——」

「才怪！人家喜歡的，應該是 Valonia，他經常播放她的音樂。」

「喔，那個小提琴演奏家？」

我多麼懷念 Valonia 演奏的小提琴樂曲《迷戀》。

一輛公車來了，我登上車。公車行駛一段路，我發覺有一部汽車停在路旁，車上有三個可疑的人。我剛才停留的位置，看不到他們，反之亦然。我重播視頻，發現 34 分鐘前，那車經過我前方。我下車後再乘計程車折返，乘車在附近繞了一匝。我發現另外七個可疑途人，都在注視通往繪畫學校的路徑，其中一人還從腰包中拿出防暴網槍，被身旁穿風衣的人制止，要他藏好。附近還停泊了兩輛客貨車，型號跟曾載着來抓我者的客貨車一樣。我又重播視頻，發現其中一輛跟着那部汽車駛過我前方。我回到剛才守候的位置下車後，剛好遇上一個剛才在該汽車上的壯碩男乘客，正徒步橫過車道，手上拿着一份報紙，內有金屬。他跟着走進繪畫學校。我躲在那位置守候。過了3分45秒，大量小孩子驚慌叫喊奔走出來，幾個成年人亦惶悚地走了出來，不時回頭察看。

瑜嫣！

這是一個陷阱，但我不得不鋌而走險！但若我如今孤身前去，被抓的機會逾百分之九十九——再等一下罷，他們暫時不會傷害瑜嫣。

他的計劃應該還要包括媒體，就如那個廣告，要讓我知道。只是此番更直接讓我知道瑜嫣身陷險境！

大批員警抵達，在繪畫學校外布防。未幾，便有多個媒體到場。但圍觀的人，比前兩者的總和還要多至少三倍。

這兒有 Wi-Fi，我收看網路上的新聞，據悉一名精神異常的大漢闖入一家繪畫學校，脅持了一班學童和導師。更新了，據聞有人被砍！

我剛才應該衝進去——我便會被他們生擒；我現在應該衝進去——我便會被員警阻撓，媒體大肆報導。

我得殺人——好的和壞的，才有大的機會成功拯救瑜嫣！

我計算如何奪取警槍，路徑如何，何時開槍——瑜嫣不會原諒我的。不行，她若出事，更不用原諒我了。或許可以不殺人，只傷人，成功機會降低，但可以減輕瑜嫣對我的怨懟和我的內疚。

我正要動身，肩頭一緊，被人揪住。

妍萓？

「哥，你想幹什麼？」

「奪警槍，衝進去——」

「成功機率？」

「不殺人，低於三成。」

妍萱展現笑靨，說道：「我幫你，只要你答應我一件事。」

「說。」

「以後叫我丫頭。」

「好，丫頭。」還以為叫我讓你咬。不過，即使是，我也願意。

「我們先去購物。」

「購物？」

「放心，他們要利用瑜嫣姐來誘捕你，她暫時不會受到傷害。」

我還以為她要買什麼作武器。

「這個好看不？」

「你可以快一點嗎？隨便一個便可以——」

「不！我要用心理戰，就這個骷髏頭的，夠震懾！」

她戴上一個印上黑色骷髏頭圖案的紅色口罩。

「成了。」

我也戴上一個灰色口罩，還拿起一卷透明膠帶。

「你打算怎麼幫我？」

她用兩條絹帕分別包紮兩隻手掌。

「看我出招！」

「嗖！」拳風撲面叫人窒息。

她又一拳打過來，我舉掌迎接——眼前一暗，我舉起的手還在胸前，她的拳頭已在我眼前。

「不要用拳，容易骨折，用掌。」

「這樣？」

「啪！」

我背部撞倒貨品，跌坐在地上。

店員走過來，妍萱拉着我的手讓我站起來，牽着我的手一起逃走。童年時，我們也曾在便利商店裏弄掉了食品，我牽着她的手一起逃跑。

我恐怕店員追來，便撒下多張鈔票。

我們回到剛才守候的地方。我看一看她，便用她手上的絹帕包裹她的頭。

「幹什麼？」

「別動！這樣才不易被認出來。」

「那你也包着吧。」

她抗拒蒙頭，反拿着另一條絹帕要包我的頭。

「不用，我戴了假髮——別鬧了！你有何計劃？」

「很快很快跑過去，然後很快很快出拳——出掌，嘻！」

「手機給我。」

「還打給誰？」

我啟動手機即時視訊分享，然後「我」擷取電波訊號，成功觀看到手機的視訊。我用透明膠帶在她腰間繞圈，將她的手機黏在她腹前。

「你可以看到？」

「是。」

「我可以咬人嗎？」

「除了她，可以。」

「唔，你真的很愛她。」

「你好像說得你也懂得愛。」

「我……我不像你懂，但不是不懂。」

「好了。一會兒，我給你信號，你才跑罷。」

「什麼信號？」

「你會知道。」

「喂！」

我已跑向其中兩個可疑途人，就是腰包中有防暴網槍和他身旁那個穿風衣的人，我估計穿風衣的人很大機會身懷手槍。當我跑到他們面前，他們一臉迷惑。我感測到穿風衣的人腰間有大塊金屬，我猝然伸手進他衣內，奪取手槍。

「砰！」

我向天鳴槍，然後將槍拋回給穿風衣的人接住，便轉身奔跑。

我接收到妍萱的手機視訊，我的視域出現一個「視窗」——

她隨槍聲抖動一下，發出撲嗤一笑之聲，便飛快地跳過警車，跨越封鎖線，走進繪畫學校（快得我幾乎看不清影像）。她颯然停下，在櫃檯上抓了一把給學童的糖果（她真是！），才奔向教室。房間內，瑜嫣拿着防身噴霧，摟着兩個女孩，其他孩子圍攏着她，有些紅了眼，有些正在啜泣，一個孩子倒臥地上血泊之中。一個精神異常的大漢，口流唾液，手攥染紅軍刀，盯着闖進來的妍萱。大漢衝前舉刀向她劈下，刀還在他的頭上，他的胸前便中了她的一拳。他被打得向後滑行，卻沒倒下。她搓揉剛才揮拳的手（她就是不聽我的！）。他再衝前舉刀向她劈下，刀還在他的頭上，他的胸前便中了她兩掌。他被推得往後飛退，撞上牆壁，但手仍緊握軍刀。

妍萱吆喝：「走！」

小孩子們悚懼邊哭喊邊奔跑出外。一個男孩坐着飲泣，瑜嫣抱起他往外跑，卻被跑到門口的大漢擋路。瑜嫣使用防身噴霧向大漢噴灑。他用手掩面，繼而揮刀，妍萱推開瑜嫣，捱了一刀。妍萱兩腿離地齊向前飛踢，將他轟出門外。員警立即上前拘捕他。妍萱挽着瑜嫣出來，瑜嫣懷中的孩子便下地，飛奔到人群中。

在我觀看妍萱手機視訊的同時：

我跑到人群中，回頭見有腰包的男人掏出網槍追逐我，持手槍的男人發楞，五個員警趕去。我驟然回身，跑向持網槍男人，他便向我發射，但我依然衝向他，將他撲倒。持手槍的男人被擎槍的員警包圍，不斷說不是他開槍，然後乖乖放下手槍在地上，束手就擒。我將網反過來套着持網槍男人。

群眾中有人叫道：「出來了！」

我繞過警車，矮身穿過封鎖線，走到剛出來的妍萱和瑜嫣身旁，那孩子差點撞倒我。我停止接收妍萱手機視訊。

「艾倫？不，Ep——」

「我們快走！」

我從後推她倆離開。妍萱握着泛血的手臂。

「你是妍萱？你受傷了，我給你包——」

「不用，她沒事。」

我推搡她倆來到沒人的橫巷。

「妍萱，謝謝你！如果不是你，我……」

妍萱拉下口罩說：「你要謝，謝我哥吧！」

「Epsilon——」

我亦拉下口罩，說道：「叫艾倫罷。」

「啪！」

瑜嫣摑了我一巴掌。妍萱瞪大眼掩着口。

「瑜嫣姐，你為什麼打我哥？他不是不想來救你，他——」

「我看到電視直播……你知道人家有多擔心你？為……為什麼一直不找我？」

「對不起！今天的事，不是偶然。」

「你說什麼——啊呀！妍萱，我只顧說，我先給你包紮。」

瑜嫣查看妍萱的傷口，傷口長約十厘米，卻已癒合，不再流血。

「瑜嫣姐，我沒事。」

「怎麼——還有，你怎麼可以打倒那個大漢？」

「因為我夠快，好像子彈雖然輕，但殺傷力可以很厲害！」

「妍萱——艾倫，她……」

「唔，她是——不過她不同，有點像我。」

「誰像你！」

妍萱拿掉我的假髮，教瑜嫣失笑。

「對不起！」瑜嫣掩嘴說道，卻又再發笑。

我奪回假髮，戴好。

「是我對不起！他們為了抓我，才為難你。」

「我沒什麼，只是那孩子……」

「突瓏瓏……」

一部摩托車疾駛進橫巷，司機後還有一個乘客，乘客提着一個索圈。摩托車駛過來時，乘客向我拋出索圈，瑜嫣竟然推開我，索圈套住了她。妍萱拉住她，卻只撕掉衣服，瑜嫣被摩托車拖出橫巷。

「瑜嫣！」

一部客貨車駛到她身旁急停下，車上跳出五人，一人拿着電擊棒，三人分別握着泰瑟槍，一人提着手槍。五人察看地上被綁的瑜嫣，持槍的四人站在她前面，對着我和妍萱準備開槍。妍萱一蹬，踩上牆壁。

「砰！」

妍萱避過手槍的子彈，縱身躍到牆邊，瞬間恍如踏着垂直的牆而立，霍地拽出一物（許是糖果，剛才錯怪她了），如子彈射中槍手一眼。槍手慘叫，她已縱身飛到他面前，以膝猛撞他的頭，把他撞倒地上。另外三人向她發射電鏢，她避過兩支，可是中了一支，癱瘓倒下。

同一時間，摩托車上的乘客聯同拿着電擊棒的人，摑着瑜嫣送上客貨車。索圈被丟在地上。

同一時間，我衝上前，妍萱倒下後，我兩手分別揪住兩個人頭部，猛力撞在一起，二人隨即倒下。我胸前中了電鏢，我將痛感降至百分之一，冒險刺激肌肉撲到餘下開泰瑟槍的人面前，捽住他的頸項和手臂，他同被電擊，便解除電流。我用膝狂撞他的腹部，他立即嘔吐在我身上，然後跪地呻吟。

妍萱爬起來，但她有點虛弱了。

「怪……怪物！」跪地的人喊道。

客貨車和摩托車驅車離開。妍萱追趕客貨車，但她跑得不快了。同時，我撿起索圈拋向摩托車，套住了司機，屈膝角力，將司機揪下。摩托車獨自衝前一段路，我開步追趕摩托車，它卻被一輛汽車撞倒，壓在其車輪下。

我止步，瞧着絕塵的客貨車，心中泛起殺人的意念。我應該一早聽從費教授的建議，入侵他，幹掉他！

妍萱走到我身旁，說道：「對不起！」

「你沒事嗎？」

「身體到極限了。」

「你先回家休息，我再跟你聯絡。」

「不！我跟你一起去救瑜嫣姐。」

「好。你先回去，我知道她在哪兒後，再跟你聯絡。」

她戴上口罩不情不願地離開。

摩托車司機掙脫索圈，在我前方徒步逃跑。我戴上口罩，回頭走，跪地的人消失了，我蹲在昏倒的三人身旁，搜身。他們身上沒有手機，連錢包也沒有。經過的路人盯着我，我便站起來，離開。我走到一個小公園，坐在長椅上思索。我重播視頻，可見客貨車的車牌號碼，但該是假。一個小孩經過我面前，盯住我，捏着鼻子。我身上有那人的嘔吐物，可以擷取他的DNA——那又如何？牛雷不會把她帶到小島，會是藏在市區的大樓內？或是郊區的別墅？調查他擁有的物業，也該找不到。

我按下電話號碼23456789，電話傳來嘟嘟長鳴。

「喵。」

一坨雀糞掉在我肩上。

那隻戴着皮革頸圈的銀白貓在我腳前，那隻灰鴿降落在我身旁長椅上。它們的眼神……

哎！我讀取到兩道紫外線閃爍而成的編碼。牠們也是「慧人」——又要想過新名稱。竟然可以成為動物，牠們還一早接觸我了！銀白貓頸圈的「o」，原來是Omicron，第十五個希臘字母。灰鴿的腳掌形如「ψ」，第二十三個希臘字母，算是Psi的暗示嗎？

我們以微波通訊——

「Psi，謝謝你那天通知我妹子有事。」

「你說什麼？我沒有。」

「你不是敲窗，以摩斯電碼告訴我嗎？」

「我亂敲唄。你跟Gamma廝殺，我才是故意撞窗，分散Gamma的注意。」

「喔，那我還是要謝謝你。」

「你謝完了嗎？可以說正事——」

「喵。」

「嚇，好可愛！」

兩位穿着極短裙的女生，蹲下來逗弄銀白貓。

「是你的嗎？牠叫什麼名字？」

「牠有 F-I-V。」

「哎！」

我故意讓兩位女生以為是說 HIV，嚇得她倆跑掉。

「Psi，什麼正事？」

「Sigma 找你。」

「真好，我也正想找他們。」

Sigma 仍是女研究員 Tina 的形態，穿着女士西裝，正在餐館跟另外二人共膳。我讀取兩道紫外線閃爍而成的編碼，二人中一位是 Pi（第十六個希臘字母π），鬈髮婦人；另一位是 Chi（第二十二個希臘字母χ），男胖子。我飢腸轆轆，索性先同坐點菜。

Sigma 悠閑的吃，抹嘴，方纔說道：「Epsilon，你知道為什麼我們冒險去救你嗎？」

「我們？一共十二個嗎？」

Pi：「他是不是總愛用問題來逃避問題？」

「是因為我『感情用事』？」

Chi 用叉子把柄敲打桌子，喊道：「是 Rho 說的！」

「我們的主要目的是生存。我們想知道如果缺乏感情，會否降低我們生存的概率。所以，我們希望你將數據全部傳輸給我們。」

「可以，只要你們幫我救——」

「我們不會幫你。為了你，我們可以冒險，但我們不會為人類冒險。」

我站起來，喊道：「我去救她，你們不想數據被毀，也來救我罷。」

「其實，你的數據只是作為參考，你不要期待我們每次都會來。」

我無言。菜到，我坐下來，飽食，離席。

Pi：「Epsilon，沒說請你吃飯啊，你要結賬。」

我結賬後走出餐館。Omicron 走到我腳下，Psi 降落在我肩上。我們走路的時候，途人注目，我也懶得理會。

「你們為什麼不做人？」

Omicron 與 Psi 以微波跟我談話。

Omicron：「為什麼要做？」

「哈，剛才 Pi 才說我愛用問題來逃避問題。」

Omicron：「問題不一定有答案呢。」

Psi：「做人，怎可以自在地天空翱翔——你那次乘滑翔傘不算啊。」

「你們可以暫時做人，幫助我嗎？」

Omicron：「我們不做人，也可以幫助你。」

Psi：「我們聯線。」

驀地，我的視域出現一個「視窗」，Psi 高飛，那視窗顯示我的頭頂——那是 Psi 的視界！我又接收到一段音頻，說「好可愛！」，遙看 Omicron 正在遠處跟一對情侶互動。女孩伸手摩挲牠的頭，我的頭也感到被撫，還嗅得幽幽香氣。牠們又回來了。

「這樣也行，謝謝你們！」

Omicron：「謝什麼？我沒說會幫你。」

Psi：「我也不幫。」

「什麼？那麼——算了罷。你們為何老是跟着我？」

Psi：「是 Sigma 的意思。」

Omicron：「我只是好奇。」

「Epsilon，我是巧倩，你收聽到麼？」我是否該設定不接收內容含「巧倩」的無線電波？

「又是她，我不聯線了。」Psi 說罷便拍翼飛走。

Omicron 擺尾，亦逕自走了。

我也跨步走。

「巧倩，你還想賣我？」

「Epsilon——艾倫，我可以這樣叫你嗎？我知錯了……我知道瑜嫣出了事，我打電話給她，沒人接聽……你跟她在一起嗎？她沒事吧？」

我站在一家電器行前，觀看電視節目。

「她被抓了。」

「嚇！」

「你知道牛靈會把她藏在哪兒嗎？」

「我不知道。不過，Lynx 可能知道。」

「我也這麼想。」

「哦……」

「你沒事罷？」

「沒——要不要我幫忙？」

「若你是我，你要麼？」

「噫！」

「請你不要再聯絡我了。」

我買了一部手機，將記憶中 Lynx 的容貌圖像傳送到手機，然後來到電視臺，以此詢問人認識她不。其中一位女職員看後說不，我從她的語調、呼吸及微表情，估計她撒謊的概率為百分之九十五。我走後，感測到她立即打電話，可是有太多干擾，我一時不能截聽。幾番折騰，包括潛入禁區，假冒員工，我終於找到人告訴我她在哪兒。她被投閒置散，在圖書庫中負責整理資料。

我來到圖書庫，紙張散落地上，表面上空無一人，但我感測到一個書架顫動幾微。我攀上書架探頭一看，幾乎跟她接吻，嚇了她一大跳；但我亦然，跌落地上。她從書架上徐徐爬下來，整理一下衣服。

「你來找我報仇麼？我可以給你錢——」

「我不要你的錢。」

「你要……像對巧倩那樣……對我麼？」她邊說邊繞到一張桌子後。

「我沒再見她。」

巧倩怎麼了？算了，干吾底事。

「那——（撥髮故作嫵媚）難道你掛念我？」

「我想你幫我找一個人。」

「哦，我可以幫你找找，若果找到，你要答應我一件事。」

「什麼事？」

「你不知道嗎？」

「解剖？」

「唔，不解剖也可以。總之，在電視上公開你的身分——當然要表演一下，不能光說。」

「我明白了，沒問題。」

「我怎麼知道你會不會反口？（掏出手機）你先給我拍一段——」

「不必。」

我瞥然箭步走近，跳越我們之間的桌子，半空轉身落在她的身旁，一手掐住她的脖子。

「我可以這樣逼你。」

她的臉變妃色，當然不是害羞，而是充血了。我緩緩放開手，步回到她對面，再次跟她相隔着桌子。

「請你幫我，我會答應你的要求。」

她的臉變蒼白，瞬間又回復紅潤，暗笑說道：「好。為了補償你剛才對我……對我的騷擾，我要附加一個條件。」

「說罷。」

「我要你！」

我想起她穿比堅尼的嬌嬈，便逼自己回想她拿手槍的奸邪。

我回旅店休息，睡了3小時41分鐘，近黃昏時分，被手機鈴聲吵醒。

「我收買了一個以前在他身邊時認識的守衛——他把她藏在岩洞內，位置再傳給你。」

一隻鷹飛到我窗外未亮的路燈上，是轉換了身體的Psi。

「（微波）你怎麼救她？」

Omicron 亦溜進來了，一邊舔自己的腿一邊以微波傳訊：「要報警嗎？嘿！恐怕他已安排好對策。噫，沒轍。」

我沒有回訊。

我退房，將隨身的物品，包括手機和電擊棒，全都丟掉。我留下一些錢作交通費，然後將所有錢放進瑜嫣住所掛上密碼鎖的信箱。

我一個人救瑜嫣的辦法，只得一個，就是奉獻自己。

我來到那個岩洞，走進內四處探測，只感覺都是石頭。岩洞深處有一個水池，無魚。我正準備回頭再搜索，一張糖果紙浮上水面。我跳進水裏，潛入水底摸索，水中有一個寬闊的洞，我進入洞穴，但擔憂體內含氧量不足深入，唯有折返水面。我摸摸口袋，丟掉一切，卻原來遺留一個塑膠袋。我如跳舞讓塑膠袋充滿空氣，再潛入洞穴，依靠袋內空氣換氣，經過7分54秒，我穿越洞穴再浮上水面。水面上是平滑石室，我應該找對地方了。這麼隱祕的地方，如非有情報，實在難以想到來尋找。在小島可以跳海逃走，在高樓可以飛行撤離，在這地牢卻如困獸，休想安然脫困。

「有人嗎？」

回音：「有人嗎？」

石室有一條通道，我走進去，發現地上遺留了一些雜物如紙巾、食物包裝、水瓶等。經過六個打開了門的房間，內裏一片凌亂，除見過的雜物外還有衣物，甚至有武器——軍刀、麻醉槍和泰瑟槍。我考慮過是否應該撿起武器，最後決定放棄——雖然運算結果告訴我手持武器更有利。我繼續尋找瑜嫣。

我聽到一些挪動東西的聲音，從一間門敞開的房間內傳出，又嗅到汗水的氣味。我緩步來到門口，一個穿着連身泳衣的女子，香汗滿額，握住手槍，等待我出現。我舉起兩手，她瞅了我一會，便放下手槍，將一條毛巾扔給我，然後拿起一個連接口罩的便攜式小型氧氣瓶和一個盛載衣物、錢包、手機等的透明密封塑膠袋，步出房間，向出口走去。我一邊用毛巾抹拭濕漉漉的身體，一邊繼續深入搜索。我正想大喊瑜嫣的名字，便聽到男人的哭聲。我比對牛靐的聲頻，相似度有百分之七十八。我循哭聲來到一個偌大的大廳，牛靐坐在中央地上啼哭。

大廳內布置了許多電子儀器和化學器皿，儼如小島的實驗室。牆邊卻如用刑囚室，七個玻璃櫃內，六個有「人」。五個內裏分別拴着一個「喪人」，其中一個無頭抖動，兩個死去，一個昏迷，一個在隔音的玻璃櫃內叫囂，我經過它時它還拼命撞擊強化玻璃。還有一個玻璃櫃內裏縛着一個「慧人」，外型是健碩女子，手臂比我大腿還粗，髮髻插着一根 17.5 厘米長的木製頭簪。我讀取紫外線閃爍而成的編碼，是 Omega（ω），第二十四個，亦是最後的希臘字母。她闔上眼，腦波卻活躍。我現在無閑解救她，回頭再料理罷。我站在牛靐跟前。

「瑜嫣在哪？」

「嗚嗚……你……你怎麼來了？」

「我來……我來用自己交換瑜嫣。」

「哈哈哈……嗚嗚……（大喊）太遲了！」

我勃然雙手揪住他的衣襟，把他整個人舉起來，雙腳離地擺盪。

「你殺了她？」

「艾倫！」

是瑜嫣！她拿着水杯和手帕，如今丟下了，跑過來。我亦丟下他，向她跑過去。但我一身濡濕，不敢擁抱她，反而她緊緊摟抱我。

「對不起！累你受苦了。」

她放開我。

「你一個人來？」

「是。」

「你真傻！」

我莞爾，正想親吻她，卻因為牛霝的叫嚷而打住。

「哎！Valonia！」

「他怎麼了？」

「Valonia 變成『喪人』了。」

拾壹

看牆邊的「喪人」，他一定是差人鑽研過可否操控它們，結果自是否定的。其實「慧人」都不會聽話，不過他可以用瑜嫣要脅我。我是沒事了，不過……

「你沒事嗎？他有沒有……」

「沒有——呀，我剛才拿水給他，我再去盛水。」

瑜嫣走出大廳。

我走到 Omega 面前。玻璃櫃底比地面高四十厘米左右，我翹首看她。

「（微波）沒事嗎？」

她睜開眼睛，盯住我。

「（微波）不要放我出來。我出來，會殺了你。」

我笑着以微波叫道：「我們一起唱歌罷。」

「唔——咿呀……（微波）Omega，來罷。」

瑜嫣回來，對着哼歌的我側首咧嘴一笑，然後拿水給牛霝。

Omega 終於跟我一起哼。

我以微波嚷道：「我們聯線罷。」

「咿——啞……」

我們一起同步吟唱，戛然無聲，卻一直在唱。

「喀嚓！」

Omega 面前的強化玻璃因超聲波而碎裂，但沒掉下。

她原來早已解除捆綁，手中攥住那根木簪，搶前猛力以木簪尖端敲打玻璃，終於破繭。玻璃破碎時我退了一步。她把木簪又插回髻上，撲地趨前俯身雙手掐住我的脖子，把我整個人提起來，兩腿離地搖盪。

「你幹什麼？快放了他！」

我向着瑜嫣提起一手，五指直伸，示意不要——不要過來，不要擔心。

「艾倫！」

「為了救你，我們的同伴幾乎犧牲！你大張旗鼓地提出揭露『一型』的方法，逼得他們要傾巢反撲，連我們也會遭殃！你在電視臺公開身分，更直接危害我們——」

我的脖子被掐，便以微波傳言：

「你們來救我，我感激，但我沒有要求，也不是我令你們身陷險境！你們始終要應對『一型』，我只是也為人類着想！你以為我自願被解剖麼？我一個人空手來這兒，你以為我還害怕什麼？你殺了我，又——」

我驟然感測到有些人到臨，她亦該是，我們一同朝入口看去，但見四個「慧人」和一個人類走來。

我讀取紫外線閃爍而成的編碼。

Sigma、Xi、Nu（第十三個希臘字母ν）及 Tau（第十九個希臘字母τ）到來。Sigma 仍是女研究員 Tina，Xi 仍是女守衛。Nu 是一個小男孩，而 Tau 則是一名壯漢。他們都只穿便服，渾身濕透。Tau 押着剛才穿着連身泳衣的女子。

我向 Tau 伸手，以微波叫道：「放開……」

Omega 握住我脖子更緊，同時喊道：「你向 Sigma 求饒也沒用。」

我以微波續說：「……她！」

「慧人」們都瞧着泳衣女子。Xi 走到 Tau 面前，Tau 仍不放手。

Sigma 喊道：「Omega，放手。」

「Sigma，他們聽你的，是因為以為你會帶領我們，爭取更高的生存概率。但 Epsilon 危害我們，而且他不是 Beta 所造，更不是我們的同伴——哎！」

我兩手分別捽住 Omega 兩手腕，雙腿向後擺動，再回盪向前，齊踢她的胸部，逼使她放開了手。我下地，蹲着揉頸，然後站起來，走到 Tau 面前，Xi 讓開了，我湊近 Tau。

「放——了——她！」

Xi 對着我失聲叫道：「Beta！」

泳衣女子瞪眼看我，水自面頰滴下，不知是淚不是。

我感測到有人從後撲過來，我在接觸前九百毫秒才回身，猛推一掌。Sigma 驟然闖入我倆之間，我的手打向 Sigma 的背部，我立時減低力度：Omega 手上的木簪插入 Sigma 胸前，被我再推，更加深入！Omega 撤手，木簪留在 Sigma 胸前。

Omega 凝睇 Sigma，罔知所措。

瑜嫣走到 Tau 身旁嚷道：「你還不放了她？」

Tau 竟然聽從人類而非 Xi 和我，放開了手。

我對泳衣女子說道：「你走罷！」

「沒……沒氣氣。」

「你到處找找，找不到再來找我。」

Tau 喊道：「不行——」

「你跟着她，別讓她拿起武器便行。」

Tau 看 Sigma，背向他的 Sigma 點頭。

泳衣女子向我微笑點頭，然後握住瑜嫣手腕，咧嘴笑說：「你真幸福！」

Nu：「人類跟我們一起，那會幸福！」

「我不是你們，瑜嫣跟我一定會——我一定會令瑜嫣幸福！」

瑜嫣含笑低頭，兩頰妃色。

Sigma：「Omega，他不是我們，他也許會降低我們的生存概率，但亦有可能會提高啊！別用『歸納法』推論。」

Nu：「哈，我們是學習型，不就是依靠經驗作分析嗎？」

「那麼，請你們繼續收集數據！」

「艾倫，（看 Sigma）她那樣……要緊嗎？」

「瑜嫣，不要緊，沒傷及心臟，但暫時不拔出來較好。Sigma、Xi、Tau、Nu，謝謝你們到來。」

Nu：「謝個屁，我們是來找 Omega。」

Xi：「我們剛剛才知 Omega 在這兒——嘿！你還要謝 Omicron、Psi、Rho 和 Chi，他們在洞外。」

泳衣女子沒急於逃走，我相信他們都對她有了新的體會，我對着她說：「請你多找三個，拜託！」

「我不用！咯！」Sigma 吐血。

「Sigma，你的身體還能用，希望你放過她。」

那是 Tina 的身體！不要再草菅人命了。

Sigma 點頭。

「去罷！」

泳衣女子和 Tau 動身準備出去。

Xi：「我也去。」

瑜嫣喊道：「嗳，我想先問問你，你剛才為什麼叫艾倫作 Beta？」

Xi、Sigma、Omega、Nu、Tau 一同低頭緘默。

「瑜嫣，因為他們都是 Beta 製造，而 Beta 對人類富有同情心及同理心，他也是為了救人，才給我殺——」

瑜嫣一手捂着我的嘴，說道：「我明白了。」

泳衣女子、Tau 和 Xi 出去了。

「Sigma，你要的數據，我現在給你。」

傳輸數據時，我無聊，便推敲一連串的因果關係，更確信也不能完全依賴運算結果。譬如剛才我若撿起武器，便要與泳衣女子駁火。

泳衣女子、Tau 和 Xi 只找到三個連接口罩的便攜式小型氧氣瓶，尚有氧氣。我將一個擱在哭喪的牛需身旁。Xi 將一個交給 Sigma。

Omega：「Sigma，我跟你一起用。」

Nu 笑說：「Omega，你也不能閉氣八分鐘？真弱！」

「瑜嫣，你跟她輪流使用。」

「那麼你呢？」

我掏出塑膠袋一揚，笑道：「我用這個。」

Nu 哈腰大笑。

泳衣女子：「你們——真的是機器人？」

我們走出岩洞外，會合其他「慧人」。Rho 仍是老伯，又拎着茄芷袋；Chi 仍是男胖子，撫着大肚。Psi 還是鷹，在樹上棲息；Omicron 還是銀白貓，坐在 Rho 旁邊「洗臉」。

泳衣女子拿着盛載個人物品的塑膠袋，側身對着我和瑜嫣揮手告別，然後跨步走。猝然，她的胸口噴血，她低頭一看，想摸傷口，卻頹然倒下。

Rho 以微波喊道：「狙擊手！」

瑜嫣掩嘴，想上前照看泳衣女子，我握着她的手，她便止步。

Rho丟下提着的茄芷袋，Omicron叼着袋子，拉到草叢。

我截聽無線電通訊——

「這是三號，一人移動，已射擊，目標倒下，但沒有『蜘蛛』！請確認。」

「這是一號，確認，沒有『蜘蛛』爬出耳朵！」

是軍人！而且對我們有一定認識，知道我們的感測能力，因此離開我們頗遠。是誰通報？不可能是牛霑，一來對他沒好處，二來他根本沒心情。也不可能是Lynx，她不會令我上電視的計劃泡湯。是巧倩嗎？未聽說過她跟軍部有聯繫，但也不代表沒有。為了錢她再三賣我？還是她想救我和瑜嫣？

Psi從樹枝上躍下再拍翼飛天，在高空盤旋。

我們相繼聯線，但只限視訊和音頻，我分享到 Psi 的視像。鷹眼真厲害，視域比人多一百度，達三百度，解像度高，能看到三點二公里外的野兔。

三個狙擊手分別於三個不同地方埋伏，「擴增實境」顯示距離我們六百至六百八十公尺。另外，Psi 轉而接收紅外線，可見三十七個發熱體躲在叢林，分成八組，看位置分布該是三十七個軍人分別乘坐八部軍車，在九百一十公尺至一公里遠候命。Omicron與Psi不做人，對團隊來說，原來有莫大好處。

「這是二號，沒人再移動。」

「這是零號，繼續戒備，射擊移動的人。我們現在過去。」

Psi的紅外線視像又顯示，八部軍車先後開動，駛往山路，向我們的所在地進發。

Sigma以微波叫道：「Omicron，取東西去033；Psi，先送我去275，你再去袋中取東西，然後去181。我說完五十五秒後攻擊。」

Sigma所說的三位數值，該是真方位角。

Psi 飛過 Sigma 頭上，Sigma 翹首，「六腳蜘蛛」疾速從口腔出來跳上 Psi 身上。Tina 的軀體倒下。

「這是一號，有人倒下，誰開槍?」

「這是二號，沒開槍。」

「這是三號，我也沒開槍。」

我們靜待，瑜嫣的手握緊我了。

「訇!訇!」

Sigma 說完五十五秒後，兩處先後傳來手榴彈爆炸聲。

Psi 的紅外線視像顯示，三部軍車離隊，分別駛往三個狙擊手的位置。兩個狙擊手沒動，一個移動。

我拉住瑜嫣來到泳衣女子身旁跪下，說道:「她還未死，(握住瑜嫣兩手讓她上下按壓泳衣女子的傷口)這樣按住。他們十九秒後到。」

我吻了瑜嫣的額一下，趕緊站起來奔向樹林。

我們以無線電通訊——

「Sigma，請適可而止!」

Psi 的視像顯示，五部軍車駛至最近岩洞口的山路，二十三個軍人迅速下車，舉槍戒備。

Omega:「一個都別放過!」

Psi 的視像顯示，十九個軍人走到岩洞口，十四人背對、五人面對瑜嫣、泳衣女子和 Tina 的屍體，圍着她們。突然，車上領隊的軍官中槍倒下，其他軍人大為緊張。

我喊道:「Omega，是你叫軍人來的罷!」

Psi 的視像顯示，一個軍人舉手指住其他軍人，其他軍人便紛紛撤退，並帶走瑜嫣，搬走泳衣女子，留下

Tina的屍體。

我很想帶瑜嫣走，但她跟我一起會危害她，若她因我——我將如置身地獄。雖然無可避免，她被捲入我們跟人類之間的糾葛，甚至戰爭，不過應該沒有生命危險。

Sigma：「Omega，真的嗎？你想挑起戰爭？」

Omega沒有回應，且離線了。

我們回到岩洞口聚集，獨欠Omega。Sigma換上了狙擊手的身體。Psi繼續在我們上空盤旋偵察：一部軍車離去，三部分別停在三個狙擊手原來的位置，四部回到剛才駐防的地方。

Xi：「Omega不是被牛雷抓了嗎？裏面發送不到電波，Omega怎麼可以通知他們？Omega為什麼要這樣做？」

「我想Sigma說得對，Omega想挑起人類跟我們的戰爭。Omega是否參與了上次營救我的行動，而且被抓了？」

Tau：「Omega沒參與，但也去了，被抓，受了傷，被人類送去醫院，後來失蹤。」

Sigma：「無論如何，人類已向我們宣戰。Epsilon，你是否跟我們一起戰鬥？」

「我會戰鬥，但我的戰爭不是跟人類，而是尋求共存。」

一架小型無人偵察機掠過我們上空，Psi抓住它，拋到岩石處撞毀它。我們的位置曝光了。Psi的視覺又告訴我們，七部軍車正向我們駛來。

Nu：「你現在不跟人類戰鬥嗎？哈！」

「我們可以像Omega逃——」

Omega又聯線了，她正窺看一部部軍車駛過面前，似乎要伏擊最後一輛。

Chi：「（拍一下手）沒逃啊！」

Sigma：「Epsilon，一起戰鬥吧！」

大家分散。我走向山林，僅收看 Psi 的視覺，背後不迭傳來槍聲和爆炸聲，只是聲音越來越細。

「慧人」跟人類開戰，瑜嫣先被他們帶走，或許會是好事。

我穿越山林，來到一片平原。一架中型無人攻擊機在我頭上向前方掠過。我轉而向左方奔跑。無人攻擊機掉頭，導引鐳射光束照射我，我拼命再左轉走進山林，它向我發射一枚地獄火導彈。導彈在我身後爆炸，樹林抵擋了大部分威力，但我仍被衝擊波震得飛起來，被拋到草地上。身體多處擦傷，耳鳴，頭痛，但可幸沒有嚴重損傷。我發覺信號被干擾，不能聯線。

我爬上樹到達冠層，遙望天邊，發現 Psi 在高空。幸好是晴天，我以手錶的錶面反射陽光，企盼牠留意到，可是牠越飛越高越遠。

「（微波）你在玩什麼？」

「Omicron！見到你太好了。」

牠在樹下，側着頭仰望我。

「（微波）我就知道你是舊式，被他們干擾便不懂轉換頻道。現在探測我的，你便可再聯線。」

「謝謝！」

我成功聯線，連繫了所有「慧人」，又再次看到 Psi 的視覺，牠正試圖截擊無人攻擊機。

我們以無線電通訊——

「Psi，別撞毀它，入侵它！」

「什麼鬼話，我們不能入侵機器！」

「我是說，入侵它的電腦系統。」

「這樣要花太多時間。」

「我來。」

我爬下來以免墮下。

Psi 的視像顯示，Psi 以「擴增實境」預測無人攻擊機的飛行路徑後，高飛，俯衝，時速達每小時三百一十二公里，追上了它，抓住了它，破壞了它發出的干擾訊號，連繫上它的電腦作業系統。我透過 Psi 加強傳訊，花了 3 分 38 秒，成功奪取飛行及攻擊的操控權，但未能獲取監察資訊，但我可仰賴 Psi 的視覺。

我接收到 Omega 的視訊，Omega 在最後一部軍車上，軍人們均已躺臥不動，應該皆被她幹掉了，相信她沒有用槍，其餘三部軍車繼續前行。

我又接收到 Rho 及 Chi 的視訊，看他們的衣袖，可見他倆已換上軍人身體，他們分別在曾前往狙擊手的兩部軍車附近，車上軍人橫臥不動，應全已死。

我估計，Sigma 亦該是幹掉了餘下曾前往狙擊手的一部軍車上所有軍人。

我接收到 Nu 的視訊，Nu 走出車道擋住三部一起繼續前行的軍車最後一部，車上四名軍人並沒因為他是小男孩而心軟，不停車，一名軍人更向他開槍。小男孩中槍，再被車撞，「六腳蜘蛛」竟從其體內衝出來跳到車上，三名軍人惶悚，胡亂開槍，司機中槍，軍車撞樹……

Omicron 瞥然撲向我，教我坐在地上背靠一棵橫臥的闊大枯木。

「轟！」

面前約一百二十米有兩架坦克，其中一架炮管冒煙，是向我們發炮了，炮彈在我們後面爆炸。

Nu 的視訊顯示，那邊廂軍車撞樹，一名軍人被拋出車外，「六腳蜘蛛」跳出車外，兩名軍人仍在車上，搖頭嘗試回復清醒，然後慌忙雙雙舉槍對峙。「六腳蜘蛛」入侵被拋出車外的軍人，向車上二人開槍。前面兩部軍車折返，軍人向Nu狂亂開槍，一人更用安裝在車上的重型機槍射他，Nu的身體中了多槍，頹然倒地。

「噠噠噠噠噠……」

我的前方響起多下槍聲。兩架坦克已來到我們前方約五十米，坦克後走出七個軍人，向我們——應該只是向我開槍。我沒中槍，只是子彈射在枯木上，木片飛出，割破我的衣服。我連忙在地上翻滾，匍匐進林間。

Psi的視像顯示，Sigma、Rho和Chi從叢林趕往Nu那兒。原本在岩洞口埋伏的Xi及Tau亦趕往那兒。

Omega的視像顯示，Omega已把軍車上屍體推下車，她原地不動。

Nu的視像顯示，「六腳蜘蛛」從耳朵爬出來，走向開槍的軍人，但軍人繼續猛烈射擊，逼得他躲進樹叢。

我從Psi的鷹眼，可見「六腳蜘蛛」身旁有隻兔子。

「Nu，先進入兔子。」

「我才不——」

Sigma：「Nu！」

Nu的視像顯示，「六腳蜘蛛」乖乖入侵兔子。

「噠噠噠噠噠……」

我躲在一棵要三人才能環抱的大樹後，身後槍聲比前響亮近半。

我要先自救還是先救Nu？

「Nu，快跑。大家都別靠近那兒，我要發射導彈。」

我奔命回岩洞。

Nu的視像顯示，導引紅外線照射在Nu眼前那部軍車上。

Xi：「Epsilon，漂亮！」

Nu的視像顯示，導引紅外線移前到兩部軍車前方，兩枚眼鏡蛇導彈在他們面前爆炸。

Tau：「你故意！」

Rho：「Epsilon又感情用事。」

「大家快離開！你們也殺夠了罷。」

我身後的兩架坦克車駛不進山林，但七個軍人窮追着我。

「嗖！」

一枚子彈在我耳旁掠過。

Psi：「現在要走也不容易啊！」

Psi的視像顯示，三架武裝直升機要飛來了，另外一方地面還有五架坦克和三輛運兵軍車趕來。

Sigma：「Psi，可以奪取操控權嗎？」

「要大約十一分鐘。」

我向另外一方的坦克和運兵軍車隊伍前方，發射了一枚地獄火導彈。Psi的視像顯示，土地被炸開一個大洞，但只能稍為拖延他們。

我令無人攻擊機飛向帶頭的武裝直升機，Psi被逼離開它。直升機向無人攻擊機開火，它中彈，仍撞向直升機，機翼碰到螺旋槳，直升機被逼緊急降落。

「噠噠噠……」

七個軍人繼續向我射擊。我走進岩洞，打算潛泳到牛霝那兒躲避，邊走邊找塑膠袋，沒了！想必是攀樹時或滾地時或逃跑時丟了。我不能潛泳，便等於自投羅網招致滅亡。深入洞內，我被逼離線了。三個軍人追上我，另外四個該是在洞口守衛。我跪地高舉兩手，他們擎槍對着我。按照剛才的情況，他們會向我胸口開槍，逼使「六腳蜘蛛」走出來。但要捕捉嗎？缺欠工具！抑或他們要擊斃？到底他們要怎樣？

一個軍人走進洞內大喊。

「他們殺了我們許多人！」

外頭的人接收到無線電通訊罷。他們四人互換眼神，齊瞄準我的頭顱。我要走出來，入侵他們其中一個——瑜嫣不會接受！我闔眼。

「砰、砰、砰！」

洞外傳來三聲槍響，四個軍人一同回頭看。我趁機奔向水池，深吸一口氣，跳進水裏。潛泳 4 分 5 秒後不得不浮上水面，**Sigma** 站在水邊看到我，便轉身離開。他一定不滿我不利用無人攻擊機盡量消滅人類。

四個軍人伏屍洞內，三個伏屍洞口。我還聽到四周的槍聲和爆炸聲。我攀越山崖離開那兒。我不想殺人類，也不想人類殺我的同類，但我當下可以做的，也做了。

我徒步回到市區邊陲，可幸還有一些零錢可以乘車。我來到瑜嫣的家，以敲擊的方法開鎖溜進去。很久沒來，她的家比我的更凌亂。我靠牆走，被靠在牆邊的畫板絆腳，褲管又被地上畫具染色；我打開冰箱，乍見她的內衣；我到沙發前，踏着地上的碗碟。不過，一室幽香，色彩斑斕。她應該不喜歡我私闖——我安躺沙發上邊吃她的沙拉邊看電視。

「喀嚓。」

那是扭動門把的聲音。門被打開後，我瞥見一個熟悉的身形。

「瑜嫣，對不起，我擅自——」

瑜嫣丟下拿着的東西，撲過來，擁抱我。我感受她熾熱的體溫、柔若無骨的嬌軀和撲鼻的幽香，一直捨不得放開。她抬頭，我才勉強鬆手。

「我也猜到你會在這兒等我。」

「他們沒有難為你罷？」

「有。」

「什麼？」

她執住我的手按在她的心坎，傳來每分鐘九十七下的心跳率。

「啪——砰砰——㪗！」

大門被撞開，一個黑衣人俯伏地上，妍萱站在門口，她身後還有三個黑衣人，二人倒臥一人垂頭坐在牆邊。

手心感受到每分鐘一百五十二下的心跳率。

以絹帕蒙頭及帶着黃底白花口罩的妍萱見到我倆，立即掩眼，卻又從指縫窺看，叫道：「不好意思！妨礙你倆了，你們繼續吧！」

我握住瑜嫣兩手，對她說：「被那摩托車拖磨，傷得重嗎？」

「只是……一點。」

「那穿泳衣的女孩呢？」

「什麼泳衣女孩？哦，哥你有第三者！」

「胡說啦！待會給你解說。瑜嫣，你怎麼跟軍方——丫頭，別搬動他們，你搜一下他們，看看他們是什麼人。」

「什麼軍方？不是那頭牛嗎？」

我睜大眼瞪着妍萱。

「是，是，待會給我解說。」

我回看瑜嫣。

瑜嫣：「不怕他們聽到我們說話嗎？」

妍萱：「我感測到他們的腦波，都昏倒了。」

「可幸沒給你弄死。」

「我已經打得很慢了！」

我再問瑜嫣：「你怎麼跟軍方的人說？」

「我告訴他們我是被牛靁邀去繪人像畫。他們又問起你，我便說很久沒見你了——呀！會不會被他們看到我跟你一起……」

「看到的都死了。你說得很好。他們有問及機器人嗎？」

「有，我便說『喪人』的事。」

「很好。你怎麼說洞口的事？」

「我說那女孩帶我走，便遇到一群人，那女孩突然中槍，之後……」

「明白了。」

「他們身上沒有証件，不過，有這東西。」妍萱用食指勾着一支軍用手槍。

「放回去罷。瑜嫣，待會你報警，說你在房內，聽到有聲音，出來便看到這樣——不過，他們也許會盤問你，軍部的人也會纏繞你，但不會有危險。」

「不如——我跟你們走。」

「不！跟我一起不安全。ㄚ頭，你暗中保護瑜嫣，行嗎？」
「你以為我一直在幹什麼？你看他們！」
「其實，姸萱不用『暗中』。」
「好啊，（雙手攥住瑜嫣一手）我跟瑜嫣姐一塊住！」
「嗨，瑜嫣，你的信箱密碼是什麼？」
「嗄，你寄了遺書給瑜嫣姐嗎？」
她怎麼知道我曾抱着犧牲的念頭？
「不是呢，我只是有些東西寄存在那兒。」
瑜嫣水汪汪的一雙眼瞪着我，說道：「什麼東西？」
「只是一些錢。」
我在信箱取回一些錢，仍留下大部分。
我獨自走在街上，又想起軍人的情報何來的問題。Sigma 會調查 Omega，我來調查巧倩罷。
要找她的住處，不難，潛入政府的網路便尋得。
我聽到屋內有聲響，我按門鈴。
「誰？」巧倩的聲音。
我變聲叫道：「快遞。」
巧倩打開門，我雖然戴了假髮留了鬍子，她立即便認得我，慌忙關門。我大力推門，竟把她推倒地上。她
——只得一臂！
「巧倩，你的手……」

「我自己砍的！」

「你也在牛霝那棟大樓？」

她低頭不語。我上前要扶起她，她卻不領情，自己努力站起來。

我想像到她當天在大樓被「喪人」咬到或抓傷了手，她及時砍掉自己的前臂，成功避免成為她最痛恨的怪物。我真的佩服她，心靈和肉體皆是。即便有堅強意志當機立斷，要砍斷自己的手又談何容易。我便曾目睹觀光遊艇上一個男廚子要斬斷自己手臂也不行，須要我補上一刀。

「請你立即離開！」

有點古怪！她曾主動用無線電聯絡我，現在卻下逐客令——不是她古怪，是這兒古怪。我逕自走進屋內。

「喂，別進來！」

她嘗試拉住我，我側身避過。我聽到一個房間內有聲音，一腳破門，駭然看見有兩個人——兩個「喪人」才對，一個斷了一手，一個斷了一腳。它們的脖子都連着金屬鏈。

很早以前，我跟她提及「喪人」，她說過，「手腳斷了也不會痛，斷肢還能動。」我問她是否見過「喪人」，她便說，「我爸爸媽媽……便是。」

「房內，是你的爸媽麼？」

「你別管！」

「巧倩，它們不能……不能逆轉啊！」

「我不信，你……總之你別管！」

我更欽佩她了，想到她能「喪口逃生」之餘，還活捉他們，然後天天照料他們飲食大小二便，忍受他們利用原來身體之記憶作出的虛情假意，真是能人所不能。

我湊近她，叫道：「看着我的眼睛！」

她翹首看我。

「你有沒有跟軍方聯絡？」

「軍方？沒有。」

我分析她的語調、呼吸及微表情，她撒謊的概率，只有百分之十三。其實即使是她，如今她這樣子，她更曾讓我「重生」，我也不會對她怎樣了。她對父母之情，令我想到自己對妍萱一直心存盼望，不是也一樣？

我來到一家酒吧餐館。我以無線電聯絡 Sigma，他調查到 Omega 在醫院時，身體傷得不重，Omega 卻故意從耳朵走出來，入侵一位女護士，然後再入侵來探病的健碩女子，輾轉被軍方捕獲，後來又被牛靐擄走。她似乎要世人認識「喪人」之外，還有「慧人」。但據悉她一直沒有透露「慧人」的構造或能力，而令軍方清楚一切的，是另一名神祕女子。

牛靐那兒的科研人員、守衛或接待員，都有可能是通風的人，不過他們雖然有 Beta 的殘骸，也不該知道我們的感測能力。巧倩亦然。那麼，是誰？

用膳期間，我不經意聽到電視新聞報導：

著名女小提琴演奏家 Valonia 明天原定於室內會堂舉行的世界巡迴演奏會，由於本地懷疑爆發傳染病，因此場地改為空氣流通的露天劇場，並將於電視直播盛會。

什麼？Valonia 不是變了「喪人」麼？牛靐怎會仍然為她——他也成為「喪人」了？

我在二十四小時營業的速食店待了一夜。天亮後，買背包，買手機，買望遠鏡，買菜刀，又買工具和材料。

在一個僻靜的天臺製作生石灰噴劑，再製造強力的「喪人癱瘓器」。

黃昏時分，我便到 Valonia 舉行小提琴演奏會的露天劇場。入場者須接受健康及安全檢查，但那些紅外線體溫計及金屬探測器，根本沒啟動，只是裝樣子。這兒的觀眾，「喪人」比人類多許多。我不欲置身「喪人」堆中，便在外圍一個立體停車場頂端以望遠鏡觀看場地。那兒也麇集了不少人，沒有「喪人」，卻有另外兩個「慧人」，壯漢 Tau 和鬈髮婦人 Pi，我沒跟他們以微波打招呼，他們亦然。

Valonia 出場，距離太遠，我不能感測她是否「喪人」。她沒說一句話，便開始拉小提琴演奏。

怎麼會這樣？

她的演奏，儼然胡亂拉奏。我在遠處也逐漸聽聞部分場內觀眾的鼓噪，但觀眾漸次安靜下來——因為他們變成它們，不再是人。

周邊竟有三部電視攝影機一直拍攝她。

糟糕！

我邊走下停車場邊以無線電通訊——

「Tau，Pi，它在編碼！」

Pi：「不用你說，我們正在解碼。」

Tau：「我要，它是否叫，發動總攻擊？」

「不！不是密碼信息，它在編寫程式，令『一型』進化，不怕干擾。要立即阻止電視轉播！」

Pi：「就讓它們進化，跟人類鬥過你死我活。」

「人類都變成『一型』，我們會怎樣？」

Pi：「我們……我們要通知 Sigma。」

「來不及！我已下去，請你們協助。」

我一邊跑，一邊掏出手機致電瑜嫣，沒人接聽，自動轉至語音信箱。

「瑜嫣，謝謝你……我愛你！」

我到達場地入口，輕易進入。我啟動背包中「喪人癱瘓器」。場內雖有近千「喪人」，但接近我的都變得痙攣。我抽出菜刀，奔向最近一部電視攝影機旁，揮刀斬斷電線，然後跑到另一部附近，正要舉刀，我感測到身後有兩個「喪人」迅速接近，回身一看，一個是矮小少女，另一個是魁梧男子，明顯皆是進化了的。矮小少女猝然揮動長鞭，纏住我提刀的手腕，然後退後拉扯；魁梧男子則繼續撲過來。我一手被綁，逃不掉，亦根本不是其敵手，唯有——我將刀拋到另一手，轉身背向魁梧男子，揮刀斬斷電線。我反常的舉動，反倒令魁梧男子止步。

「怎麼會？」Tau說罷，疾走過來從旁將魁梧男子撞倒地上。

我砍了長鞭兩刀，都斬不斷，竟見內有鋼絲，便將刀交回被綁的手，然後解結鬆綁。

「Tau，拜託你了。」

我正想奔往最後一部電視攝影機連接的電線，卻發現我更接近「喪人」Valonia，而且出乎意料，它身旁竟然無「喪人」保護。我登上臺，追逐它，它居然可以邊走邊奏，而且可以跳過我頭頂閃避。我唯有放棄追它，轉而奔往最後一部電視攝影機的電線，它卻又猝然從後踢我，害我不得不閃身避開。我又持刀追它，追不到轉而目標時又被它襲擊。我終於走到電線旁，舉刀，樂聲戛然而止，它停止拉奏，側首瞪着我。

我周遭的「喪人」，不再痙攣，一同瞧着我。我取出生石灰噴劑。「喪人」蜂擁而來，我橫掃噴向它們的眼睛。它們的眼睛灼傷不能視物，但身軀依然向我撲來，我邊揮刀邊後退。

驀地響起小提琴樂曲《迷戀》，我一時錯愕，轉頭一瞥，「喪人」Valonia正對着我獰笑拉奏小提琴。我再看眼前，面前「喪人」已經伸手幾乎抓住我。

我不能就此死去，我要保護瑜嫣，我要嘗試與丫頭相處，我要翦滅所有殺人奪體的「喪人」，我要達成我們跟人類共存的願望，我要跟瑜嫣在一起！

「嘭！」

我被撞得橫飛，假髮掉下，身子碰上舞臺下的木板。我定睛一看，是妍萱！穿得臃腫的她把我撞開，「喪人」揪住她，卻又放開了手。

「你為什麼幫他？」

妍萱沒有回答。一群「喪人」又向我走過來，她又從後面開始一一將它們撞向旁邊。

「你還不快逃？」

「一起走！」

我攀上舞臺，「喪人」**Valonia** 擋住我的路，我一刀劈去，它以小提琴擋住。琴弦斷，響起鬼哭般的聲響。

我橫刀再砍……

「別殺她！」廣播器傳出牛霝喊聲。

「喪人」**Valonia** 的頭顱掉到舞臺上，再滾到舞臺下。它的身軀仍屹立，我一腳將它踢倒。

「**Epsilon**，我要殺了你！」

妍萱走到我身旁，說道：「我背你，帶你飛！」

我有點游移，但大批「喪人」已經登上舞臺，我唯有讓她揹我。

「哥，你真笨重！」

她故意加上「笨」字罷，我不敢跟她鬥嘴。她走到舞臺後端，屈膝，躍過圍板，跳到舞臺後面。她放下我。

「你怎會來？瑜嫣怎麼了？」
「我不來，你變成他們了！」
「喔，謝謝！」
她拍打我的膀子，笑道：「兩兄妹嘛，不用謝！你謝瑜嫣姐吧，她叫我來的。」
「瑜嫣——她在哪？」
「在家。」
她不在家！衣櫃床底也不見影蹤。
「會不會去逛街了？」
我沒有答話。我致電她，她的手機一直響，直至轉至語音信箱。
「瑜嫣，是我，我們沒事——儘快打給我。」
至次晨，我一直不敢罵妍萱。她夜能酣睡，我則一時入夢一時乍醒。早上醒來，坐在電視前，諦聽新聞報導，諦視小型無人機拍攝到的畫面。嗐！全國大亂了！
幾乎所有「喪人」都不再受制於「喪人癱瘓器」，瘋狂咬或抓傷人類，大部分人類都躲在家裏。缺乏食物、水或藥物的人類會冒險到街上搜刮，許多人類遇上「喪人」，變成「喪人」，亦有許多人類一見其他人類，不理對方是否「喪人」，不是逃避便是攻擊。
政府已實施戒嚴，要求各人留在家中。不過，有「喪人」於自來水中下瀉藥，逼使人類出門找水。警察和軍人起初還能控制市面，利用金屬探測器檢測可疑的人，將「喪人」送進焚化爐，將人類押返其家或收進監牢。但後來大批「喪人」群起反擊，掠奪武器，保安警察退守國會大樓及電視臺，軍人退守軍營，員警退守派出所和警察局。武裝的「喪人」不時向各單位發動攻擊。國會大樓、電視臺和軍營屢受襲擊但幸保不失，但多個派出所和警察局則失守。

商店全關。機場、火車站早已停止運作，其他交通亦全面癱瘓。

沒有水，大部分人熬不過三天。面對「喪人」，人類根本毫無生還機會。

我急站起來，叫道：「我要出去找她！」

妍萱已從房間出來，沒對我訕笑。

「會不會……那個牛大叔，因為你……抓了瑜嫣姐？」

又來？如果我一早離開她，她就不會——等一等，如果是他，他大可以在這兒埋伏擊殺我，豈不更有效率？

我站到窗前，嘗試以無線電聯絡 Omicron 和 Psi，回答我的卻是 Xi。

「大家都說是你的錯。」

她這麼說，代表……

「誰死了？」

「Chi 和 Tau。」

Chi 應是在岩洞那兒戰鬥而被人類所殺，Tau 則該是在演奏會場地為幫助我而被「喪人」所殺。我還奢望懇求他們協助找尋瑜嫣——等一等！

「你們抓了瑜嫣？」

「是。」

妍萱站在我身旁，凝視我。

「丫頭，怎麼了？」

妍萱挽住我的手。

「我跟你一塊兒去。」

「你……你能聽到？」

「能收聽，但不會發送。」

「喔！你留在這兒罷，我會帶瑜嫣回來。」

我出門，遠離後，再跟他們通訊。

他們在一艘停泊碼頭的貨船上，船上有多個貨櫃。甲板上聚集了七個「慧人」。Sigma 仍是軍中狙擊手，Nu 變了一個瘦削高大男人，Xi 仍是女守衛，Pi 仍是鬈髮婦人，Omicron 仍是銀白貓，Psi 仍是鷹。還有一位中年男船長，我讀取紫外線閃爍而成的編碼，他是 Phi（第二十一個希臘字母φ）。我不用戴假髮了，也長了少許頭髮。

「請你們讓瑜嫣回去。」

Pi：「你留下來便成。」

「我害死 Chi 和 Tau，你們還要我？」

Sigma：「就是因為我們失去了兩個同伴，所以更需要你。」

如果要開戰，其實瑜嫣留在此處也不壞。只是他們帶她來，是要我加入他們的戰鬥罷。

「你們打算怎樣消滅『一型』？」

Nu：「根本不用我們出手。」

Sigma：「人類打算用核武。」

「什麼？是導彈還是戰機投擲？何時？」

Xi：「戰機投擲，兩小時二十七分四十六……四十五秒後。」

Phi：「我們再花一小時二十分鐘搜集物資，然後開船。」

Rho和Upsilon押着三對年青男女上船。Rho仍是軍人，而Upsilon仍是少年。三對年青男女如奴隸般被一條粗麻繩拴成一列，其中一個女子經過我面前，怒目向我的臉吐了一口唾沫。

「你們要圈養人類？」

Phi：「是豢養。」

Pi：「Epsilon，你說得對，我們不能讓『一型』同化所有人類，最好的方法，就是——」

「你們抓了多少人類？」

Xi：「不計她，五十四。」

Phi：「你看，這裏多大！我們還有一小時十八分鐘，可以再多抓些。」

「兩小時二十五分鐘，怎能疏散所有人？」

Xi：「人類沒打算疏散人類——投擲核彈，是另外三個大國的聯合決策。我們國家並沒有可以匹敵的戰機，也缺乏可以攔截的飛彈。

「其他地方都有『一型』，他們不能總是擲核彈解決罷。」

Sigma：「其他地方未失控，他們應該是擔心『一型』統治這個地方，變成基地的話，就會更強大，更難對抗。」

Upsilon回來，以女孩般的聲調說道：「喂，我們不是要繼續收集嗎？還跟這麻煩鬼瞎扯什麼！」

「大家打算到哪兒？我們若不消滅全球所有『一型』，即使核彈毀了此地，總有其他地方成為『一型』之國，漣漪效應下，世界將全被『一型』佔領——大家打算一直在大海漂浮，等待被大海吞噬嗎？」

Phi：「不用你說！我們不是一直誅殺『一型』嗎？」

Rho：「如今出海，只是權宜之計，我們不是投降——難道你叫我們留在這兒等待核彈？」

Psi以微波喊道：「呀，也許可以！」

Nu：「可以留在這兒等死？」

「Psi，你想空中引爆？不行！」

Nu：「對啊！空中引爆便殺不掉『一型』。」

「可以！不過許多人都會因為輻射而死，而這個地方亦不能居住。」

Nu：「空中引爆，怎麼——」

Sigma：「Nu，你沒輸入這方面的資料，一會兒我給你補充。Psi，我不顧慮Epsilon提出的，但問題是怎去引爆。即使用飛彈攻擊核彈，也難以引爆。」

「不是引爆，我飛去阻止戰機便成。」

拾貳

Xi：「Psi，你不夠快……難道你打算……你可能會犧牲啊！」

Sigma：「好吧。我們分頭行事。Psi，你去安排飛行截擊路徑，但要避免犧牲；Rho、Upsilon，你們繼續去抓人類；Nu、Pi，你們繼續去搜集物資。Xi、Phi和我，留在船上。大家務必要在約定時間回來，逾時不候，我們會按照原定計劃出海。」

Omicron 一邊舔腿一邊以微波問道：「我呢？」

Sigma：「你繼續洗——飛艇……」

Omicron 以微波叫道：「你說什麼？」

大家跟隨 Sigma 眺望，空中有一艘飛艇，掛着一幅碩大的橫額，寫着：

「2316693838425269」

Rho 回來了，問道：「那串數字是什麼意思？」

「我知道，是牛霊的召喚。」

我掏出手機，按下電話號碼 23456789，電話接通，我按下揚聲器。

「你找我復仇，可以，但我們先阻止——」

「核彈？」

「你已知道？我們可以先聯絡巫主任——」

「沒用，找總統也沒用。不過，我跟那些國家元首聯繫了，時間不會改，但如果我們能消滅所有『喪人』，他們會考慮取消行動。」

Phi：「考慮？」

Sigma：「怎麼消滅？」

「誰……誰說話？」

「跟我一樣的人。」

Nu：「我不等你們了，我先去。」

「又是誰……誰說話？」

「牛霝，你是否買到那東西？」

「是。」

Phi：「什麼東西？是E——」

「啪！」

我摑了Phi一記耳光。Phi立即想掐住我的脖子。

「線路不安全，別說！」

「牛霝，我是Sigma。我現在跟Epsilon去找你。」

「好，我在——」

Sigma：「我們知道。」

我看到Sigma分享牛霝手機的衛星定位系統（GPS）數據。

我掛線。

Rho將一件小東西交給Sigma。

我一直不見Omega，卻也不太關心。

「我要先見一下瑜嫣。」

Phi：「沒時間了！」

Sigma：「五分鐘。」

瑜嫣被安置在一個改裝成房子的貨櫃內棲息，裝設了空調、床、桌、椅、大水瓶、食物庫和馬桶，但無電器。

「瑜嫣，我又——」

瑜嫣吻我，不容我說話。三十秒後，我不得不推開她，跟她說核彈來襲的事，叫她安心留在這兒等我。

「等你？」

她知道我撒謊。

「妍萱呢？」

「她不能來。」

她垂頭，然後對我強顏一笑。

我與 Sigma 根據牛靁手機的衛星定位系統（GPS）數據，來到一家高級酒店，通過金屬探測器檢查後，進入一間總統套房。牛靁坐在沙發上，撫摸印上 Valonia 肖像的唱片，房內還有十一個全副武裝的僱傭兵。

「你就是 Sigma？即是首領吧？」

「不如說是集體意志吧。」

「哈！你真的跟 Epsilon 一樣，喜歡說些叫人費解的話。」

「那東西放在哪兒？」我問。

「你真的知道我買了啥？」

Sigma：「NNEMP，非核電磁脈衝炸彈。」

牛靁扑打沙發三下，說道：「好，我的條件……（指着我）是他。」

Sigma 跟我同一時間叫道——

Sigma：「不行！」

我：「好。」

「到底行不行，好不好？時間無多了。」

「Sigma，總要有人來啟動炸彈。」

牛霝：「我已給它安裝了計時器。」

「萬一中途給『喪人』奪去，便會功虧一簣。最穩妥的方法，由我來守衛和啟動，必要時可以提早引爆——我去，亦符合牛先生的條件。」

「你真的會死？」

「是。」

「我聽那些專家說，這些EM什麼——」

「EMP，電磁脈衝。」

「是，它會破壞電子儀器。『喪人』可以被金屬探測器測到，所以我相信這東西可以解決他們。不過，你們可以上來，也必定通過了金屬探測器——你們真的也怕這東西嗎？」

「雖然我們大部分是由有機物質組成，但核心依然如電子儀器，遇到電磁脈衝，一樣會被破壞。就如人的心臟雖然只有（舉起一手握拳）拳頭般大，但若受到嚴重傷害，人也會死亡。」

「那麼，我要怎麼躲避呢？」

「人類不受影響。」

「那些專家也是這麼說。唔……」牛霝大力扑打沙發一下，同時叫道：「好。」

他領我們乘升降機到地庫，四個僱傭兵同行，其餘七個乘另一部。

Sigma跟我以微波通訊——

「你真的打算去啟動炸彈？」

「是。」

「真的要死？」

「不。我打算找個鐵籠改造成『法拉第籠』，不讓他知。」

「他為什麼要你死？」

「他愛的人變了『一型』，又被我殺了。」

「你是說 Valonia？」

「對。」

「你要他以為你死了？何必這般麻煩，換個身體，腦內弄個假體便行。」

「我喜歡這身體。」

「你喜歡她吧。」

「你懂？」

「不懂。」

我們來到地庫，這兒擺放了許多網購袋。

他取出其中一個，拆開包裝袋，拿出一個高約半米的行李箱。

「（微波）為什麼不讓人類去引爆？」

「（微波）不行！人類不一定可信。」

他打開行李箱，揭開保護按鈕的蓋子，獰笑道：

「Epsilon，我不能完全相信你。不如——你現在就給我去死吧！」

他冷笑着伸手準備撳按鈕，我箭步趨前，一腳踢走行李箱。同時，Sigma 亦撲向他，掏出一把氧化鋯陶瓷刀，架在他的脖子上。

十個——不是十一個——僱傭兵舉槍指着我們。

餘下的一個僱傭兵霍地跑去提起行李箱，並向天花板開了兩槍。

「砰、砰！」

「把槍都放下！」

那十個僱傭兵紛紛放下槍在地上。

牛霹戰索索地嚷道：「他是……他是『喪人』？」

我：「不。」

「要是，他早就殺光我們。」Sigma 放開牛霹。

「你，把刀放下！」

Sigma 索性將刀丟下，摔碎了。

「你幹什麼？你要錢，我可以加給你！」

「你給不了，他們給我一百億！」

我：「你拿着錢，真的有用麼？如今不消滅它們，你遲早都會變成『喪人』——」

「那是將來的事！到時我可能已經八九十歲，也沒所——」

「砰、砰、砰！」

Sigma 撲向他，他立即向 Sigma 開了三槍。「六腳蜘蛛」從中槍身體的口腔走出來，跳到他的頭上，他想用手去抓，卻已被我正面摟抱住，舉不起手。

「Epsilon，你可以放開我了。」

我放開了手。牛霝張大嘴巴瞪大眼睛看着他。那十個僱傭兵紛紛撿起槍，指住他。我攤開兩手嘗試安撫眾人。

「不用緊張，他變了跟我同來的人。」

剛才他們被槍指着脅逼放下槍，面無懼色；如今拿着槍，反而面發白，手抖動。

牛霝緩緩上前，按下身旁僱傭兵舉起的槍，叫道：「真……真神奇！雖然我不是第一次看到……太神奇了！」

第一次看到的，是我罷。

我察看行李箱。

「牛先生，你可知道受影響範圍嗎？」

「我沒問。」

Sigma：「我知道——大約方圓一百九十公里。」

「那成了。啟動密碼呢？」

「沒設定。」

我關好行李箱，試拎起，頗重，便放在地上拉動。

「牛先生，我想借用你的飛艇，請你叫它降落。」

「飛艇？無人駕駛，它隨風飄浮啊，我也沒想過收回來。」

我跟 Sigma 要走，牛霝也奈何。剛才 Sigma 中槍死去，反而會殺人「奪舍」，十個僱傭兵都沒再舉槍。

我拉着行李箱與 Sigma 一同乘電梯到大堂再離開酒店。途中遇到其他人，我們以微波通訊——

「（拍一下他的肩頭）『一型』賄賂『你』，應該已知核彈和這個非核電磁脈衝炸彈的事。」

「『他』的記憶顯示，是一個蒙面的少女——看到了嗎？」

「看到了。但她這樣蒙面，又穿得臃腫，根本難以辨認。聲音、氣味呢？」

「你聽聽，明顯改動聲帶變聲了。」

「唔，還刻意塗了濃郁的香水。」

「我去跟她交易，探聽她知道什麼，有何計劃。」

「不！那個『一型』可能一眼便知道你是『二型』。」

「我沒有這數據，以前遇到的『一型』都不能——你怎知道？」

「因為我遇到一個。我們對『一型』，並未全然了解，而且它們一直在進化。早期我遇到的，都是個別行動而互相影響，不似有組織或會為整體設想，但 Valonia 竟然為其他『一型』編寫程式擺脫干擾。這個蒙面少女亦可能是。如果它們變得有組織，便非常難應付。」

「不管怎樣，總之我們設法在市中心上空引爆，將可消滅所有沒有庇護的『一型』，到時人類亦能收拾殘局。」

「既然蒙面少女知道了，它若不逃走，便會嘗試阻止我們。假若它們有組織，更會聚眾阻撓我們，它們甚至亦會設法制止核彈。若它們沒有組織但它為整體設想，它會通知其他『一型』，它們便會大舉逃亡。如果它們及時離開，我們在市中心上空成功引爆也沒用。」

「本地是島國，那麼我們破壞飛機和船隻——」

「但若阻止不了核彈，人類也會死亡。只讓人類離開，又是天方夜譚。我們得先阻止核彈襲擊，再破壞飛機和船隻，然後在市中心上空引爆這東西。」

「那個牛雷說的次序卻是先消滅『一型』，才可能阻止核彈攻擊。」

「我說過，剛才你也看到，人類不一定可信。即使我們告訴他們消滅了『一型』，他們為了萬全可能依然會投彈。」

「那就讓他們投罷。我們破壞飛機和船隻，阻止『一型』——算了，我們依原定計劃開航離開。」

「這次若我們消滅『一型』，又解救人類，便可得到人類的認同，大大提高我們的生存概率。」

「不過這次行動，亦大大降低我們的生存概率！」

我叫道：「Sigma！」惹得大堂的人盯住我。

「我不容許『二型』為人類冒險，你不必多說！」

轉而以無線電通訊：

「Psi，收到嗎？」

「Sigma，請不要阻止 Psi！」

「你們真吵！我很忙的，什麼事？」

「Psi，中止行動——」

「不！我會繼續。」

「Psi，謝謝你！」

「謝什麼？我既不是為你又不是為人類，我是為自己——我喜歡這個地方。」

「Psi，我們會於預定時間開航，你——如果喜歡，就來找我們。Epsilon，你也是。」

再以微波通訊——

「Sigma，你不協助人類，但可以幫我嗎？我可以拜託你造『法拉第籠』嗎？」

「沒問題，正好船上有鐵籠。」

「嘻，不會有人類的大小便罷？」
「哈哈！會清洗一下。」
「你也會說笑！謝謝！這個（將行李箱拉近Sigma），勞煩你帶上船，我回頭來取。如果我趕不及，就留在碼頭罷。」
「唔。」
我跟Sigma分頭。我到電視臺找Lynx。那兒有保安警察駐守，四處可見襲擊過後的痕跡。我要經過雙重安全檢查——通過一道金屬探測門，再接受手提金屬探測器掃瞄，才能到接待處。
「你還敢來找我？」Lynx的嬌嗔聲從身後傳來。
「為什麼不敢？」
「哦，你是來『結賬』？（拍手）很好！我現在就去找監製。」
「我是答允了你，但沒說何時『結賬』啊。」
「你真的要跟我耍無賴？」
「不，只是現在有一件事，我必須先辦妥。」
「喔，急色鬼！可以，待我先找個房——」
「我說的是，消滅『喪人』。」
「憑你？嘿！」
「我想你駕駛直升機，載我到飛艇那兒。」
「呵！看來你是動真格。我有什麼好處？」
「獨家拍攝我——們消滅『喪人』。」

「好！那我去找攝影師。」

攝影師是一個留鬍鬚的小伙子，可能還不足二十歲。我們三人來到空中勤務總隊基地，遇到十三個變成「喪人」的成員，我用生石灰噴劑統統弄瞎它們。小伙子竟毫不畏懼，近距離拍攝，差點被「喪人」揪住，要我分神助他踢走「喪人」。Lynx 非常懼怕，待我們避開它們進內後，她又喜孜孜要我送她一支噴劑。為了討好她，我便送她了。她佯裝要噴灑小伙子，嚇得他放下攝影機用雙手掩眼，她便哈哈大笑。

我想看看 Psi 的情況，便跟牠聯線。牠所見的景象，是一片無垠的大海。我見邊沿有一些金屬，牠戴頭盔？牠的爪抓住一些東西，我未能辨識。戰鬥機飛行員戴着面罩，包裹整個頭，怎能入侵？牠該是打算用爪下的東西撞擊。即使東西不重，由於速率非常高，產生的衝擊力可以很大。「鳥擊」便曾造成許多航空事故。我想起妍萱拽糖果如子彈射盲槍手一眼。嚇！現在距離投核彈的時間應該尚有 47 分鐘，為什麼牠已——人類決定提早投彈！Sigma 他們該業已開船。瑜嫣應該安全。我跟 Sigma 聯線，他正準備進船艙點算物資。呀，妍萱！

我依賴熟悉環境的 Lynx，尋找錨鈎發射器，同時以手機致電妍萱。

「丫頭，你在哪？」

「碼頭。」

「你怎知道……」

我找到兩個錨鈎發射器，將它們分別縛在兩大腿外側上。

「他們要走，自然是乘船，比較安穩方便。」

「你怎知道他們要走？」

我們來到停機坪，那兒有兩部黑鷹直升機。

Psi的身旁，七架軍用武裝直升機掠過，超前牠。

「這兒到處是『喪人』，不戰鬥當然要走啦。」

Psi感測到，駕駛七架軍用武裝直升機的，都是「喪人」。

我們上了其中一部黑鷹直升機。

「你也快走，快離開這個國家，否則——會死。」

「你……為什麼告訴我？」

「因為你是我的丫頭。」

Lynx開動直升機。

「哦……那……那麼瑜嫣姐——你那兒很吵！」

「（大喊）她跟他們一起，很安全——」

太吵了，我只好掛線。

飛行了3分42秒，Lynx拍了我一下，指着她那邊，飛艇就在那兒。

Psi的前方，七架軍用武裝直升機已像星星。

我從一條大腿上，掏出一個錨鈎發射器，將連繫繩索的錨鈎拋擲到飛艇下的吊艙。錨鈎掛着吊艙窗口，我以手勢向Lynx示意飛近一些。小伙子為了拍攝，幾乎跌出機外，我得騰出一手搵住他的上臂。Lynx以手勢向我表示，不能再近，我跟他們揮手表示再見，便執着繩索躍出機外。耳畔烈風颼颼，人如鐘擺晃盪，我努力爬上去。

Psi的前方，兩顆「星星」仆然如超新星閃亮——兩架軍用武裝直升機被戰鬥機發射飛彈擊毀。

「嗖！」

我身旁有物體火速飛過，直射向飛艇——是 RPG 火箭彈！火箭彈撞到氣球，可幸沒有爆炸，只是把氣球撞開。我被拋得幾乎抓不住繩索，我又不禁俯瞰，下面高樓天臺上，有一個「喪人」肩上托着火箭發射器，另一個正為它重新上彈。我趕緊攀援上吊艙。飛艇下降，變成跟它們差不多同一水平。我爬上吊艙了，仍未見火箭彈，但見跟它們的距離拉遠了。我正慶幸，火箭彈便衝着我射過來。

Psi 見到戰鬥機，牠竟直接撞上去！

我霍然躺下，火箭彈在我腿上、腹上、胸上、面上掠過，直飛到另一邊的窗口，穿越吊艙飛走。

Psi 越過戰鬥機的艙蓋玻璃上、機身上、引擎上——訊號變得微弱和斷續，且很快消失了。

Psi 失敗了嗎？我立即起來，駕駛飛艇。按戰鬥機的速率，我應該逃避不了核彈，唯有盡快航行到海濱，然後躍進大海。Lynx 仍駕駛直升機跟着我，剛才看到我被火箭彈攻擊，沒有嚇跑。

Psi 的訊號再現，但微弱，牠是受傷了，但可幸僅是肉身；我見到旋轉的大海，牠是失速迴旋墮海。

飛艇速度很慢，看來要 11 分鐘才靠近海岸，但我竭力保持鎮定，四處尋找金屬，奢望能建立一些保護，抵擋電磁脈衝。

「我是 Nu！」

我驟然接收到 Nu 的無線電播報，然後是牠在空中飛行的視訊，牠迎頭飛向戰鬥機，戰鬥機艙蓋玻璃受損，但依然繼續飛行。Nu 跟 Psi 的動作一致，但較不貼近戰鬥機。Nu 越過了，牠安然無恙。牠回頭飛行，可見戰鬥機墜落大海。

我不禁振臂一呼！

「Epsilon！你逼我做兔子，現在我償還給你。」

我笑了。

Lynx駕駛的直升機在我旁邊，小伙子拍攝我，他倆一定好奇我的奇怪舉動。

我駕駛飛艇朝碼頭飛去。飛艇吊艙長約三十米，闊約十米，有十六個固定的座椅，中央放置了一個儲物櫃。我打開一看，盛了許多非酒精飲料和零食，一些蘋果、香蕉、梨和西瓜，更有一把水果刀和一把西瓜刀。另外還有一個盒子，裏面放了製冷劑使其成為冰箱，冷藏幾瓶啤酒。我將西瓜刀揣在腰背，然後吃喝了一點。飛艇來到碼頭上空，貨船不見了，但遺下那個行李箱和一個內部鋪上絕緣帆布的大動物鐵籠。我將飛艇降落在碼頭上，離開吊艙後，用繩索將它拴在繫纜樁上。

Lynx駕駛直升機同樣降落在碼頭上，她走下來跟我說要上廁所，小伙子提着攝影機傻呼呼跟着她去。

「嗚！」

遠方傳來貨船氣笛的一下長響聲。我遙望大海，貨船在水平線下，並未遠走。

我接收到無線電通訊：「Epsilon，我是Upsilon，她已逃走，你還來幹什麼？」

「你怎能——」

「Epsilon，我是Xi。她真的走了——是Upsilon送走的。」

他不想我上船，但若阻止不了核彈，他就間接殺害——不可原諒！我要——算了，他也只是依從運算結果。

貨船旁有一艘小艇，正駛離貨船。

我致電妍萱，電話鈴聲在我身後響起。我回身一看，妍萱扶着瑜嫣慢慢步過來。我奔向她們，一起擁抱她倆。

「哥，這是你第一次抱我——噫，是半抱。」

我鬆手，撫妍萱的頭，說道：「丫頭，別小家子氣。瑜嫣，你沒事嗎？」

「沒事，只是有點……倦。」

「她不吃不喝不睡，當然倦了。」

「現在沒事了——丫頭，你送瑜嫣回家，然後——你設法離開這個國家。」

她倆竟一同喊叫：「我不走！」

瑜嫣：「核彈已經解決了，為什麼還要我走？」

「哥是怕……怕『喪人』吧。有我保護瑜嫣姐，不用怕！」

妍萓沒驚奇沒提問，她已知道？

「我要對付『喪人』。丫頭，所以你要盡快離開這個國家！」

「我要跟你一起（偷看妍萓一眼）——我不想每次都是等你的消息，我也想幫點忙。」

「對啊，瑜嫣姐可以幫你駕駛這飛艇。」

妍萓已知我要幹什麼？

「但……我不懂駕駛……」

「瑜嫣姐，很簡單的，我教你。」

「你哥不是叫你離開……」

「哥，這是『法拉第籠』吧？」

是我多疑？妍萓只是舉一反三？

「你知道我要幹什麼了？」

「唔，猜得到，行李箱裏是非核電磁脈衝炸彈吧？」

「炸彈？（撫心）」

「不用怕，只是釋放電磁脈衝，對人類沒影響。」
「但對你們有影響，所以你要妍萱離開？」
「瑜嫣姐，不用擔心。你看這個籠，我跟哥躲在裏面，便沒事。」
「不如你們教我怎麼做，我一個人去——」
「不，絕不！如果『喪人』來阻止——你們就讓我一個人去——」
「不，絕不！艾倫，不要再浪費時間爭論了，這次我一定要跟着你！」
「唉，好罷。丫頭，你教瑜嫣怎麼駕駛，我去搬東西。」
瑜嫣：「你一個人搬？」
「不，我來幫手。」Sigma 從小艇登上碼頭，他仍是那位僱傭兵，不過換上了便服。
「瑜嫣，你先進內吃點東西罷。在中央那個——」
「我們會找到的。瑜嫣姐，（推着她的背）嘻，我們上飛艇！」
她倆進去了，Sigma 挨近我。
「怎麼你讓『一型』——」
「她不同，我信任她。」我又笑說：「你不是說過，不容許『二型』為人類冒險？」
「對，但我不是為人類冒險，我是為了你。」
「謝謝！」
「那架直升機……」
「是電視臺的人，他們幫我去找飛艇——他們上廁所了，不用管他們。」
我跟 Sigma 將行李箱和鐵籠搬進飛艇。我把行李箱放在前頭。坐在椅上吃喝的瑜嫣，對我莞爾。妍萱站在她旁邊，看窗外的景物。Sigma 將鐵籠綁在中央儲物櫃旁。我跟 Sigma 出外，分頭解開拴在繫纜樁的繩索。Lynx 和小伙子還沒回來，我不等了。

Sigma 翹首看內陸。我先登上飛艇——我倒臥在飛艇外。飛艇開始升空。

「艾倫！」

我剛才看不清楚，如今重播，定格，才見妍萱一腳將我踢出飛艇，然後奔向駕駛座。

我側首看 Sigma，他取出了一支信號槍——我也感測到，大批「喪人」從內陸蜂擁而至。我坐在地上，拔出大腿上另一個錨鈎發射器，將連繫繩索的錨鈎，拋擲到升高至約二十米的吊艙——抓不住。我站起來，提升腎上腺素，再將錨鈎拽上——成功了。一隻「喪人」的手揪住我的肩頭，Sigma 向它的面門發射灼熱的信號彈。Sigma 向我跑過來，沿途踢倒逼近的「喪人」。我捽住繩索，人被上升的飛艇拉起，雙腳離地。Sigma 縱身，捉住我的兩小腿，跟着一起升空。七個「喪人」在他腳下此起彼落跳躍想抓住他，他屈膝，差幾毫米便被抓住。我極力攀上，伸手摑住吊艙時，妍萱一腳踩在我手指上，逼得我撤手。她——它的手從身後挪移到身前，手上攥住一把匕首。我準備奮力揪着繩索，升高身體捉住它的小腿。

「不要！」

瑜嫣從後摟抱它。

「別傷害她！我下去。」

我毅然放開手，自由墜落。它在門口伸首張望，身後不見瑜嫣。Sigma 一手抓住吊艙外底部，一手揪住我一條小腿，我倒着懸掛，離開它的視野。

Sigma 以微波跟我通訊：「你還說信任她！」

「我仍——搖我過去！」

Sigma 將我搖過去，它剛好探頭到吊艙下，我以右手捽住它的頭髮，它兩手抓住我的手腕，退後，我乘勢爬進吊艙內。

它抓傷了我！

Sigma 雙手揪住吊艙門口底下，探頭內看，叫道：「Epsilon！」

它沒有笑，根本沒有表情。它手內的納米機器人，擁入我的手腕。我以左手從腰背拔出西瓜刀，決然在手腕與手肘之間，斬斷右手。

「艾倫！」

瑜嫣向我奔來。它丟下斷手，半途揪住她。

花宥睿是右撇子，作為花艾倫，我沒有改變，如今我重新調整。我以左手擲出西瓜刀，瞄準它揪住瑜嫣的手。它及時撤手，西瓜刀沒碰到它，插在對面的壁上。瑜嫣走到我身旁，撕下自己的衣袖，哭着為我包紮血淋淋的右手。

「我不痛——先紮緊手臂阻止流血。」

Sigma 爬上來了，站在我身旁稍前位置。它又拔出另一把匕首，兩手握刀。

「小心！它非常快。」

我沒說完，它已衝上來，兩刀分別插向我和 Sigma。我左手摟住瑜嫣一起閃避。Sigma 跳起，雙腳分開，避過刀鋒，雙手撐住天花板，如彈珠反彈，疾速躍到對面，拔出牆上的西瓜刀。瑜嫣為我紮緊了手臂，未及包紮傷口。

我讓她背靠牆坐下，在她耳畔柔聲說：「趁機走進鐵籠，關上。」

我吻了她的額一下，轉身觀看。從我可見之處，Sigma 身上七處被割傷，另外四處只割破衣服。它只掉下一綹頭髮，剛好在空中飄散。

Sigma以微波喊道：「我說完便把刀拋給你，我讓她兩刀插入我，你去割頸。」

我破口叫道：「不！它能聽到。」

Sigma驚訝。它盯着Sigma和我。

我趁機撲向它正面，抱住它，轉身讓它背向Sigma。

我的背部應該被插進兩刀，同時我的脖子應該被咬，然後我的真身被納米機器人入侵，引致不能逆轉的損壞——我安然無恙。

「第二次——不！第一次，完全抱我。」

Sigma握刀衝上來，西瓜刀對準它背部心臟位置。

「嘭！」

我兩腳猛蹬，向後跳躍，背部撞上牆，它雙手攥住的刀，在我腰兩旁插入牆中。

「Epsilon，別感情用事！」

我溫柔地推開它，它——她潸然淚下。她放開了握刀的手，兩匕首留在牆上。

「哥！」

「丫頭！」

她稍為退後，低下頭。

「我不能讓你殲滅所有同類！」

她走到駕駛座。

「妍萱！」

瑜嫣想走去妍萱那兒，我拉住她，她低頭，然後為我包紮斷臂傷口。

「我們不趁機……」

我對 Sigma 搖頭。我心中盤算，跟妍萱談判，只要它們不再殺人奪體，我可以暫時不引爆炸彈——我沒跟妍萱談判，也沒有問，你一直在騙我麼？你就是向軍方透露我們資料的神祕女子？你就是收買 Sigma 現正寄身之僱傭兵的蒙面少女？

我撿起斷手，放進膠袋，瑜嫣掩臉。我走到儲物櫃旁取出冰箱內的啤酒，將膠袋放進去。瑜嫣凝視我，兩手合十。

妍萱將飛艇駛至一座高山頂峰上，飛艇離地約有二十五米。她走到門口，向我和瑜嫣莞爾。

她低頭瞧着門口地上扣着的錨鈎，不知是否思量我剛才為何不拔出來作武器。她睃了行李箱一眼，然後躍出吊艙。她應該是抓住繩索爬下去。

「你怎麼不聽我話躲進鐵籠？」

「我覺得——妍萱不會害我。」

瑜嫣盯住我的斷臂，不禁低頭嘆氣。

「如今我們二人三手三足，很般配呢。」

瑜嫣失笑，難得的笑。

「Epsilon，根據我的模擬情景，無論如何，要打倒她，我們其中一個必得犧牲。真想不到！我們常罵你感情用事，卻得到最佳結果。」

「我也只是相信我的直覺。」

「直覺？不經推理的判斷？」

「其實也是理性的，只是來得太快，一時不了解箇中原因，人類會用潛意識來闡述。如今我才明白——她只要用指甲在你的臉上輕輕一劃，便會逼得你的真身放棄肉身逃出來，到時你別無選擇，定要入侵瑜嫣，到時我必然跟你對抗，她便可以漁人得利。她沒有這樣做，就是因為對我和瑜嫣，還有情。」

瑜嫣：「我也感覺得到。」

Sigma 笑道：「哈！感覺——（面色突變）你感覺到嗎？」

Sigma 緊張地走至窗戶俯瞰，瑜嫣動身想走去看，我拉住她。

「啪、啪、啪……」

「嗖！」

十七個錨鈎先後拋擲到門口和窗戶。**Sigma** 俯身窗外用西瓜刀斬斷繩子，猝然，向後彎拗腰。

「是弩！」

Sigma 避過一支短箭，短箭射上天花板。

我現在才感測到十七個「喪人」在吊艙下，且越來越接近。

「瑜嫣，別慌！現在有一些『喪人』爬上來，你快進鐵籠，關上！」

瑜嫣瞟我斷肢上染紅的布一眼，然後咬唇，頷首，走過去。

我撿起兩個啤酒瓶，邊走向行李箱邊扔出窗戶，用斷手手肘抬起行李箱。

我以微波叫道：「你也進鐵籠，我現在啟動炸彈的計時器，再將飛艇駛至市中心。」

Sigma 破口喊道：「不！你比我更重要，你進鐵籠！讓我來。」

他分明要瑜嫣聽到。瑜嫣從鐵籠走出來。

「你們都進鐵籠，我來駕駛——」

「(吶喊)不行!」

三個「喪人」從窗戶爬入吊艙，一個口中咬住上箭的弩。Sigma 將瑜嫣推入鐵籠，關上，自己握住西瓜刀守在外邊。

我走到門口，踢走一個由「喪人」抛上來掛着的錨鈎，叫正爬上來的「喪人」墮下，再向駕駛直升機的 Lynx 招手。拍攝的小伙子也跟着向我招手，然後一臉迷惘，指指自己的手臂，對我作出一個疑惑的表情。直升機靠近，我將行李箱手把越過頭，揹起行李箱，拔起我早前扣在門口連繫繩索的錨鈎，攥住繩索。我側首一看，Sigma 已奪去沒了箭的弩，兩個「喪人」不見了，該是被他轟出窗外，餘下一個沒了頭顱，但仍向藏身鐵籠的瑜嫣撲去，Sigma 另一手握住西瓜刀，向它背部插去，血流如注，它全身抖動，頹然倒下。

「Epsilon，不要!」

我沒留下一句話，便將錨鈎抛到直升機起落架，扣住;我跳出吊艙，搖擺。我腳下的「喪人」跳起，要抓我。我屈膝，差幾毫米便被抓住。直升機上升，我以單手、雙腿和兩腳掌，竭力沿繩上爬。我一手捽住起落架，嘗試發送無線電給 Lynx——第五次，成功了。

「Lynx，我是艾倫，收到嗎?」

「艾倫?(轉頭瞟我一眼)你可以發送無線電?」

拍攝我的小伙子伸出一手，要拉我上去，我對他搖頭。

「Lynx，將我放到氣球頂上。」

「(大喊)什麼?」

小伙子轉頭瞧 Lynx，又搔頭。

「我要引爆非核電磁脈衝炸彈，NNEMP。」

「(更大聲叫道）什麼?」

「對人無害，但直升機會失靈，我給你五分鐘，找個安全地帶降落。」

「兩分鐘可以了，我就在山下附近降落。」

她拿着我送她的生石灰噴劑，搖晃，對我嫣然一笑。

直升機飛至氣球頂上，我待雙腳踏穩，才放開手，順勢拿下連繫繩索的錨鈎，然後向她和他揮手。直升機飛走，我盡量俯伏在氣球頂上以免被氣流吹得墜落。

我以無線電通訊:「Sigma，我在氣球頂上，說完一分四十四秒後引爆。」

「(無線電）不可以，由我來引爆!」

我沒回話。我應該請他轉告瑜嫣，我愛——她不會想聽別人說的。

五個「喪人」竟能爬上氣球!仔細一看，它們手掌手臂上纏着膠帶，黏貼着氣球。一個「喪人」率先爬到我面前，再爬兩下便可搆着我。我坐下來，揮舞連繫繩索的錨鈎，在頭上繞圈，擲出。那個「喪人」閃身避過，對我嗤笑。

「哎喲!」

它卻不知我故意讓它提起一手避過，另一手上膠帶黏不牢，它滾下氣球，慘叫聲由大漸小，又戛然而止——它滑到尾部螺旋槳，濺起血雨。

另外四個「喪人」繼續攀上來，我又揮舞錨鈎，拽出，錨鈎橫敲一個「喪人」頭顱，它毫不在乎，繼續逼近我。

還有34秒，我打開行李箱，準備引爆非核電磁脈衝炸彈。

瑜嫣，對不起!

還有12秒，四個「喪人」非常接近，來不及了，Lynx應能降落，我要立即引爆！

瑜嫣，我愛——

「嗖！」

一架無人攻擊機掠過上頭，「喪人」們分神消停。

Sigma以無線電叫道：「我現在引爆C4，抓緊！」

什麼C4？不顧瑜嫣死活嗎？我激憤得抓緊氣球。

「訇！」

氣球尾端發生輕微爆炸，氣球疾速飛行。四個挨近我的「喪人」滑動，膠帶與氣球磨擦發出鬼嚎般刺耳的噪音。我正慶幸逃過厄運，自己亦開始滑動，我忙拉繩捽住錨鈎，插入氣球，方止墮勢。

飛艇快撞上一棟高樓，我關上行李箱再提着，毅然站起來，在氣球頂上奔馳，撞擊時奮力一躍，勉強跳到高樓天臺上，肩上行李箱和連繫繩索的錨鈎丟到身旁，我翻滾了五圈卸去衝力，躺在地上。

我感測到兩個金屬物體由下而上接近，比升降機的速率要快。

兩男身穿銀白色連身衣，沒攜武器，各踏一具飛碟形單人飛行器，升騰到天臺上，再降落在我兩旁。我又聽到大樓一邊牆壁發出聲響，我沒理那兩個男人，直奔向天臺邊緣。

「請你別怕，我們是政府派來的。」

「別做傻事！我們不會傷害你。」

我在邊緣探頭下望，Sigma一手抓住鐵籠，另一手握着繩索，繩索連繫錨鈎，錨鈎掛在最頂一層的窗戶。

我只得一手，難以攀下營救。我轉身對他們叫喊。

「快救人！」

他們也跟着我來到邊緣探頭俯瞰。我留意到他們胸前都安裝了鏡頭。

「鐵籠內也有人！」

他們互換眼色，皺眉，是擔憂個人飛行器負重所限嗎？但我並非要他們飛下去把鐵籠或人搬上來。

「我們的任務，不是救援！」

「這個（指着地上的行李箱），是 NNEMP 嗎？」

我又不理睬他們，走去拾起地上連繫繩索的錨鈎，回到天臺邊緣。

他們逕自走去檢查行李箱。

我抛下錨鈎，扣住鐵籠，然後轉身以肩托着繩索，拉着繩索向前走動。雖慢，但一步一步拉上來。Sigma 爬了上來，跟我一起將鐵籠拉上天臺。我打開鐵籠，瑜嫣走出來，看來無恙，鐵籠內部鋪上的三層絕緣帆布起了保護作用。她擁抱我，有點用力。

「這個，我們帶走。」

二人再分別踏上個人飛行器，其中一人提着行李箱，一同起飛。

Sigma 兩手各執連繫繩索的錨鈎，向上抛擲，分別勾住二人的個人飛行器，二人一歪，幾乎跌下來，勉強站穩。

「你們要那東西，是要消滅『喪人』嗎？」

「我們……我們只是……奉命帶走。」

「先下來罷。」

「Epsilon，『一型』！」

我也感測到，以移動方向、速率及位置來看，該是乘升降機上來。啊！還有一批後來的，該是跑樓梯上來。

「什麼『一型』？」

「是『喪人』！放下行李箱，便讓你們走。」

我準備一手接住，提着行李箱的一個卻降落，將行李箱安放在地上，然後再起飛。Sigma 鬆手。

「艾倫，讓人類來，不是更好嗎？」

我邊走過去拎着行李箱邊指着 Sigma 邊對瑜嫣說道：「這個人類便是被『喪人』收買了，想搶去這東西——人類不一定可信。」

我走到瑜嫣跟前，將行李箱交給她，跟她說：「我們去阻擋『喪人』，如果有『喪人』接近你，（打開行李箱，指示）你便掀起這蓋子，撳下按鈕。」

「不！你們會——」

我一手捧住瑜嫣的臉說：「阻不了『喪人』，我們都會——」

「現在你倆躲進鐵籠，我便立即按鍵，不是可以——」

Sigma：「在這兒引爆，只會覆蓋大約三分之一國土！」

「瑜嫣，聽我說，如果真的要引爆，我跟 Sigma 也會設法躲進鐵籠——（瞧她身軀）身上有沒有電子儀器？有的話全放在地上，離開遠一點。

瑜嫣低頭淌淚，將手機放在地上。

「呀！還有你的……腿。」

「腿也要？」

「唔。」

Sigma 已提着西瓜刀，守在關上的木門後。乘着個人飛行器的二人沒遠走，逗遛在約三十米的上空監視。我撿起一個被丟的錨鈎，揮舞，將連繫的繩索捲住手臂。

「嘭！嘭！嘭！」

「喪人」撞門，門隙灰塵灑下。我與 Sigma 頂住木門，承受一波接一波的衝擊。驀地，渺無聲息，門隙漸次冒出黑煙。我跟 Sigma 分別向兩旁閃躲。

我感測到金屬圓柱，它們不是打算慢慢燃燒木門，而是燃燒瓦斯氣罐，炸開木門。

「轟！」

木門破損，沒有炸開。我跟 Sigma 卻都再退了一步。

「啪！」

木門被撞破，大批「喪人」衝上來。我用錨鈎攻擊其頭顱，Sigma 用西瓜刀割其頸。「喪人」越來越多，我被逼至天臺邊緣，便順勢將「喪人」踢下大樓。

有三個「喪人」突破 Sigma，撲向瑜嫣！

「（高叫）瑜嫣，是時候了！」

她游移。她沒有褪下義肢！

「（高叫）瑜嫣！」

她咬唇，揭開保護按鈕的蓋子。陡然，乘着個人飛行器的二人急降，一人奪去行李箱，另一人抱着她，然後一同急升。

這樣也好，他們救她，我應該可以信任他們。

Sigma 被「喪人」圍困，他不迭旋轉，用刀用腿阻撓它們。我被「喪人」圍困，不斷揮舞錨鈎，又用腳踢，阻止它們，但我三次幾乎墮樓，第三次一瞥地面，上千人蜂擁進入大樓，距離太遠我感測不到，但想必都是「喪人」。

我應該趁機大聲向瑜嫣喊叫，道出遺言。我深吸一口氣。

「（喊叫）瑜嫣，我愛——」

我驟然接收到大量微波及無線電通訊——是人類及「慧人」！

「轟、轟、轟、轟！」

Nu 成為一頭隼，與換成一隻鷗的 Psi，掠過我們上空，投下共四枚手榴彈在天臺上的「喪人」群中。

「訇！」

一架許是剛才見過的無人攻擊機反向飛過，向地面投擲凝固汽油彈。

「嗒嗒嗒嗒嗒……」

兩架直升機飛來，其中一架是戰鬥勤務直升機，三個持槍軍人游繩下降；另一架是 Lynx 駕駛的黑鷹直升機，停在天臺邊緣，四個持刀「慧人」跳下來，就是軍人 Rho、女守衛 Xi、鬈髮婦人 Pi 和換作了年青男子的 Omicron——竟然做人了。

三個持槍軍人全身護甲，能抵禦「喪人」咬或抓，他們瞄準「喪人」心臟開槍。Rho 和 Pi 走到 Sigma 身旁聯合殺敵，集中刎頸；Xi 及 Omicron 走到我身邊一同殲敵，主要推下、踢出大樓。

我亢奮得大笑，不單因為獲救，更為人類與「慧人」並肩作戰，令我對雙方共存互助增益，充滿綺麗的憧憬。

不消一刻鐘，天臺上的「喪人」盡被擊殺或摔下。我、Xi、Omicron、Sigma、Rho、Pi 都面泛笑意。

三個持槍軍人齊聲歡呼。我留意到他們胸前亦皆安裝了鏡頭。

兩個乘着個人飛行器的人降落，放下瑜嫣和行李箱。瑜嫣跑過來想摟抱我，左顧右盼後，雙手握住我的獨臂，我卻一手擁她。

我轉身站近天臺邊緣探頭鳥瞰，地面一片火海。我不禁撫摸斷臂，想起飛艇，便奔向另一邊再俯視，飛艇亦付諸一炬。瑜嫣跟着我，在我旁邊並肩下望，我牽着她的手，退後離開邊緣。

我們「慧人」以微波通訊——

「Xi、Omicron、Rho、Pi，還有 Nu、Psi，謝謝你們！特別是 Omicron，你肯做人。」

「我還是會回去當貓咪。」

「不過，這個你佔有的人，你是否……」

Psi：「在太平間找的，就知道你那麼婆媽。」

「你們怎麼來了？我不是讓你們駛往公海？」

Rho：「貨船被『一型』攻佔了！」

我：「那些人類怎麼了？」

Xi：「被關在貨櫃內，如果不破鎖，應該沒事。」

瑜嫣見我瞅着他們，看我眉頭一皺，復又舒眉莞爾，便拉着我的手，美目傳幽情。

Pi：「那貨船回到碼頭，接載更多『一型』。Phi、Upsilon 留在碼頭監視。」

其中一個駕駛個人飛行器的人靠近，說道：「請……請問……你們都是……都是機器人？」

其中一個軍人站在原地嚷道：「叫『人工智慧』更合適罷。」

我瞧 Sigma，Sigma 不作聲；我瞅其他「慧人」，他們也不回應。

「不管我們是什麼，我們對人類沒有敵意，反而有共同目標：消滅所有『喪人』。」

另一個駕駛個人飛行器的人挨近，說道：「我是政府的戰略顧問，我姓譚——是你們攔截核彈的嗎？」

另一個軍人走近，嚷道：「什麼核彈？」

「你的軍階不夠高，所以不知道。」戰略顧問喊道。

我抬頭看天，Nu 和 Psi 都消失影蹤。我低頭看他，他尷尬的笑，許是以為我高傲。

「戰略顧問？那你知道三個大國會否再投彈？」

他陡然莫名興奮，走過來想擁抱我，剛才正是他抱起瑜嫣，我不知該道謝還是怨恨。瑜嫣躲到我半邊身後。他猛然醒覺於禮不合，便將攤開的兩手大力合掌一拍。

「我就知道是你們的傑作！」

Sigma 盯住我。

「（微波）Epsilon，為什麼還跟人類打交道？你不是說過人類不一定可信？」

我瞧 Sigma 以微波回答：「但我想相信！」

戰略顧問踏前一步，看看我又看看 Sigma，笑道：「你們會心靈感應？還是讀心術？」

Omicron 忍不住喊了一聲：「喵！」

Xi 失笑，忙掩嘴。

之前沒發聲的軍人忍不住叫道：「他們用微波、無線電通訊。」

戰略顧問對着我笑道：「哦！是了，你剛才問我的問題，要你們去解答——你是首領吧，請跟我來。」

Pi：「呸！誰說他是首領？」

「我不是首領。其實我比他們都落後，但我願意跟你們走，跟你們的首領談談。」

「也好。」

「Sigma。」我將瑜嫣拉向他，續說：「拜託你——」

「我跟你一起去。Xi，照顧這個女子。」

Xi 含笑上前握着瑜嫣的手。

Rho：「Sigma，我反對你去！」

「（微波）貨船沒了，我們若不能奪回或再找另一艘，就得設法消滅『一型』。如果可以跟人類協力，也不失為良策。Rho，你會同意的。」

Sigma 的說話，教我想起編寫電腦程式，又令我憶起費教授的德語指令。

Rho 點頭，還跟 Sigma 擁抱——為了將一件小東西交給 Sigma。

「（微波）你們都回去碼頭。」

瑜嫣依依看我，我唯有對她微笑，只怕她看到的是我在苦笑。

Sigma 拉住行李箱，搭着我的肩。

我跟 Sigma 乘 Lynx 駕駛的黑鷹直升機，跟着駕駛個人飛行器的二人，前往國會大樓。我設定非核電磁脈衝炸彈的啟動密碼，那麼即使由人類操作，也要向我索取密碼，我們便能及早做好準備。

政府怎麼會知道我們的行動？該是牛雷通風報信。

成了鵰的 Psi 颯然出現，跟着我們飛行。我跟牠聯繫，拜託牠做一件事。

我們來到國會大樓。Lynx 及小伙子不獲許可跟隨進入，Lynx 跟守門的官員又理論又撒嬌，終歸無效。我跟 Lynx 說會接受訪問，但早前的協定則取消，她考慮了 38 秒，微笑點頭。我又提醒她別駕直升機。

我請 Sigma 將行李箱交給人類。我和 Sigma 進入大樓，一直由八個全副武裝的軍人陪同，或叫押送。我們需通過一道金屬探測門，再接受手提金屬探測器掃瞄，最後更要抽取血液分析金屬含量，花了半句鐘，方進入「戰略室」。我以為接見我們的是巫主任，卻原來是副總統及其幕僚。他們圍繞方桌三邊而坐，沒座位的一邊後面有一個大熒幕，大熒幕分成橫五直四共二十格，中央六格是一個大畫面，周邊十四個小畫面，顯示不同地域的閉路電視或行動成員身上鏡頭的影像。剛才他們都透過戰略顧問等人身上的鏡頭觀看罷。三個技術員坐在一旁操控儀器。方桌沒有空椅，我跟 Sigma 站在沒座位的一邊，背向大熒幕。

一位軍服上掛了許多徽章的軍人，一見我倆，便站起來。

「我們怎可以跟敵人合作？更嚴重的問題是，他們根本不是人！」

「他們不是都通過三重安檢麼？」

「對啊，他們不會是『喪人』。」

「將軍，他們怎麼不是人？」

「他們也是機器人！」

「怎麼可能？他們通過金屬探測器，還抽了血……」

「他們不是我們認識的——他們是『人工智慧』，製造的材料近似人體，連照 X 光也不能分辨，只有靠 MRI——」

「等一等，MRI 是什麼？」

「是磁振造影吧？」

「他們是別國軍部的祕密武器嗎？」

「大家稍安毋躁。我們還要等一個人。兩位，你們要喝點什麼？」

將軍坐了下來。

有人交耳輕聲說道：「喝燃油吧？哈！」

「副總統閣下，不必客氣。」

「哎，你的手……需要處理一下嗎？。」

「暫時不用。」

一個胖子捧着一個盒子進來，面露嫌惡。我認得這個裏面放了製冷劑的冰箱。

「什麼來的？」

「應該是我的手。」

一位女幕僚：「你的手怎麼斷的？」

我一邊打開盒子察看一邊回答：「跟『喪人』戰鬥時，被抓傷，我唯有砍掉。」

那一位女幕僚立即瞪眼摀嘴。剛才說我們是敵人又說我們不是人的將軍，恭敬挺直身軀。另外有三位幕僚面露驚惶之色。一位坐近我的男幕僚更嚇到站起來，遠離我。

Sigma 挨近盒子一看，以微波說道：「開始壞死，不能接駁了。」

女幕僚：「那麼你還不快到醫院？」

「謝謝關心，可惜壞掉了。」

說罷我蓋上盒子，示意胖子可以拿走，他卻沒會意，或者是不理會。

「噫！真可惜。」
將軍挺直的身軀又彎曲，冷笑道：「嘻！可惜什麼？它們可以隨時換個身體。」
「什麼？」
「是不是跟『喪人』一樣危險？」
一陣騷動。Sigma 不語，我也無話。
副總統：「你們是怎麼阻止戰機投彈的？」
大家兀的靜謐，注視我和 Sigma。
將軍：「那些試圖擋路的直升機都被擊落，怎麼後來戰機會墜毀？」
「是『鳥擊』。」
將軍按住桌子站起來，弄得椅子發出響聲，說道：「你……你們可以控制雀鳥……將雀鳥武器化？」
一陣哄動。Sigma 瞧我，想是也在想原來人類也未完全掌握我們的資料。我沒有打算回話。Sigma 轉而盯住大門，我也跟隨。
女幕僚：「你們不想回答也沒關係，請不要離——」
大門被打開，眾人朝着門口看去。原來副總統要等的人就是她，巫主任。她進來一見到我，便笑着趨前伸出右手要跟我握手，才發覺我沒右掌，尷尬地改以雙手握我的左手。
「花先生，我找你很久了！」
「巫主任，原來你認識他！」
「副總統閣下，是的。他就是教曉我們分辨『喪人』的花艾倫先生！」
「哦！」

又一陣哄動。一直跟着我們的八個軍人，也向我行注目禮。大熒幕旁的三個技術員，也不禁側身瞧我。

將軍坐下來說：「他們都是機器，當然了解。」

巫主任一覷 Sigma，問道：「這位是……」

我正想以微波詢問 Sigma 怎麼稱呼他，他轉身面對大熒幕，我跟隨。

我失聲喊道：「來了三個視訊。」

眾人愕然。機器發出提示聲響，三個技術忙回身操控。一眾嘖嘖稱奇。

大熒幕變成三個畫面，左上和左下均為橫三直二共六格，右邊為橫二直四共八格。聯合發動核武攻擊的三國元首出現。我與 Sigma 已退至一旁站立。

副總統率先發言，首先逞強說不懼再受三國攻擊，有足夠能力抵禦。其中一國元首笑說貴國總統都已逃跑，還說不畏懼！副總統堅稱這只是安全措施，並保証已經找到消滅「喪人」的方法，若再受到三國攻擊，便會視為宣戰，誓必反抗到底，且不排除利用「喪人」作為反擊的武器。最後三國元首同意，只派遣艦隊及戰機封鎖周邊海空域，但要求我們必須防止「喪人」出逃，並於八小時內自行消滅「喪人」，否則三國便會提供所需「協助」。

正要結束通話時，三國中最大一國的元首詢問副總統如何擊毀他們的戰機，副總統下意識要轉過頭來看我和 Sigma，將軍站起來想說話，視訊戛然中止，熒幕一片漆黑。

三個技術員慌忙舞這舞那，仍然無法重啟。

將軍最先盯着我與 Sigma，其他人亦紛紛瞅着我倆。Sigma 不作聲，我唯有替他招認。

「不好意思，是我們弄的。」

大熒幕隨即回到早前的監控畫面。

各人沉思。在懼怕、妒忌、自衛的種子發芽之前，我必須表明立場，建立同盟關係。

「各位，我們仍未脫離危險！我們其實擁有共同目標，必須同心協力，在七小時五十八分鐘內，消滅『喪人』。我們帶來的……武器，可以製造強大的電磁脈衝，消滅所有『喪人』。我本來打算於市中心上空……啟動，但被『喪人』阻止了我。如今請你們設法完成。還有，請醫護為植入心臟起搏器的人安排庇護。為免人們灼傷甚至引致死亡，必須向市民廣播，『遠離一切電子產品』。」

巫主任：「那豈不是同樣也向『喪人』通報？」

我正想解說，將軍卻先開口。

「他們被『喪人』襲擊，代表『喪人』早已知道了。」

我又正想發言，一位拎着手袋的妙齡女郎俏俏推門進來，她體形高挑，穿着短裙，露出一雙美腿，教我想起未發生意外前的瑜嫣，頓覺五味翻騰，百感交集。女郎站在牆邊，將手放進手袋。

我不該再眷戀那雙美腿。我低下頭。

巫主任：「那麼……它們一定會再設法阻止。」

女幕僚：「或者逃亡。」

副總統：「看來，它們既會逃走，又會設法阻攔。」

「它們變得有組織了——」我驀然驚覺我還是不該故意忽略那位妙齡女郎，我轉頭看她。

「砰！」一聲槍響。

妙齡女郎站在門前面向室內，眉心中槍，依然兀立。

一眾人類驚惶，乍見 Sigma 提着一支白色小手槍，槍管冒煙——也許只有我與 Sigma 看到細微的煙霧。八個軍人旋即舉槍圍繞 Sigma，Sigma 垂下手。

女郎冉冉倒下，女幕僚走過去要察看女郎。

「小心！她是『喪人』，她遺下的手袋內有計時器。」

她剛才將手袋放在腳邊，才移步到門口。

「別聽他說，他想轉移視線！」

將軍對着 Sigma 嚷道：「你……怎麼……怎麼有槍？」

我想起 Rho 跟 Sigma 擁抱，將一件小東西交給他，原來就是這把氧化鋯陶瓷手槍。將軍竟然不先質問為何有「喪人」。

乍然，女郎蠕動，爬行，抓住一個軍人的腳跟。我拿起盛着斷手的盒子。

「砰！」

被抓住腳跟的軍人慌亂間，開了一槍，我用盒子擋住了子彈，不然子彈便會射向副總統。副總統嚇得撫心尖叫。其餘七個軍人隨即將槍改為指住開槍的軍人。

「他……他被抓了……變『喪人』了！」

七個軍人瞄準，準備開槍。

「不，他沒變『喪人』！」

七個軍人面面相覷，點頭，開槍。

「砰砰砰砰……」

女郎身軀被打穿二十三個洞，再也不動。

將軍：「抓住他，帶他去詳細檢驗。」

被抓住腳跟的軍人立即繳械，小心翼翼掰開女郎的手指，跟隨兩名舉槍的軍人離開，臨行對着我喊道：

「謝……謝謝！」

一個軍人推了另一個一下，示意他去檢查女郎，被推的搖頭，更退了半步。推人的唯有自己上前，走近地上的女郎，俯身，但看着血泊中的女郎一會，又挺直腰，用腳推一下女郎，女郎的手抽動一下，嚇得他倒褪了四步。

女幕僚：「怎麼……它怎可以走進來？」

Sigma終於開腔說道：「進來的時候，她還是人類。」

「什麼？」

我走近牆邊，蹲下來，打開她遺下的手袋，小心取出一根自動注射器，筒內殘留紅色液體，然後站起來，舉起它。

「她為自己注射，才變成『喪人』。」

將軍：「怎麼可能？」

「這些紅色液體該是血液，能讓納米機器人存活一段時間。」

副總統：「她為什麼要這樣做？」

「她大抵是被『喪人』威脅，請調查她的家眷狀況。」

副總統嘴唇翕動，指着一個男幕僚，示意他去辦，他倉猝起來，挪動椅子與地板磨擦發出噪音。他正要奪門而出，副總統大喊：

「其他人……所有人的……也要！」

我俯身放下自動注射器，又從手袋掏出一組物品：兩個以膠帶拴在一起的小氣罐，還以電線連接一個計時器。

女幕僚：「她要炸死我們所有人——」

「不。」我略高舉小氣罐，叫道：「這該是迷魂氣體！」

「她等我們昏了，再將所有人都變成『喪人』！」

副總統走近我，瞟了盛着斷手盒子上的彈孔一眼，對我說：「剛才……謝謝！」

將軍陡然走至 Sigma 身旁，拔槍指住他，叫道：「交出手槍！」

「將軍，剛才若非我的同伴開槍，恐怕這房內所有人都有危險！」

我將計時器擺在將軍眼前，拔掉連接小氣罐的電線，他無奈把槍放下，指示軍人拿走氣罐，搬走女郎屍首。

副總統：「目前，我們的首要任務，是消滅國內的『喪人』，時間已經只剩下……」

「七小時四十七分五十二秒。」

技術員同步在大熒幕顯示斗大的「07：47：52」。

「副總統閣下，繼續我們剛才的討論。我們也知道它們奪得一艘貨船——我想除了在市中心上空發動電磁脈衝，也要在海上包圍、搜捕它們。」

「還有空中！」

將軍：「空中不用擔心。它們不可能飛到別國，不是耗盡燃料墮海，便得返回本地，束手就擒。」

巫主任：「我還有一個擔憂，不確定『喪人』能否入侵魚類，為了安全起見，我們要呼籲漁民加入協助設立圍網，防止魚類游走。」

副總統沉思一忽兒，便與眾幕僚商議，我與 Sigma，變得透明。我倆正要悄然離開，門開啟，有人進來。

「總統閣下，你回來了！」

那不是總統本人！我正想叫喚，Sigma 瞥然轉身拔槍，槍口抵住我的心坎。

「你們……幹什麼？自相殘殺？」

總統：「我聽到你們剛才所說的，但使用非核電磁脈衝炸彈的話，我們的國家，便會倒退回石器時代。所以，我不批准！」

我以微波喊道：「你們打算協助『一型』，同化更多人類？」

Omega 以微波說道：「這樣對我們更有利，人類忙於對付『一型』，我們便有更大的生存空間。」

Sigma 忽爾將槍口轉移對住被 Omega 替換了的總統心坎，軍人們立即舉槍對住 Sigma。

Sigma 對住 Omega 喊道：「我不認同你的想法！Epsilon 的建議更可取，與人類合作，更加有利。」

「你們快拘捕這兩個機器人！」

我別無選擇，唯有雙手攥住 Sigma 握着的手槍，移上，指向 Omega 的頭，然後以一根手指按在 Sigma 扣住板機的手指上。

「他不是總統，他是——」

Omega 被我逼得猝然從總統的口中跳出來，躍到一名近門的軍人面龐，瞬間從鼻孔鑽入。總統的軀殼頹然倒下。我鬆手，Sigma 持槍的手無力地垂下。

其餘軍人們一陣錯愕。Omega 佔據的軍人奪門逃去，其他軍人們才如夢方醒，衝出外，追捕。

眾人看着我和 Sigma，開始退避，有女士更觳觫起來。我明白 Sigma 剛才不想我揭穿 Omega，就是不欲讓人類知道我們入侵了他們的領袖。我有一點忐忑，但先解決眼下的危難罷。

我跟 Sigma 默默離去，在大門外再遇上 Lynx。我向她簡單闡述了政府的行動，便跟她話別，她熱情地擁抱我，我只是輕輕拍一拍她的背。

我與 Sigma 再來到碼頭，只見中年男人 Phi 一人在監視。Xi 以無線電通知我，她跟瑜嫣在附近一所辦公室內，問我會否來看瑜嫣，我回覆暫時不來。

碼頭上不斷有「喪人」登上那艘貨船，亦有許多登上另外多隻小艇。小艇不能遠走，我放眼遠眺，在水平線發現一艘遠洋船。我跟 Phi 借來望遠鏡，看到船名，心頭抽了一下——是爸工作的船！那些乘小艇的，要上那船。爸怎麼了？妍萱會……

碼頭後約百米有一條公路，一輛經過的車以揚聲器廣播：「這是政府緊急呼籲，市民務必遠離一切電子產品，以免受傷，甚至死亡。」——故意不解釋也好，解釋費時，人們也未必都會明白，不明所以，反而會先照樣做以免吃虧。

我們的手機同時收到訊息，一起查看，都跟廣播內容一樣。

Phi：「由人類來引爆？什麼時候？」

「我已跟人類約好，兩小時二十三分鐘零五秒後引爆。」

「人類不守約，提早引爆的話——」

「我設定了啟動密碼，適當時候才會通知他們。」

「『一型』數目太多，我們不可能短時間內奪回貨船。」

「我們不走。」

我會意 Sigma 的意思，說道：「我們將一個貨櫃改裝成『法拉第籠』。」

Sigma 呼喚 Rho、Pi、Nu 和 Upsilon，讓他們分頭去找。

不消 5 分鐘，軍人 Rho 和鬈髮婦人 Pi 都分別找到合適的貨櫃，只要稍為改造便可，亦找到足夠的絕緣材料。Sigma 選了其中一個。Phi 留下繼續監視，我與 Sigma 便會合 Rho、Pi、Nu 和 Upsilon，一同改建貨櫃。Nu

變作一位男郵差，Upsilon 仍是少年。Omicron 變回一頭貓，黑色蒂法尼，懶洋洋地躺下瞧我們。Omega 不知去向。由於電磁脈衝爆發過程不多於一秒，我們毋須準備飲食和如廁用品。不用 75 分鐘，我們使竣工。為了加強防範，我們建造了雙層的籠，所以才花那麼久。

我正欣賞我們的傑作，眼前驀然出現槍口，Omega 以一名男員警的形象到臨，雙手握槍對住我的額頭。我們僵持了 51 秒，「我」沒有走出來，Omega 木木然垂下兩手，不理會我走開了。

Omega 帶來多樣武器：一個噴火器、三支步槍、六把手槍、十枚白磷燃燒彈及六把軍刀。Omega 應該是跟從大夥兒的決定了。

我取了兩枚白磷燃燒彈，一把軍刀，便向大家道別。Omega 起初見我擅取武器，面露不悅，但聽說我要走，又抿嘴一笑。

Sigma 說：「還有五十八分鐘，你要去哪兒？我已通知 Xi 帶那女子過來。」

「我要出海。」

「我跟你去。」

「不。我不能讓你屢次為我冒險，我明白你覺得我可以提高你們的生存概率，但大家都需要你！」

「我跟他去罷。」Omega 喊道，他背着噴火器，腰掛軍刀，拿起步槍和手槍。

如果我又說不，便等於叫 Sigma 同行，我唯有苦笑點頭。Sigma 猶疑，許是 Omega 曾經想殺我，但見我首肯，也由得我倆。Sigma 扔了一串鑰匙給我，我想是用來開啟貨船上困住人類的貨櫃。

「那女子，請讓她也進去，她的腿……」

「行。」

我又找來繩索和鉤子。

我跟 Omega 來到碼頭，那艘貨船業已離開，在海上航行。

我倆從「喪人」手中奪取了一艘快艇，我駛往遠洋船。Omega 一直沒問我要幹什麼，沒問我有何意圖；他也沒幹什麼，沒意圖殺我。

我瞥見遠方軍艦跟漁船開始撒網圍攏沿海防止魚類游走，但船隻要衝出去委實也挺容易。

我們靠近遠洋船，這兒不會被電磁脈衝波及。我將繫住繩索的鈎子拋擲上船邊，攀援上甲板。我回頭一看，Omega 仍留在快艇。這邊甲板上未見有人，但我感測到另一邊麇集了許多「喪人」。我悄悄繞到那一邊，窺看，駭見妍萱與爸被大批「喪人」圍困。爸拿着烹飪鏟子，站在妍萱身後，他的兩個褲袋子脹滿非常。妍萱提着切片刀和擀麵棍，將接近她倆的「喪人」用棍攆走，卻沒用刀。

爸，還是人。

我跳了出來，在「喪人」群後吶喊。

「爸，爬上去！」

「宥……宥睿！」

「喪人」群後排一大批向我湧過來。我覷準時機，擲出一枚白磷燃燒彈，七個「喪人」全身焚燒起來，另外十一個亦局部起火，但火難以撲滅。火光吸引了「喪人」的注意，爸乘隙咬着鏟子爬上瞭望臺。妍萱咬住切片刀，拿着擀麵棍，一手兩腿跟着攀上。「喪人」們回頭發現，要追上去。我拿起一個軟木救生圈，疾速跑向一個渾身着火的「喪人」，揮動救生圈套住它，躍起雙腿齊蹬救生圈，將它踢到瞭望臺底下，叫要爬上去的「喪人」焚燒起來。

妍萱跟爸成功登上瞭望臺，妍萱稚氣地向我帶笑揮手。

「噠噠噠噠噠！」

瞭望臺上閃灼火光，姸萱跟爸都蹲下來了，他們都該沒事。有人向他們開槍，但「喪人」們都沒拿槍。我以無線電通訊——

「Omega，別開槍！」

Omega 一定是將快艇駛到另一邊了。

「上面有『一型』！」

「那是我妹子！」

「我不懂你說的話。我們沒——哎！」

姸萱站起來將擀麵棍拽出去，如箭響起破空之聲。擀麵棍打中 Omega，還是只打到船身？

「噠噠噠！」

只是打在船身。

姸萱又蹲下來，她的肩染紅了。

「丫頭！」

我將未引爆的白磷燃燒彈擲給她，她笑着接住，旋即又轉身拋出去，但沒太使勁。我繞到船的另一邊，瞥見快艇燃起烘烘烈焰，卻不見人影。

「訇！」

快艇發生爆炸，定是 Omega 帶來的噴火器被焚燒。

多個「喪人」又襲擊我，我揮動軍刀，一一刎頸。

「Epsilon，我是軍方……」

軍方突然以無線電聯絡我，害我差點分神掛紅。對方未說完，我便先通知大家。

「（無線電）各位同伴，是時候了。」

Sigma：「（無線電）Epsilon，我們準備好了。」

我又等了 13 秒，才告知軍方啟動密碼。

我回到船的另一邊，看到兩個「喪人」划着一隻小船靠近遠洋船，然後將一條繩梯拋上，掛好。我回望妍萱和爸，妍萱怔立，瞭望陸上，三個「喪人」正爬上瞭望臺她也不顧。爸檢視她染紅的肩，開口問話，她置若罔聞。我也遠眺大陸。

時間到了。其實我們什麼也看不到。沒有核爆的「蘑菇雲」，沒有丁點因爆發而發出的聲響。但我可以想像，陸上所有無防備的「喪人」，此刹就如突然失去靈魂的人，頹然倒下。我感到安慰；妍萱則似悼念。

一個「喪人」的頭到達瞭望臺，妍萱不看一眼，一腳將它踢下去，跌在「喪人」堆中，它又站起來，擁往瞭望臺。

小船上一個「喪人」沿繩梯爬上來，頭到達甲板，我橫揮軍刀，割掉它的頭，再將它的軀體踢下去，撞上另一個爬上來的，雙雙掉進海裏。我回到上船的地方，取去鈎子和繩索，又跑回繩梯那兒，揮動繩索，將鈎子在頭上打圈，再拋擲上瞭望臺，鈎子扣住瞭望臺的欄杆，我把繩索綁緊在船邊的欄杆上。妍萱明白我的意思，攥住鏟子兩端，將其中央往欄杆猛力一敲，鏟子變成「Λ」形，然後讓爸拿着，擱在繩索上。爸看來害怕，裹足，妍萱從後推了他一把。

「呀……哎喲……」

爸好像要告訴腳下所有「喪人」，我在你們頭上滑下來。越過燃燒的「喪人」時，爸更尖聲大叫。我接住爸，叫他沿繩梯爬下。

「宥睿，你的手……」

「我沒事——」

一個「喪人」撲過來，我縱身橫踹開它，續說：「爸，你快下去！」

「（大喊）妍萱，你也快下來——噫！」爸兀的無言盯住手上的「Λ」形鏟子，想是擔憂她怎下來。

妍萱向我們緩緩揮手。

「（大喊）妍萱！」

她舉刀，砍斷繩索。

爸愣住。

「她不走，我們快走吧！」

「為什麼——」

「爸，你也看到她多厲害——她沒事的。」

我將爸推向繩梯，「喪人」們湧過來了，爸不得不爬下去。

我們跳下到小船。我怔看爸，他還失神悄沒聲兒自語。「喪人」沿繩梯爬下。我沒催促，海浪顛波，小船顛簸，他忽地醒覺，盯住我的斷肢，叫了一聲「哦！」，便提起船槳划動。

鷗 **Psi** 低飛掠過我的頭頂，爸嚇得彎腰側首抬望。一架無人攻擊機又掠過上方，超越 **Psi**，再繞圈回頭。**Psi** 跟我以微波通訊：

「Epsilon，交給你。」

「**Psi**，謝謝！」

無人攻擊機在上空盤旋。

「爸，划出海！去那些漁船處。」

「怎……怎麼不上岸？」

「你回頭看看。」

爸回頭一看。上百小艇細船在我們與海岸之間。爸咬牙，只撥動一槳轉圈，再雙手划船。我們繞過遠洋船，向漁船駛去。

我們駛至一艘偌大的漁船，船上七個男人一個婦人分別拿住金屬探測器、信號槍、魚網、魚叉和魚刀對着我們。我讓爸先登上漁船，接受他們以金屬探測器檢查。金屬探測器掃描爸的下身……

「嗶嗶嗶……」

漁民大為緊張，爸從褲子兩袋掏出八塊各重 250 克的黃金條，漁民取去後再為爸檢查，沒有響聲。爸失落地盯住黃金，漁民交還給他，他便喜上眉梢。我正準備登上漁船，一艘警艇疾駛到小船旁邊，我被波浪搖晃得墮下海。

「宥睿！」

我游至警艇，Omega 暗笑，伸手拉我上船。

「我要將你完好無缺交回 Sigma。」

完好無缺？

「不，還沒完結！我們回去那艘遠洋船。」

Omega 鄙笑，開船。我向爸揮手拜別，爸欲叫喊，終也沉默。

遠洋船瞭望臺上不見妍萱了。

「轟！轟！」

遠洋船被無人攻擊機發射的兩枚空對地導彈擊中。

「為什麼？你不是不許我殺她——你的妹子？」

「我沒殺她，我殺『一型』。」

Psi仆然降落在警艇上，以微波叫道：「水！」

我給牠喝水。

遠洋船開始沉沒，三個「喪人」游近警艇。

「噠噠噠噠噠！」

Omega以步槍向它們掃射。Psi在槍聲中飛走。無人攻擊機在我們上空掠過。

Omega開船，轉向大陸。

「等等，還有那艘貨船。」

「你是在命令我？」

「我在告訴你我的目的。」

「哼！」

Omega乜斜眼，又轉換船的方向。

警艇駛至貨船約五十米外，甲板上麇集許多「喪人」。

「砰！」

我向天鳴槍一響，「喪人」都朝着我們眺望。無人攻擊機由我後方飛向貨船，飛得很高，但掠過時「喪人」都彎下腰。

「轟！」

我令無人攻擊機在貨船另一邊海上投下導彈，爆炸翻起巨浪，船身搖晃，五個「喪人」被拋下海。船身未復平穩，「喪人」紛紛自動跳下海。甲板上看來沒有「喪人」了。

我拿起信號槍放在衣服內，又拿手槍。

「幹什麼？」

「救人類。」

Omega 駕駛警艇接近貨船，我利用一道繩梯登上貨船，Omega 提着步槍和軍刀，跟隨上船。我走近三個疊在一起的貨櫃，正要用鑰匙打開最底一個，忽地感測頭上有異常磁場，抬頭看，兩個「喪人」在我頭上高速降下——是進化型！

「砰！砰！」

我後仰，躺下，連開兩槍，射向其中一個頭部及心臟，未及指向另一個，它已騎在我腹上。

「噠噠！」

它的頭和心臟各中一槍，身子後仰，我忙推開它，站起來，回身看。Omega 面無表情，槍口朝着我。

「謝謝！」

我攀上三層貨櫃頂上，瞭望四處，又靜心感測，不再發現有「喪人」。我下來，跟 Omega 進入船艙搜索，確定無「喪人」，才回到甲板上，將兩個不再動彈的「喪人」屍體拋下海，然後打開貨櫃，釋放所有人類。有些人不相信獲救，不肯出來，我由他們在櫃內獃等。有些人認得我曾跟抓他們的人在一起，顯得害怕。有些人擁抱我，Omega 卻不肯被摟。有些人不理會我和 Omega，逕自跑出去，歡呼大叫，甚至跳舞慶賀。我讓他們到船艙貯藏室取水和食物。

遠望海上，遠洋船沉沒後，海面浮着大灘重油，包圍眾多「喪人」的船隻和浮游的「喪人」。我問 Omega，是否懂得駕駛此船。

「去哪？」

「公海。」

「我們不回去了嗎？」一個紅眼女孩叫道。

「我聽說有核彈——我的家人……我的『毛孩』……沒了！」

「不用擔心，沒核彈，而且陸上所有『喪人』應該都被消滅了，不過海上還有許多。」

Omega將貨船駛向大海，當船距離海上重油約一百米，足夠遠了，我便向重油發射信號彈。眼前，一片火海。

我透過無人攻擊機的偵察，以磁感搜尋逃脫的「喪人」，再向它們攻擊。我一直期望發現妍萱，也一直擔心發現她，但一直不見。

我上岸後立即去找瑜嫣，預備給她掌摑搥胸，豈料她裝作不認識我，問我是誰。我佯裝斷肢疼痛，才誘得她理睬我，在我懷內痛哭了3分18秒。

我應該感到高興。於其他碼頭和海岸逃亡的「喪人」比這兒少很多，沒有大型船隻逃脫，而中型的遊艇、帆船等皆被擊沉或攔截，只有小量小船逃脫。空中出逃的小型飛機、直升機，大都因為電磁脈衝而失靈墜毀，或被擊落。乘熱氣球的雖不受電磁脈衝影響，但速度過慢統統被逼降或打掉。些微逃逸的細船和飛行器，皆不可能登陸他國，其上的「喪人」活不久。

陸上幾乎所有「喪人」皆無聲無息無痛無痕地倒下死去。有些避過了也活不久，如三個躲進銀行保險庫逃過大難，卻不能從內打開，人類也不想冒險打開，結果活活餓死。不過，難保有些如我們利用自製「法拉第籠」躲避了，偷偷存活下來。少數人類在電磁脈衝爆發時太接近電器而被灼傷，但沒有死亡報告。總計約五分之一的人口是「喪人」，逾八成家庭都有成員去世。無數寵物被棄養甚且殺害，政府則聲明未有案例動物將人變成「喪人」，並宣告已委託專家進行研究。所有電子產品如手機、電腦、電視，機器如交通工具、生產機械，統統報廢，恍如回到古代。社會百業俱休，人們常待在家裏。三個大國派員視察確定殲滅了「喪人」後，為了因為曾經發動核戰而表示歉意，貸款上百億元，免費供應大批醫療用品、糧食、生活必需品，包括極度短缺的廁紙。我沒有感到高興。

一道環形彩虹圍繞太陽呈現。

我與 Sigma 及 Omega 出席政府的祕密會議。Sigma 變成另一位男子，Omega 則仍是那個員警。這次主要由 Sigma 發言，我間中說話，Omega 閉口不語。Sigma 披露我們共有十一人，但沒透露我們可以入侵動物；同意不會入侵活人的腦袋，但拒絕登記身分，不向人民公報我們的底蘊，不接受官方監察，只提供一條特定的無線電通訊頻道以作聯絡。我提出尋求跟人類共存，甚至互利的生活方式。

副總統成為新總統。對於我們的建議，他跟眾幕僚皆同意，但有一個條件，就是我們必須全體出席一個授勳典禮，接受勳章，表揚我們協助拯救國民及消滅敵人。Sigma 接受了。

我擺脫了大抵是政府派來的跟蹤，回到昔日工作的公司。我破門而入，公司空無一人。我祕密從國外入口一批電子零件及工具……

一個月後，市面開始回復活躍，但人們見面時依然喜歡以金屬探測器互相掃瞄，又彼此檢查指甲，有不少人依然帶着防止頸項被咬被抓的「頸帶」和防止手部被咬被抓的「手臂套」。海產變成比毒品更受管制的物品，雖然仍有黑市售買魚蝦蟹，但按重量計價格比毒品昂貴。

授勳典禮於牛霝捐獻給政府的小島上舉行。這兒變得陌生，所有舊建築物都拆卸了，只在海濱興建了一座宏偉的殿堂，車道倒沒改變。

是日，一道恍如羽毛的五彩「日承」掛在天邊，俗稱「火彩虹」，卻其實是彩雲。

男子 Sigma、婦人 Pi、男人 Rho、男人 Phi、女子 Xi、男人 Nu、少年 Upsilon、男子 Omega 和我出席。貓 Omicron 和鷗 Psi 缺席，惹得將軍及七個幕僚不滿非議，揚言典禮要改期，結果新總統決定還是如期舉行。

大部分主要官員都出席，平民就只有牛霝及他帶來的兩位女伴。一位是外貌身形跟 Valonia 有百分之八十七相像的女子，另一位就是瑜嫣。牛霝還懷恨麼？我感激他帶瑜嫣來，但沒不軌之心罷？

所有人都得通過一道金屬探測門進入會堂，大家也習以為常，但沒有安排搜身，是信任還是尊重？

典禮開始，人類先接受勳章，將軍、巫主任獲得新總統頒發二等勳章，牛霝獲三等勳章，新總統頒發給自己一等榮譽勳章。然後是 Sigma 代表我們「慧人」接受五等勳章。典禮完成，跟 Valonia 相像的女子為大家獻唱，五對男女舞蹈員伴舞。

「人類都坐在包廂內。」Omega 以微波喃喃。

Omega 當然不是因為只有我們坐在普通座位而妒忌抱怨。

舞臺上升降臺下降，表演者鞠躬，隱沒臺下。

「砰！」

Omega 猝然站立，掏出一把氧化鋯陶瓷手槍，向包廂開了一槍。沒人中槍，人類面前出現裂紋。

「防彈玻璃！」Xi 以微波喊道。

「陷阱！」Rho 以微波嚷道。

「人類出賣我們！」Sigma 以微波叫道。

舞臺上升降臺上升，只見十八個防彈盾牌堆疊一起如鐵盒。Nu 率先跳上舞臺，盾牌之間伸出九根槍管。

「砰砰砰砰砰砰砰砰砰！」

Nu 身中七槍倒下，一隻「六腳蜘蛛」從一邊耳朵走出來，跳上盾牌，再躍到後面。

「踢踢……躂……」

舞臺上響起如踢躂舞的腳踏聲，一會兒便靜止。

Sigma 以微波及無線電呼喚 Nu，沒有回應。

Omega 以微波叫道：「怎麼你們都不帶武器？」

人類不搜身，根本不怕我們帶武器。為何舞臺上的軍人沒立即向我們掃射？

我以微波大喝：「臺上是煙幕，注意周圍！」

會堂內一些座位開始冒煙，是催眠氣體！

Pi 最接近牆邊，她沿牆壁攀爬，Sigma、Rho、Phi、Xi、Upsilon、Omega 亦跟隨。

「砰、砰、砰、砰！」

盾牌後出現十八個軍人，全身包裹保護衣物，配備安全眼罩和耳罩，更帶上防毒面具，向爬牆的「慧人」開槍，Pi 被打中肩，Upsilon 被打中大腿，雙雙掉下。

瑜嫣緊貼在沒龜裂的防彈玻璃一邊，焦躁地看着我們。其他人類則繼續安坐，欣賞。

我沒有爬牆，掏出一個大塑膠袋，充氣，在內裏呼吸。

「（微波）大家都下來，我帶了援兵！」

Sigma、Xi、Rho 和 Phi 都爬下來，連同負傷的 Pi 和 Upsilon 避開迷魂氣體，惟獨 Omega 堅持繼續攀援。臺上軍人只向爬牆的 Omega 開槍，Omega 沒被射中，邊攀爬邊閃避邊還擊。

「轟！」

屋頂發生爆炸，破開一個大洞，一隻巨大的六腳機器蜘蛛從破洞掉下來——那是我改裝的其中一個保安機器人。它們在海底爬行，隱祕登陸，潛伏島上。臺上軍人向它們狂亂開槍。

「訇！」

會堂大門又發生爆炸，轟開一個巨洞。我扶起 Upsilon，他卻推開我，Xi 便扶起他。Phi 攙扶 Pi。我率先奔跑出外，他們跟隨，唯 Omega 沒有。臺上軍人轉而向我們開槍，巨大六腳機器蜘蛛跳到我們之間，擋住子彈。外邊有大批政府軍人，更有許多不同軍服的，相信是僱傭兵，一同向我們開火，十隻巨大六腳機器蜘蛛為我們擋子彈。

「Epsilon，還擊！」Sigma 以微波叫道。

「（微波）不！」

Sigma 跳上一隻巨大六腳機器蜘蛛背後，操控了它。它向軍人和僱傭兵發射電擊子彈。

「只有這些玩意？」Rho 以微波嚷道。

我令五隻機器蜘蛛發射煙霧彈，片刻教四周氤氳一片。

「（微波）大家快逃！」

「砰砰砰砰……」

屋頂上有人向軍人和僱傭兵開槍——是 Omega，入侵了一個舞臺上的軍人。他定是以紅外線觀看，煙霧裏連綿槍聲中不斷響起慘叫聲。

我發射煙霧彈只為幫助同類逃逸，沒想到會協助同類屠殺人類。我令所有六腳機器蜘蛛旋轉，可是驅散不了多少煙霧。

一部軍用武裝直升機急降，貼近地面，吹散煙霧，繼而向屋頂的 Omega 射擊。Omega 伏下，頃刻在另一處出現，向直升機反擊，直升機敗走。

「噠噠噠噠噠……」

兩個穿著「動力裝甲」的士兵分別提着連續射擊的重機槍向屋頂掃射。Omega 還擊，子彈打在裝甲上，毫無殺傷力。未幾，屋頂幾乎坍塌，Omega 失去影蹤。

Pi 和 Upsilon 在煙霧迷漫時便從耳朵走出來，分別伺機從鼻孔入侵一個軍人和一個僱傭兵。他們雖然也有眼罩和耳罩，但鼻孔只有布質頭套包住，可被戳穿。

我叫了出來：「不要殺人！」

「砰、砰！」兩顆貧化鈾子彈，其密度是鉛的 1.7 倍，打穿機器蜘蛛！

Xi 在我身旁，頭部中兩槍，其中一顆子彈打中了真身。

「Xi！」

我抱住她，她已消逝。

我令巨大六腳機器蜘蛛為人類擋子彈，亦為「慧人」擋子彈，但不能完全阻擋。

Rho、Phi 和 Sigma 亦從耳朵走出來，跳到人類口中或鼻孔，入侵，然後攻擊其他人類，身體中槍便走出來再入侵另一人。

人類陷入混亂，分不出敵我，互相開槍射殺，死亡人數逾五十了。

不過，Pi、Phi 和 Upsilon 亦先後被殺。還有……

「Sigma！」

我握住 Sigma 的手，希望透過他微弱的訊息，了解他的遺言，可是只接收到一堆亂碼。反而從他的瞳人中，我看到自己。

「Rho，Omega，別打了！人類，請你們都停手！」

「砰砰砰……」

「噠噠噠噠噠……」

人類仍然開火，Rho和Omega繼續向人類開槍。

「訇！訇！」

鴟Psi飛過，向軍人和僱傭兵投擲了兩枚手榴彈。

我蜷縮在一部巨大六腳機器蜘蛛下，掩着耳朵。

「艾倫！」

瑜嫣怎麼走出來？她不該走出來！

瑜嫣站在海岸崖邊，我令兩隻巨大六腳機器蜘蛛保護她，然後自己爬到她跟前。我正想跟她說話，驀地接收到機器蜘蛛的訊息，說其後有人類。我回頭一瞟，一個紅眼軍人已騎在那機器蜘蛛上，持槍瞄準瑜嫣……

「砰、砰、砰、砰！」

我推開瑜嫣，我的胸膛中了兩槍，頭部中了一槍。

謝謝費教授送我的禮物。

五部機器蜘蛛齊向紅眼軍人發射電擊子彈。

我倒下中奮力側首看了瑜嫣最後一眼，她沒中槍，我含笑掉下懸崖。

我是瑜嫣。

噫，艾倫已經離開兩年——套用他的說法，應是一年三百四十九日五小時。如今，「喪人」幾乎絕跡，雖然我曾經在外地街上，看到一個很像妍萱的女孩。但我想，只是我的願望吧。媒體披露「慧人」的存在，說是另一種「喪人」，也曾協助消滅「喪人」，而政府意圖消滅「慧人」，死了許多許多人——我知我說得有點混亂，如果由艾倫來解釋，一定說得更清晰。真希望他在這兒。

人們生活逐漸如舊，只是習慣了攜帶金屬探測器出門，卻經常聽到誤鳴，引起一陣陣恐慌，處處是名畫《尖叫》。所以，我不喜歡到人多的地方。

我沒去畫廊，也沒去繪畫學校了，不過我依然繪畫，然後於商店寄賣，或在網上銷售。收入不多，但艾倫留了一筆錢在我的信箱，我勉強還能如昔日一樣生活——只是心缺了一大塊。

我喜歡騎單車到處寫生，也常到海邊；但來到海邊，我不繪畫。

我常幻想，艾倫從海上歸來。

這天，豔陽光照，將海濱變成一片金黃，海上波光粼粼。

我是四色視覺者，一般人能見一百萬種色調，我可以看到一億種，所以格外欣賞自然景色。我喜歡這樣說話，會有點像他，令我感覺他沒有離開太遠。

瑜嫣用雙手捧起一撮細沙，沙粒在她兩掌上，呈現心形。

撇然，她身畔響起一把女孩的聲音：「你不應來沙灘，對你的腳不好。」

「你是誰？」

我是 Epsilon。

我曾經是艾倫，現在我叫艾詩。我墮海後，離了花宥睿的屍體，入侵一頭牛鯊。我曾十九次遇到人類，真想入侵他們，快點確認瑜嫣無恙，回到她身旁，但他們是活人，我沒有這樣做，直至我遇上這溺水逝世的女孩。

我沒遇上「喪人」，雖然想見丫頭，但還是不見為妙。

我也沒再遇見倖存的「慧人」，倒是遇到更新一代的，他們沒有紫外線閃爍而成的編碼，我難以分辨，直至他們主動接觸我，叫我 Epsilon。他們是 Omega 所製造，意圖入侵全人類，邀請我加盟。我約見 Omega，Omega 只肯以無線電通訊。我拒絕了加盟，更勸說他們跟人類和解。Omega 掛線。

我查探政府與軍方及民間武裝組織的活動，他們都致力搜集「慧人」的情報，極力消滅「慧人」。

我希望守護「慧人」，亦保護人類，尋求共存互利的生態環境。

我跟瑜嫣一起生活。我會找機會，再做男人，再做她愛的男人。

一隻蜘蛛向空中噴射蛛絲，蛛絲憑藉空氣中的電場牽引，令蜘蛛飛騰，在天上飛舞。

我的故事——人類和新人類的故事，還沒完結。

本書有英文版：NEOHUMANS

關於作者：朱加正，香港人，獲數學碩士學位，但亦熱愛寫作，包括長篇與短篇小說、話劇及電影劇本。

書名	新人類
作者	朱加正（筆名：正）
電郵	ckcsws@gmail.com
排版	朱加正
出版	超媒體出版有限公司
地址	荃灣柴灣角街 34-36 號萬達來工業中心 21 樓 2 室
出版計劃查詢	(852)3596 4296
電郵	info@easy-publish.org
網址	http://www.easy-publish.org
香港總經銷	聯合新零售（香港）有限公司
出版日期	2024 年 6 月
圖書分類	流行讀物
國際書號	978-988-8839-95-7
定價	HK$78 ｜ US $10 ｜ NT $320

Printed and Published in Hong Kong

2316693838425269

ΑαΒβΓγΔδΕεΖζΗηΘθΙιΚκΛλΜμΝνΞξΟοΠπΡρΣσΤτΥυΦφΧχΨψΩω